傅菲 著

蟋蟀入我床下

江苏凤凰文艺出版社
JIANGSU PHOENIX LITERATURE AND
ART PUBLISHING

目 录

第三辑 ｜ 关关雎鸠

蟋蟀在堂

一些花开在高高的树上

　　春天打开万物的迷局，山巅之上，苍鹰在孤独地盘旋。细腰蜂也在盘旋，三五只，围绕着一树花盘旋。花是白花，一朵朵缀在叶腋下。双河口至桐西坑的溪谷两边，垂珠花树从粗粝的石缝或乱石堆暴突而出，一杆独上，分出数十枝丫，叶披而下，在四月初，垂下白花。叶花映衬，如雪落于青苔。

　　公路沿着溪谷在群山环绕。每个星期四上午、星期五上午，我在这条山中公路往返：德兴—上饶，上饶—德兴。我坐的是拼车，开车的师傅也很相熟。我们用市井的方式，交流人间消息。但大部分时间，我靠着车窗，眺望向后逝去的山坡，沉默着。山并非高耸，坡却陡峭，山峦一层层堆叠，叠出圆笠状的山尖。溪谷南部的山腰之上，是广袤的茅竹林，山腰之下是乔木与灌木混杂的阔叶林；北部山坡是原始次生林，密匝、厚实。在入秋之后，原始次生林黄叶飘飞，树木显得稀疏，露出嶙峋的石峰。山，是时间的另一个窗口，以色彩彰显季节的原色。

　　垂珠花开，返回时，我有时会在铁丁山停下，沿公路徒步。垂珠花树属安息香科植物，花香浓郁。铁丁山有五户人家，其中有三户常年大门紧闭。有中年妇人在树下摘花，兜着布裙，剪下花，塞入布裙。妇人说，花可做花茶，泡茶时，撮几片花下去，口舌不长疮。这里是荒山野岭，以前没有住户的。问了才知道，住户是山坞迁出来的。那个山坞距公路有五华里，有一条机耕道进去。我一直没有去过那个山坞。山坞还有一座很小的寺庙，只有一个僧人，自种自吃。机耕道路口有一座石砌的四角凉亭，路人在此歇脚。站在凉亭，可以眺望整个南坡。

坡上散立着树叶稀稀的高树，开满了白花。树冠部分长出伞状的枝条，花铺在上面，如铺满了棉花。在视觉中，花呈絮状，其实不是，是呈珊瑚状。问了许多人，他们也不知道那是什么树。我爬上坡，入不了林。林太密。一个开翻斗车的师傅，在一块茅草地翻着车斗，倒泥土。他说："那些开花的高树，叫萝卜花树。"

"往前走半公里，右转进去，有一个山塆，有很多萝卜花树，你可以进去看看。"开翻斗车的师傅说。他是毛村人，对这一带地形十分熟悉。

他说的山塆，其实是一个弯来弯去的山垄。山垄有一条荒草萋萋的小路，小块小块的梯田都荒废了，长满了茅苏、虎柄、野芝麻和酸模。山边有数十棵萝卜花树，高高地举起白焰似的花。花朵如白珊瑚，又像萝卜丝，花萼略带阴绿色。我一直往山垄里走，走了约三华里，有些后怕。山垄太深了，空无一人。我控制不了自己的双脚，继续往山垄深处走，越往深处走，开花的树越多样。我知道那些是什么树。是栲槠、甜槠。

栲槠的花如新叶，淡黄泛白，簇拥而生，圆盖一样罩在树冠之上。这让我想起乡间酿豆腐，煮沸的豆浆泛起一层泡沫。栲槠花就是沸起的泡沫。有一次，我去婺源太白，见沿途的丘陵开满了栲槠花，同学俞芳说，壳斗科木本开花，都是穗状花序。她的话让我惊讶。栲槠和甜槠都是壳斗科锥属植物，花都是穗状花序。甜槠的花偏白，花萼偏黄。

春阳下，山是沸腾的山。树在喷涌，喷出了花。生长之树，注满了热情。

在栲槠花凋谢之际，油桐花开了。在大茅山，无论是南麓还是北麓，油桐树十分常见，长得也高大。尤其在大墓源，油桐花横切北麓，如一座巨大的屏风。一夜，满山飘雪，终月不融。油桐花素白，繁盛如雪，被称五月雪。2021年5月，我去大墓源下的一个小村，在村后的山路边，有数十棵油桐树。我拾级而上，看油桐花。

天微雨，石阶湿漉漉。雨寒寒窣窣，零星的水珠从油桐树上滴落下来，滴答滴答。一个年过七十的大叔走在我前面，肩上搭一个棉布缝制的长布袋，低着头往山上走。布袋里不知装了什么东西，半鼓半瘪。他脚上的布鞋半湿半干，他的头发半黑半白，他身上的衣服半灰半麻，他的脚步半轻半重，他手上的伞端举得半斜半正，落下来的油桐花打在伞布上，滚下来，落在背上，滚下来，飘飘忽忽落在台阶上。油桐花从台阶上一级级滚落。我捡起几片花瓣，缓缓站起身，大叔停下脚步，站着，回身看我。我看到了他的脸，菩萨一样的脸。

油桐是一种非常倔强的树，即使是十分贫瘠、难以蓄水的煤石堆，它也能旺盛地长。它落叶早，开花晚，差不多和山矾、木荷同季节开花。在远处，木荷花不可见——花藏在叶腋上，花朵小，被树叶遮蔽了。而山矾不一样，花朵小，缀枝，满枝白花，盖住了树叶。

德兴是覆盆子之乡，也是中草药之乡。北宋药物学家寇宗奭撰《本草衍义》二十卷（刊于1116年，即宋政和六年），载药物四百六十种，详尽阐述药性。其载覆盆子："益肾脏，缩小便，服之当覆其溺器，如此取名也。"乡野的黄泥山多覆盆子，花期在五至六月，果熟期在八至九月。其实，在低海拔的向阳山地，覆盆子、金樱子、悬钩子等蔷薇科小灌木，在三月末就开花，六月就结了青果，圆铃一样挂着。我去采覆盆子。青果多毛，酸涩。采下的覆盆子，摊在圆匾晒三个日头，装入布袋抛抖，再用圆匾翻抖去毛去叶苞，装入酒缸焐酒。这是乡间小酒馆的制法。也是我的制法。

双溪村多黄泥山，也多覆盆子。我去采摘。在公路边，看见一棵树铺满了白花，花大朵大朵，白绸结似的。树在山冈的顶上。我爬了上去。那是一棵大叶青冈栎，枝丫横生，却并没开花，开花的是缠在树上的藤萝。我不认识这种藤萝，藤粗黑，叶圆且肥厚，花排列成伞房状，单瓣，宽倒卵形。

有些藤本在树上寄生，如薜荔。有些藤本缠树而生，如络石和忍冬。树，是它们的骨骼和营养源。它们在树上开花、结果。这给了我们假象。其实，所有的树都会开花。即使是毫不起眼的白背叶野桐、盐肤木、楤木，也有漫长的花期，只是花色暗淡，或花藏在叶丛中，不易被人瞩目。它们在不同月份开花，只有花色彰显或色彩艳丽或芳香浓郁的花，才会被注目。

《诗经》有名篇《伐檀》。"坎坎伐檀兮，置之河之干兮。"远古的先人在砍伐檀木，抬到河岸上。河水清清，泛着涟漪。黄檀或许是南方最迟开花的木本植物之一。在大茅山，黄檀也很常见，尤其在马溪溪谷，黄檀斜出，半边树冠压在溪面之上。黄檀是落叶乔木，春寒彻底结束了，它才从休眠中苏醒过来。到了六月，黄檀才开始发新叶，边发新叶边开花，圆锥花序顶生或生于最上部的叶腋间，花期很短，结出豆荚。

当然，四季都有木本植物开花。油茶树在霜降时开花。枇杷在小寒时开花。枇杷是被人类驯化的树。我不知道有没有野生的枇杷树。蜡梅、茶梅、结香、木棉也在冬天开花。在大茅山山脉，过了七月就鲜见木本植物开花了。山呈现出一派严肃、庄重、渐衰的样子。山色墨绿，看起来很凝重。树一层层地往山尖延伸，在视觉中，树不再是树，仅仅剩下色彩。

色彩随着时间渐变，霜叶泛红泛黄，秋已深沉。花以果实的形式续存了下来。山民有捡拾栲槠子的传统。栲槠子即木栗，又称苦槠栗、尖栗、珍珠栗。霜熟，栲槠的壳斗开裂，落下栗子。栗子椭圆或扁圆，绛红色，泛着金属的光泽，摸起来润润的，溢出包浆似的，个头和色泽，与桂圆核接近。它是猴子、松鼠和林鸟的至爱食物。山民背一个竹篓上山，蹲在栲槠树下，拨开落叶捡拾。一棵高大的栲槠，产百斤以上的栗子。入冬了，栗子拌沙子放在铁锅上翻炒，或浸在盐水里煮。山民捂着火熜，挨在门边，剥熟栗吃。或者剥壳磨浆，做苦槠栗豆腐。我还记得，三十年前，在上饶县城读书时，德兴占才的同学带一麻袋的熟苦槠栗去学校，我们围着木箱大快朵颐。熟栗松脆，满口生香。在物质匮乏的年代，栲槠子是山民度春荒的粮食之一。

我也跟乡人去捡栲槠子。水坞有一条幽深的山垄，栲槠树挤在垄里，挤得密不透风。那里曾有数户山民，在三十年前外迁了。走路去很近，不足十华里。树上长的，终究落回地下。树上长了多少叶，树下就积了多少叶；树上结了多少果，树下就落了多少果。

叶与果，也终究会腐烂，化为腐殖物。这时刚刚入冬，地燥，落叶烘出舒爽的气息。地上都是苦楮子，无须拨树叶，就够一双手忙活了。

大地沉睡。我坐在栲楮树下休憩，零星的苦楮子落下来，打在落叶上，啪嗒一声，轻轻弹起，滚到水沟里。我仰起头，望着树冠，树叶斑杂。我想起王维的《秋夜独坐》：

> 独坐悲双鬓，空堂欲二更。
>
> 雨中山果落，灯下草虫鸣。
>
> 白发终难变，黄金不可成。
>
> 欲知除老病，唯有学无生。

天宝九年（750年），四十一岁的王维离朝屏居辋川，为母守丧。辋川便成了他的皈依之地。他归化了山水。一个被山水浸润久了的人会返璞，通透如玉。何谓通透？就是不痴妄、不纠结，如一盏暗室之灯，因油而燃、随油而枯。《秋夜独坐》便是他晚年枯坐之作。空堂，是每一个人最后的归宿。世界喧哗，终归寂灭。

捡拾回来的栲楮子，洗净，锥子扎一个孔，入锅煮盐水。

腊月了，祖明约我去富家坞吃晚饭，说："今年最后一次去富家坞吃羊肉了，早点去，爬爬山、走走路，随意走走都是舒服的。"

我们三点来钟就去了。大茅山北麓如横屏，翻动着尽染的深冬山色。入了村口，有妇人在剥油桐籽。油桐黑黑，烂了壳。妇人坐在竹椅子里，掰壳，抖出油桐籽。我问："现在还榨桐油吗？"

"当然有啊，桐油比菜油贵呢。"妇人说。

祖明说："我们可以办一个桐油厂，大茅山的油桐籽捡起来，至少可以压榨十万斤桐油。"

"桐油是个好东西。"我说。桐油不仅仅可以做漆剂，还可以做镇痛、解毒药物。2012年冬，我妈妈突发阑尾炎，在上饶县人民医院就医。医生说："急性阑尾炎很危险，不做手术，没办法解决。"我身在安徽，急死了。我妹妹问我："是不是要做手术，得家属签字？"我对医生说："老人体弱，身体耗不起，做手术失血太多，没有三五年恢复不了，不能做手术。"

医生说："不做手术就治疗不了。"

我说："古代没有切除技术，难道得了阑尾炎就不可医治吗？"

医生喃喃地说："那我问问老医生。"

老医生说："不做手术当然可以医治，有陈年桐油就可以。"

老医生用十年的陈桐油糊老石灰，敷在我妈妈腹部，一天换药一次，敷了三天，阑尾炎就好了。

陈桐油就是从大茅山找来的。富家坞的前山，有大片大片的油桐林。油桐落尽了叶子，山显得空无。大山雀在唧唧叫着。小溪边的草丛，落了许多油桐籽。它们已经烂壳了。油桐籽富含植物油脂及氮、磷，有些林鸟吃油桐籽，吃了，又消化不了。鸟成了油桐的播种者。油桐雌雄同株，繁殖力惊人，生命力强大，满山遍野就有了油桐树。油桐籽在土壤表层也可以发芽、生根。

种子落土，埋在泥里，长出了树，树开出了花。花开得高高的。

蟋蟀入我床下

蟋蟀鸣叫，夏夜凉了下来，大地上的潺热在消隐，枳椇原本软塌塌的树叶竖直了起来。其实，蟋蟀在白天也鸣叫，兮兮兮，清亮悠远，但鸣声被黄莺、强脚树莺、画眉、鹊鸲等鸟类的啼叫淹没了。在鸟鸣的间隙，蟋蟀声被风送了过来。

常居在林边，蛾蝶和甲虫从窗缝神不知鬼不觉地飞进来。有一种甲虫，翅膀深棕色，头青棕色，触角深黑，尾端浅棕黄，飞起来吱吱叫，在墙角盘旋，在桌下盘旋。我辨认不出这是什么甲虫，凌晨时，便死了，散发一种植物腐烂的腐臭气息。我捡起甲虫，装在玻璃瓶里，摆在窗台晒，晒一日，甲虫干瘪如茧。一个星期，可以捡一瓶甲虫。蛾扑在门框顶上的玻璃窗上，噗噗噗，撞着玻璃。第二天早上开门，见几十只蛾散落在台阶上。蟋蟀也来到我居室。

夜静了，在冰箱下、在书柜背后、在床下，蟋蟀发出了兮兮兮的鸣声。蟋蟀的翅膀有锉状的短刺，相互摩擦、振翅，发出一种和悦、甜美的声音。兮兮兮，兮兮兮。我安坐下来，静静地聆听。我交出耳朵，彻底安静了下来。假如我愿意，可以一直聆听到窗外发白。

天白了，蟋蟀的鸣叫声歇下去了，蝉吱吱吱吱叫了起来。

　　我是一个对声音比较敏感的人，对溪声、鸟声、风声、雨声、虫声入迷。闲余之时，我去荒僻冥寂的野外，在溪流边驻足，在林中流连。我是可以在溪边坐一个下午的人，凝视水波，流水声从琴弦上迸发出来似的，激越、清澈，淘洗着我的心肺。流水声是不可模拟的，简单往复，节奏始终也不变。入耳之后，又是千变万化，似群马奔腾，似崖崩石裂，似珠落玉盘，似瓦檐更漏。蟋蟀声也是这样的，兮兮兮，一个单音节，圆圆润润，一直滑下去。作为自然之声，每一个听力正常的人，都非常熟悉蟋蟀的鸣叫。

　　夜深休憩了，蟋蟀还在叫。朋友与我通电话，问我："你在哪里啊，怎么有那么响亮的蟋蟀声？"朋友似乎觉得我不是生活在凡尘，而是荒山野谷。我说我居室里就有几只蟋蟀，与我做伴呢。朋友说，那吵死了，怎么入睡呀？我哈哈笑，很替朋友惋惜，说：美妙无穷。

　　有一次，我好奇心突发，移开冰箱，挪开书柜，四处找蟋蟀。蟋蟀是穴居昆虫，隐藏在地洞，幽灵一样"昼伏夜行"。我要把这个"幽灵"找出来，让它现出真身。我一动木柜，蟋蟀就不叫了。它敏锐地感觉到木柜的振动。我找遍木柜角角落落，也没看到蟋蟀。我已浑身汗湿，坐在桌前喝茶。我刚落座，蟋蟀又在书柜背后叫了。兮兮兮。

与蟋蟀久居，但从没见过蟋蟀出来觅食。蟋蟀是杂食性昆虫，吃草叶、水果和作物。厨房有面条、大米、藜麦、绿豆、姜蒜，我没见过它"窃食"。居室铺地板砖，墙面也是新粉刷的，找不出洞穴，蟋蟀不可能在这里繁殖。那么它是从哪里来的呢？我百思不得其解。我楼上与楼下的楼层，均无蟋蟀鸣叫。

　　楼上的住户很羡慕地对我说："你宿舍里的蟋蟀能跑到我宿舍来就好了。"

　　我说："不分你我，夜夜笙歌。"

　　蟋蟀在十月孵卵，翌年四至五月孵化为若虫。若虫群居，数天后成虫，属于不完全变态昆虫。成虫离群索居，各自掘土为生。蟋蟀喜阴湿，在草叶下、砖块石块下栖息。在乡间生活过的人，都有捕蟋蟀的经历。

　　乡人并不灭杀蟋蟀，把蟋蟀视为友善的邻居。入屋的动物，他们杀老鼠、蜘蛛、蟑螂、百足虫、苍蝇、蚊子，却不会杀蜥蜴、壁虎、蜈蚣、蚂蚁，更不会杀蛇、黄鼠狼、黄麂了。蛇是先祖派来的使者，来家里报他乡之信。黄鼠狼会复仇。黄麂是福寿之鹿。夕阳已沉，暮辉澄明，远山如黛。乌鹊在梧桐树上呀呀呀叫。孩童握一个小网兜，抱一个竹罐去田畴。田畴平坦，一直向东向南斜伸，稻苗油青，河汉交错。在田沟水沟，掰开草丛，便可以找到蟋蟀，用网兜扑上来，塞入圆墩墩的竹罐。竹罐是孩童的"魔术瓶"，可以装萤火虫，

　　　　　　　　　　　　　　　　　　　　　　蟋蟀入我床下

可以装蟋蟀，可以装柳蝉。孩童用自行车链条换麻骨糖吃，用塑料鞋换甜糕吃，但不会用玻璃罐去换任何东西。装一只或几只蟋蟀，孩童抱着玻璃罐回家，摆在卧室的木桌上。孩童在昏暗的灯下写作业，蟋蟀在玻璃罐里抖着触须，分分分地叫。

这是一个神秘的世界。也是一个令人好奇的世界。孩童作业没做完，便扔下了笔，对着玻璃罐发呆，摇一摇玻璃罐。蟋蟀的叫声多动人，分分分，如水浪在不知疲倦地翻卷过来。蓝星在窗外爆裂，无声无息。月光朗照着田畴，无数的蟋蟀在吟唱。牧歌和童谣，被蟋蟀吹奏。略大一点的孩童，以蟋蟀作为饵料，鱼钩穿在蟋蟀的尾部，抛在河面，蟋蟀踩着水跑，跑出一条波纹一样的水线。翘嘴鲌或鲤鱼翻上来，吞下蟋蟀，钩住了。一只蟋蟀要了一条鱼命。

在孩童时，我用铁盒放在书包里养蚕，用鸡笼养过草鸮。我没养过蟋蟀。我家有一个约半亩大的院子，有两棵并生的枣树、一棵红肉囊柚子树、一棵白肉囊柚子树，还有一棵树冠盖了半边瓦屋的桃树。枣树下，是一处乱石堆。落枣烂在石缝，枣叶烂在石缝。石堆之下，有很多蟋蟀。夏秋之夜，它们夜夜分分叫。一张竹床安放在院子中央，祖母摇着蒲扇，给我讲老放排工。

那个老放排工是从浙江温州逃难来的，逃难千里，疲倦了。他在村里安顿了下来，做了放排工。他从上游放木排下来，放到信州去卖。他身手好，无论多凶险的急流险滩，他的木排也不会散架。

放了十三年的木排，他病倒了。临死前，他对我祖父说："你把我葬在河对岸的高山上，那样，我就可以看见我的家乡。"

我睡在竹床上，听着听着，就入睡了。夏风凉爽，冰碴一样的星宿在跃动。木槿花兀自开着。牵牛花爬在木垛上。蟋蟀一直在角落里吟鸣。忘忧，单纯。入睡了，忘记了令我害怕的长舌鬼。据说鬼的脸，一会儿绿一会儿蓝，舌头伸出来，比手巾还长。

一直以来，我以为祖母讲述老排工，是讲离乡。到了我去往外地生活以后，我才明白，那是对命运的一种确认。谁能想到自己会逃离出生之地，死在一个不可确定的地方呢？每一个人都有可能下落不明。唯有蟋蟀的长鸣，与孩童时无异。

我现在就听着这样的牧歌和童谣，像是在听《越人歌》，也像是在听"今我来思，雨雪霏霏"。夜越深，曲调也越轻灵。人在这样的情境下，会退回到一个自然的状态下。人的自然性越充分，内心越放空，人也越舒展。在生活的樊笼里，住得越久，越渴望恢复自然性。或许，有时人所渴求的，不是灯红酒绿或鼓瑟吹笙，而仅仅是屋角的一只蟋蟀，或窗前的一只白鹡鸰。

一日，我晒衣服，发现花钵里的一株三角梅晒死了。这个花钵是我去年大雪天从路边捡回来的。三角梅被冻烂，根还鲜活。我放在阳台上，给它浇水。过了初春，叶抽了出来，翠翠绿绿。我两天浇水半碗，分两次浇。入暑之后，我两天浇一碗水，一次浇半碗。前些日，我去了一趟泰和，回来时，三角梅死了。花钵里的泥皲裂板结，三角梅活活枯死。我倒出花钵里的泥，用锤子捣烂。我发现泥里有几个小洞，隧道似的泥洞。我明白了，在去年，蟋蟀产卵在三角梅下，被我抱了回来，孵出了几只蟋蟀，在我居室"潜伏"了下来。这真是一件奇妙的事情。我捣烂了泥，装回花钵，摆回阳台。我埋了五粒花生下去。花生可年栽两次，我又得勤浇水。我不仅仅为了花生，还为了蟋蟀。在入秋时，蟋蟀可以在花钵里孵卵，一年一个世代繁殖。

有蟋蟀在居室，是自然的眷顾。

所居之室，在林缘地带。即使在高温天气，日落之后，不用一个小时，就凉爽下来。落山风从山垄扫下来，夜气就涌上来，暮色化为黧黑，山冈变得敦实、矮小，山顶浮出几粒米状的星星，亮白冰冷。夜空是冷漠的，从来就如此。夜空不会同情黑暗中的人，也无视我等的存在。

　　没有任何夜晚能使我沉睡
　　没有任何黎明能使我醒来

海子在《西藏》里这样写。或许，是这样；也许，蟋蟀能使无法沉睡的人安睡。天空空出了足够的位置，留给星宿。星宿繁多却不会拥挤。星亮出了天幕，蟋蟀开始叫了。兮兮兮，兮兮兮。兮。兮兮。兮兮兮。兮兮兮。兮兮。兮。

世间之物，唯蟋蟀的鸣叫纯粹。它就那么一直叫着。在黑夜中叫，带着潮湿之气，带着纯粹的欢乐。

我不知道，蟋蟀是否对气温敏感，是否对光线敏感。熄灯了它就叫，亮了它不叫。我很想看它磨蹭着翅膀的短刺。但它总和我捉迷藏。任由它了。

其实，我的卧室非常简单。一张床，一个衣柜。床也简易，一副床架和一条被褥。我喜欢过极其简单的生活。蟋蟀也是这样过生活的吧。它只需一个花钵。

土陶的花钵不大，陶底有一个漏口。土是营养土。我从野塘挖了半脸盆淤泥回来，晒干，揉碎，塞在花钵里。浇了几次水，花生就出芽了，一根茎，散开了两片叶，看起来像个翘着辫子的黄毛丫头。

雨夜，蟋蟀是不叫的。雨在树上湍急，雨在空中湍急，嗦嗦嗦嗦。窗户被雨击得当当作响。楼上的响动声，像船在颠簸，晃动得很厉害，茫茫之夜如茫茫之海。船上的人在晕眩，在迷失方向，在激荡。雨停下了，树叶也没了雨滴声，蟋蟀又叫了。枯寂的夜，需要蟋蟀伴奏。蟋蟀拉起了胡琴，悠长的琴声是滴不尽的雨水。

有一天，我有些心烦，对着向我摇尾巴的大黄狗发脾气，对着啄鸭子的鹅发脾气,对着树上的松鸦发脾气。我看什么东西,什么东西就不顺眼。我把茶叶罐摔得裂开了嘴巴。它们很无辜。原本留给鸟吃的剩饭,煮了一碗粥,我吃得干干净净。这个时候,蟋蟀没心没肺地叫了。兮兮兮。兮兮兮。我脱下脚上的鞋子,找蟋蟀。我四处找。找到的话,我要用鞋子掌它。追着它,掌下去,掌得它跳起来。

找了十几分钟,还是没找到。它就在房间里。我坐在床沿,垂下手,望着白墙。我对着墙说:"世界上,有没有不烦的人啊?"

蟋蟀叫着,兮兮兮。月影上来了,印在窗户上,如一朵洁白的窗花。桂花树在轻轻摇动,沙沙沙。这时,才突然想起,这是农历十月十三了。我推开窗,月如水中白玉。扶着栏杆远眺,山峦如失散的马群,各自奔跑。安静了,除了虫鸣。

到了农历十一月初,虫鸣稀少了。以前,蟋蟀叫,是四野皆鸣如鼓。现在冷清了,就那么一只两只在叫。虫大多数被冻死了。夏虫活不过冬,朝菌活不过夕。居室里的蟋蟀已有半个月没叫了。也许它死了。也许它真的死了。也许它都腐烂了。夜晚的陪伴者,唯有星月与蟋蟀。

最终,没有蟋蟀叫了。天已严寒。夜露冻在落叶上。叶是银杏叶,像一只只不再飞的蝴蝶。捡了一些落叶,铺在花钵上。如果花钵里有蟋蟀的虫卵,就不会被冻死。

到了我这个年龄，已经没有多少事，也没有多少人，值得我去付诸过多的心思去关心了。也无力去关心了。我越来越珍视那些微小的、与物质生活无关的东西。它们给我的快乐，多于物质，多于周遭的人。它们存在于恒定的时间之中。

山中盆地

　　太平寺在一个山中盆地。盆地很小，宛若一个木勺，三座矮山
冈把寺庙包在山坳里。庙前有一口莲花塘，塘里有数尾红鲤。塘边
有数亩山田，被管理寺庙的人种了菜蔬、红薯。山冈披着针叶林，
林边有数十棵枫香树、樟树、桃树和梨树。垂柳临塘而立，一丛翠
竹在石阶路口苍苍翠翠。

　　石阶有半华里长，从山谷底绕山垄而上，如一条蟒蛇，正在蜕
皮。山谷幽深，被小叶冬青、木姜子、野山茶、杜鹃、枫香树、杜仲、
栎木、苦槠、野枇杷、中华木绣球、野山樱等树木覆盖。一条清浅
的溪涧从隘口冲下来，冲出一个深潭。瀑流飞溅。

　　我常徒步去山谷，到了潭口，在石亭里坐一会儿，返身回来。
石阶有些陡峭，便不走了。只有口渴了，才会登石阶而上，入寺庙讨
碗茶喝。寺庙并无僧人，有一个管理员，是河南开封人，五十多岁，
高大壮实，有时穿僧服，有时穿长褂。他说话有浓重的开封口音，
我听得很吃力，便很少和他交谈。他在三十多岁时患有慢性重病，
就医的过程中备受煎熬，他便干脆放弃治疗了，来到了太平寺静

养，身体竟然奇妙地康复了。每次去，他就跟我谈生命和宇宙问题。这些终极问题，谁也谈不了。谈这样的问题，很累人。我就很少去寺庙讨茶喝了。

盆地是很幽静的，除了鸟叫声，几乎听不到别的声音。在莲花塘边坐坐，是很养心的。数年前，并无莲花塘。乡人觉得这样一个常有外地客人来访问的地方，无处饮水，真是怠慢了客人，于是众人捐资，掘土挖塘，引来高山水源，煮泉烹茶。我也参与了。塘修建完工，已是严冬。我去山中，天飘着碎碎的雪。山头白了，浅浅的一层白，针叶林露出毛毛糙糙的青靛色。

"你怎么会来这里？"一个挑红薯的男人跟我打招呼。我没认出他，想必他认识我。他穿着黑色单衣，布片绑着裤脚，穿一双旧解放鞋。他挑着满满一箩筐红薯，微笑了一下。

"来走走，活动一下身子。"我说。

"你认不出我了？"挑红薯的男人说。他站在塘边，但并没放下肩上的担子。他戴着眼镜，嘴唇有些厚，鬓发微白。

"我眼拙了。我记忆力衰退得厉害。"我说。

"我照相的。你记起来了吧？"他说。

"哦。知道了。阿文。有二十多年没见了。"我说。

他挑着红薯往寺庙走，我跟在后面，说："你什么时候来这里种红薯了？看不出来，你还会种地。"

"来这里两年了，就种地。"阿文说。

"霜降就挖红薯了，严冬了，还有红薯没挖啊？"我说。

"红薯种得太多了，有三千多斤。你带些回去吃。我的红薯都藏在地窖，非常甜。烤红薯、煮红薯粥，都很好吃。我不吃饭，吃红薯。你看看，这是红皮红薯，又粉又甜。"阿文说。

"你来了两年，我都没见到你。我每个季节会来这里，这里景色不错，也适合徒步。"我说。

他挑着红薯，走到屋侧，歇下担子。地窖是横进黄土山，往里开凿出来的。一档木门拴着，拉开木栓，露出黑乎乎的地窖。他往地窖搬红薯。我站在院子里，看着碎雪飞旋。远山渺渺，迷蒙且浑浊。

和阿文喝了一会儿茶，我就顶着雪下山了。阿文在山里生活了两年多，我感到意外。有些话，我没法问。比如，他为什么来到山里？他靠什么为生？他的家庭怎样？我想知道的，似乎成了禁忌。

1994年，我入上饶市工作，他便以照相为业。他的黑白照在当时颇有些口碑。我有很多照片都出自他之手。他能说会道，很受女孩子喜欢。照了几年相，他转行做了画册广告。他比我早结婚，他爱人是铅山人，在机关上班，有些胖，衣着朴素。我结婚时婚礼现场的照片还是阿文拍摄的。女儿出生后，我便过着居家生活，很少和玩乐的朋友联系了。阿文就是其中之一。我再也没见过他。有些人，在我的生活中，会不明不白地失联，甚至消失。反之亦然。彼此都成了下落不明的人。记忆中的阿文，曾经那么生动、确切，但站在眼前，面目又模糊难辨。我们经受生活的淘洗，也经受时间的淘洗。

山中桃花开得迟，梨花也开得迟。迟开的花，更旺盛，一朵朵地发育出来，让野山充满了春天的欲望。寺庙侧边有一个很小很陡的山坞，在桃花凋谢后，几株杂在灌木丛中的湖北海棠开出了花。花殷红，缀满了枝头。每年的这个时候，我会来看海棠花。五华里长的山谷，只有这个小山坞长了湖北海棠。杜鹃已初开，山冈上，红灿灿一片。日常鲜有人来的山谷，有了访春的人。姑娘折杜鹃，插在花瓶里。姑娘与花，彼此映照。少年也来，在盆地上跑，啊啊啊地呼叫，山谷荡起回声。豌豆绕起了藤蔓。灰胸竹鸡在树林啼鸣：嘘呱呱，嘘呱呱，嘘呱呱。啼鸣凝着深重的春露。

到了山中，自然要去找阿文。他在房间里写毛笔字。房间陈设很简陋，只有一张二层的木床、一张四方桌。草纸一刀刀堆在下层床上，床底摆放着两双解放鞋、一双套鞋、一双球鞋。他站着写毛笔字，写了一张，揉皱草纸，扔进废纸篓。墙壁上，布满了滚圆的水珠。我说，这里太潮了，湿气伤身。

"早上一碗姜茶，白天干活出一身热汗，哪来什么湿气？"阿文说。

他把毛笔递给我，说："你也写写，写字静气。"

我说我字写得太差，鬼画符一样，阎王见了都会发笑。我还是接过笔，写了两行：山高月小，水落石出。阿文拿起纸，垂着看，说："写毛笔字不在于好差，在于写，我也写得差。写得差又有什么关系呢？好比种菜，在于种，而不在于菜。"

我在山中吃了饭。饭餐很简单，就一碗豆腐、一碗空心菜。吃饭的时候，我才知道，有五个人（一女四男）在山中生活，自种自吃。那个女人，有些龅牙，颧骨高，喜欢说话。也可能是因为日常生活中很少说话。喜欢说话的人，忍着不说话，是难受的。不喜欢说话的人，不得不说话，也是难受的。

阿文一直送我到了翠竹林，说："你都掉光头发了，你得从从容容生活，多种种菜，不要去求那么多了。"他说话不疾不徐，面容如夜幕下的海面一样平静。他看着我走下石阶，弯过山坳，下了山谷。

暑期，天溽热。我又去山中，夜宿寺庙。这次我第一次住在太平寺。和阿文在院子里喝茶。溪水潺潺，油蛉吟吟，竹叶沙沙。半盏月升了上来。山显得孤怜，起伏不定。阿文说，四十三岁那年，他离开家，到好几个书院讲国学。讲了三年，他去敬老院做了两年志愿者。他又去了普陀山、峨眉山、九华山、武当山、终南山等名山游历、客居。最后到了这里种菜。

为什么离开家，他始终没说。我也不会问。喝了茶，他又去写毛笔字了。他说，雷打不动，每天写四小时毛笔字。

夜很凉。月色也很凉。我推开窗，望着山月，想起了苏东坡的《卜算子·黄州定慧院寓居作》：

缺月挂疏桐，漏断人初静。谁见幽人独往来，缥缈孤鸿影。

惊起却回头，有恨无人省。拣尽寒枝不肯栖，寂寞沙洲冷。

竹影多姿。我信步而下，至莲花塘。塘心月涌，夏蝉吱吱，柳扶清风。我静静地看着水中月，月照中天。夜鹰咕咕咕叫。我沿着菜地边的山道，慢慢走了一圈。月色如晦，也如雪。山冈沉默。定慧院是东坡先生常去的地方，与友饮酒、赋诗。他还写过《记游定慧院》。他记："时参寥独不饮，以枣汤代之。"我也是"独不饮"的那一个。他记："有海棠一株，特繁茂。"我就想，待来年，也要在塘边栽一棵海棠，以记自己曾来过。

到了来年春，我上山，寺庙管理员说，阿文已离开了，有半年之久。阿文去了哪里，管理员也不知道。

菜地里有许多白菜，烂在地里。木姜子花开了，米黄色，一蕊

蟋蟀入我床下

一蕊地爆出来。我喜欢木姜子。每年入秋，我就进山摘木姜子，小小圆圆的麻白色颗粒，晒几天，用布袋藏在干燥阴凉的角落，做酱或做汤料或泡茶。木姜子消寒、消饱胀。

在石阶山道两边，长了许多枫香树和木姜子。枫香树长到七八米高，被人砍了做柴火烧。树根又发新枝，长个三五年，又有七八米高了，又被砍。数年前，我找了乡人，合立村规民约，封禁了山。现在枫香树已经长到十七八米高了。山是养人的，树是养山的。树是水之源，也是人之源。

前两年，寺庙管理员不种菜了。种不了，山谷有人养羊，羊跑了上来，啃光了菜。那几个客居的人，也陆陆续续离开了。他们为什么来这里客居，我也从没问过。

山中盆地的西边，有一条机耕道，往山下去另一个山坞。山坞里有十来栋瓦房，一直空着。屋主移民下山了。有两个养蜂人借住了其中的两栋瓦房，养了百余箱蜂。蜂箱放在油茶树下，或挂在屋檐下，初夏、初冬，各刮一次蜜。蜜棕黄色，乳胶一样黏稠。我认识那两个人，一个宽额头，一个左撇子。宽额头常年戴着蓝布帽，左撇子是一个哑巴。他们是一对亲兄弟。他们种了很多菜蔬、甘蔗。

入秋，山中甚美。枫香树红了，山乌桕黄了。霜后的树叶可见经络，毛细血管网一样密布。从一片树叶上，可以清晰看出大地的形态。华山松高高耸立在山梁上，与天际线相通，山得以壮阔。

有人来了又走，有人走了又来。来过的人，皆为过客。

去山谷的人，也和我一样，大多步行到石亭，坐一会儿，就返身回来了。石亭建在一片开阔地上，紧挨着石阶。亭前长着香樟和野枇杷树。山谷从这里敞开，也在这里收拢。石阶是明代的乡人凿出来的，已被行人磨光了石面，下雨，石阶溜滑。有一次，我上了石阶，突降暴雨。我躲在石壁下，看着雨溅打在石面。雨珠激烈地打下去，散碎，又溅起。树叶嘛里啪啦地翻溅起雨珠。

三个在石亭避雨的人，喊我："快下来啊，石亭好避雨啊。"

我一直贴紧石壁，缩着身子。雨歇。石阶涌起了小水浪。我快速跑上去，莲花塘已被水淹没了。柳树哀哀地垂着。那个河南开封人赤着脚，在挖水沟。我也去挖水沟。赤腹松鼠在松树上蹿来蹿去。

山边的枫香树林，积攒了新叶。叶淡青，幼嫩，散发出一股油脂的芳香。我去摇枫香树，抱着摇，雨珠哗哗落下来，滴滴答答的声音很清脆。风一直在吹，树叶上的雨珠一直在落。雨珠对风有着天然的呼应，那么默契。蒲儿根在地头开着黄花。

养蜂人在装车，运走蜂箱、杂物。他们即将去往别处。养蜂人是生活在别处的人，追随着节律，穿越地平线，去往大地尽头。其实，大地是没有尽头的。所谓尽头，就是安顿。大货车在机耕道上摇摇晃晃，颠簸着，一会儿就不见了。山遮蔽了山。

远山比近山更高。远山到底有多高，谁也不知道。烟雨迷蒙，远山不见，近山半隐半现。翠竹一直在沙沙作响，落下很多竹叶。

　　我推开阿文曾住过的房间，四方桌上还留着石砚、毛笔。草纸是没有了。我洗了毛笔，搁在石砚上。这是阿文留下的唯一的东西。

　　暴雨又来了。雨水冲刷着院子里的地锦。我站在屋檐下，雨从高处落下来，雨线密密，雨珠噼啪。

往水里加水

峡口溪从罗家墩潺湲而出，注入洎水河，冲出一个鳎鱼形的大滩头。我天天傍晚去滩头看乡民钓鱼。有三五个钓客，在下午四点半，骑电瓶车带着渔具，来到入河口，支起钓竿，垂钓鲤鱼、鲫鱼、鲩鱼、白鲦，也垂钓夕阳、蛙声、鸟鸣、树影。钓客坐在自带的凳子或草堆上，前倾着身子，握着钓竿，专注地看着红白绿相间的浮标。他们大多不说话，静默地守着竿，留心水面的动静。河水流到这个河段，已经流不动了，河面闪着波光。波光鱼鳞形，闪得眼发花。下游百米的红山水坝传来哗哗哗的流泻声。

滩头是一块杂草地，芒草、菟丝子、芭茅、荻，在疯长。钓客隐身在芒草丛里，如一截树桩。矮山冈叫虎头岭，被人推去了半个山头，裸露出褐黄色的积岩土；余下的半个山头，乔木灌木茂密，葛藤四处攀爬。鸟将归，嘘嘘叽叽，叫得荒山野岭生出一份黄昏的冥寂。

洎水河暗自汹涌。河流到了这里，如同一个中年人，面目平静，内心却随时翻江倒海。我看他们钓鱼，也看暮色将临时的河流。在旷野之中，河流与天空是我们永远无法透视的。它们不让人捉摸。河流之低与天空之高，是我们目视世界的两极，它们吸纳一切，却又空空如也。看了几次，我便和他们相熟了。一个做工业油漆的钓客，见我很娴熟地给他抄鲤鱼，问我："你会钓鱼吗？"

"手生了，我在十年前钓过。"我说。

"那我给你一副钓竿，练练手。"钓客说。

"就给我一副机动竿吧。"我说。

我拉了一下鱼线，嘶嘶嘶嘶，线油滑，鱼线低鸣如弓弦颤动。呼呼呼，我转了转滑轮，轮子兀自空转，轮把划出圆形的线影，如飓风吹动水面树叶。"好机动竿。"我说。我从竿头抽出鱼线，绷紧竿头，往河面抛鱼线。绷成半弧形的竿头，弹出咚的一声，弹射出鱼线，鱼线呈大弧形，往河面一圈圈扩大，轻轻地落在河的中央。鱼钩拖着鱼饵，钻入水面，咕咚一声，慢慢往下坠，水波漾起了涟漪。轮子还在呼啦啦地转，鱼线在继续外抛下滑，阳光照在鱼线上，闪着明亮炫目的白光。浮标慢慢浮出水面，露出红头，摇摆不定。

"你抛线，抛得优雅，抛得又远又准。你教教我抛线。"钓客说。

"动作和程序都是一样的，没什么窍门。"我说。

他看着我，有些失望。我又说："钓鱼的关键在于是否钓上鱼，不在于怎么抛线、下钩，谁知道鱼在哪儿上钩呢？"

"话不是这样说的，钓鱼是享受过程，不在于鱼钓了多少。想要鱼，不如拉网捕捞。"钓客说。

"钓鱼是一种体育运动，也是一种内心活动，卸除了内心的渣滓，人就安静了下来，那么你的钓鱼动作会很从容，力道拿捏到位，抛线、提竿、遛鱼，就自自然然，不会手忙脚乱。"我说。

"要做到这样，好难好难。"钓客说。

"在河边，你一个人坐半年，你就做到了。这就是造化。"我说。

当然，我看钓鱼，也仅仅是我去河边溜达的由头之一。初夏时节，河湾有许多鹭鸟来，一行行，从大茅山之北的峡谷低低斜斜地飞过来，栖在峡口溪的淤泥滩觅食鱼虾螺蚌。鹭鸟以白雪为墨，在河水上空写诗。它是南方的鲜衣怒马，是杨柳岸的明月。它们散在溪边，嘎嘎嘎，叫得芦苇摇曳。在洎水河边，有很多鸟是我百看不厌的。越冬的小鹏鹠、燕鸥、斑头秋沙鸭、四季的蓝翡翠、从春分至秋分的白鹭，它们扮演着河流的主角。河里有非常丰富的白鲦、鳑鲏、黄颡、鲃鱼、鲫鱼，以及白虾、黑虾、米虾和螺蛳。妇人下河摸螺蛳，一个上午，摸一大脚盆。螺蛳吃浮游生物，吃脏污之物，繁殖量大。

有一次，做工业油漆的钓客问我："你夜钓吗？我们约一次夜钓。"

我说:"夜钓选月圆之夜,河鱼活跃。"

为夜钓,我做了准备:泡了五斤酒米、螺旋藻配鱼肉配油菜饼制鱼饵、睡了一个下午。

我和钓客戴着夜灯,在滩头静坐。我用手竿钓鲫鱼和鲳鳊鱼,钓客用路亚钓鲩鱼和青鱼。至十点十五分,我收了竿,没心思钓了。月亮上了中天,油黄黄,像一块圆煎饼。月光却莹白,河水生辉。凤凰山的斜影倒沉下来,虚晃晃。树影投射在河面上,被水卷起皱纹。树影不沉落水底,也不浮在水面,也不流走。树叶树枝剪碎的月光,以白色斑纹的形式修饰树影。这古老的图案,在月夜显现,还原了我们消失的原始记忆。

河是世间最轻的马车,只载得动月色;河也是世间最重的马车,载着遗忘,载着星辰,载着天上所有的雨水。我听到了马车的毂轮在桑桑琅琅地转动,在砾石和鹅卵石上,不停地颠簸。马匀速地跑,绕着河湾跑,马头低垂,马蹄溅起水线,车篷插着芒花和流云……

一条被河水带走的路,水流到哪里,路便到了哪里。水有多长,水印的路就有多长,月色就有多缠绵。远去的人,是坐一根芦苇走的,被水浪冲着颠着,浮浮沉沉。坐芦苇走的人,如一只孤鸟。

河水其实很清瘦,但月光很深。水就那么亮了,与月光一样亮。或者说，河水是月光的一个替身。只有月光消失之后，河水才恢复了身份。月亮离我们并不遥远，河把月亮送到了我们身边。月色把逝去的事物，又带了回来——我们曾注目过的事物，只是退去，而并未消失。

月亮搬运来了浩繁的星宿，由马车驮着。星宿那么重，马车哪驮得动呢？一路洒落，沉没在深水里，成为星光的遗骸。每一具遗骸，都留存了星际的地址。

我第一次在泊水河边独坐，是在1993年春。我在长田（隶属德兴市黄柏乡）饶祖明家做客，历时两个月余。饶祖明是个出色的诗人。我和诗人以徒步或骑自行车的方式考察了泊水河、永乐河。那是我人生困顿、迷惑、彷徨的阶段。我不知未来的路在何方。我觉得人活着没有任何价值，对人生怀疑。从本质上说，我是个内心阴郁的人，幸好我生性豁达，把很多事情看得很开。我是一个活在自己思想体系中的人，他者很难对我造成影响。因此，有时候，我显得较偏执。杜鹃花开了，一天（3月10日），我莫名其妙地坐上班车，去市郊，独坐银山桥下的泊水河边。我望着茫茫的春水肆意西去，内心莫名伤痛。我写下《泊水河：流动》：

> 多舛。无依。九曲回肠
> 在事物深处含而不露

你呼吸凝重

剩下荒芜的秋色

黑烟。废沙。一如姐姐布满铜漆的脸

在美好中沦丧

少女骑凤凰降临民间

飘落的灰尘是我们世世咏唱的光辉

琴手以爱抚摧残生命的钢骨

兀自打开残废的诗篇

把脸退到书的背后

一会儿动。一会儿静。

谁能把握。谁就是节日簇拥的神

命运的逃亡者

郁结的心诉说不尽的沧桑：

河水可能会枯竭

但河的名字源远流长

　　当然，这是一首蹩脚的诗，但很能体现我"为赋新词强说愁"的心境。一个略显青涩的人，哪懂得壮阔的河流呢？现在，我几乎每天生活在泊水河边，出了村口，横穿公路，便是银山桥。这是一座老公路桥，有些破败。桥下是泊水河。河水浊浪滔滔。桥上游二百米，红山水坝以三股水柱从坝中间喷射出来。雨季，河水漫过坝顶，泻出帘幔。

河浑浊，是因为上游的龙头山乡有人在开采大理石。大茅山山脉自东向西蜿蜒，地势东高西低，北部山系有数十支涧溪，与三清山北部溪流，汇流而成泊水河。龙头山处于河流上游，大理石厂磨浮出来的污水，含石尘，部分污水排进了河里，石尘部分沉淀，部分被水冲刷，带入几十华里外的下游。大理石厂却始终关停或搬迁不了。为了开采最大量的石材，大茅山非核心地带被炸烂了花岗岩山体，成片成片的原始次生林毁于一旦。我看着那些碎石覆盖的山体，觉得那不是一座山，而是人（破坏者和合污者）的耻证。耻证将告示：一小撮人欠下的生态之债，需要几代人去偿还。

1998年秋，我第一次去了龙头山乡南溪。枫叶欲燃，万山苍莽。泊水河清澈如眸，河床铺满了鹅卵石，鱼虾掬手可捉。一架木桥横到村前。2018年，我再去南溪，往日淳朴、洁净的伊甸园式景象荡然无踪。河道被挖砂人掏得鸡零狗碎。木桥改为公路桥，车辆咆哮。我不知道，这个时代，带给了我们什么，又从我们身上带走了什么。泊水河也无法告诉我。虽然仅仅时隔二十年，却是农耕时代跨到了工业时代，每一个人被席卷，大茅山脚下的偏僻小村也不能幸免。作为个体的人，作为最基层的管理者，远远没有准备好进入工业文明时代。

桂湖在大茅山东部，是泊水河源头之一。桂湖边有一自然村，原有十余户，现仅剩两户老人居住。他们以砍茅竹、摘菜叶、种香菇为生。幽深的山垄苍翠如洗，一溪浅流从竹林斜出。十余棵枣树老得脱皮，枝丫遒劲，米枣坠枝，雀鸟起鸣。我赤足下溪，慢跑，水花四溅。水清冽，掬水可饮。今年深冬，我又去了一次，两户老人闭户了，不知是因为外出还是别的原因。我在石巷走，风呼呼地捶打破败的木门板。久无人居的瓦房，墙体爬满了苔藓、爬墙虎、络石藤。十里之外的高铁站运送来来往往的人，有的人前往异乡，有的人回归故里。对在高铁线奔忙的人而言，故里即异乡。

泊水河奔流百里，最终在香屯镇注入乐安河（赣东北主要河流之一）。自海口镇而下的乐安河，饱受铜矿重金属污染，河鱼不可食，河水不可浇灌农田。那是一条死亡之河。花斑鲤鱼在河里闲游，斑斓的鱼鳞如七彩之花在水中绽开，当我们想到游鱼含有那么多重金属，不寒而栗。

乐安河的鲩鱼、鲤鱼、鳙鱼、鲫鱼、鳜鱼、鲳鳊鱼等，在春季，洄游到泊水河产卵，在草丛结窝。桃花水泛滥了，柳叶青青，芦荻抽芽。鹭鸟栖满了河边的樟树、枫杨树、朴树、洋槐。北红尾鸲忙着在淤泥里吃虫卵、幼虫。白额燕尾从山溪来到了河石堆叠的河道，追逐鱼群。斑胸钩嘴鹛在柳树上专注地筑窝。钓客闲了一冬，又背起钓具，坐到河边放线。

钓上来的鱼，他们又放生回河里。我也逆河而上，在草滩、树丛、荒滩等无人之地，自得其乐地闲走。我期望有自然奇遇，如遇见从未见过的鸟，如遇见蛇吞蛇，如遇见鹞子猎杀野兔。但很少有奇遇。哪有那么多奇遇呢？若说奇遇，花一夜开遍枝头也算，鸟试飞掉下来也算，蛇蜕皮也算。是否属于奇遇，由自己界定。在九月的一次暴雨中，在虎头岭滩头，我站了半个下午。暴雨从发生至高潮至结束，我全程观察河面。河水被暴雨煮沸，井喷式的水泡盖了河面。雨歇，河水止沸，复归平静。这是一个跌宕起伏、酣畅淋漓的过程。这就是奇遇。

红山水坝抬高了水位，有了一处河中之湖。水幽碧，浸染着山色。傍晚来河边，可见夕阳降落西山。夕阳在水里一漾一漾，被水淹没，留下一河夕光。鹭鸟晚归，驾着清风，低低飞过。它不仅仅是鸟，也是逆水而上的轻舟。白帆摇摇。

泊，本义：往锅里添水。河谷就是斜深锅。大茅山北部数十条小溪注入斜深锅，有了泊水河。水加入了水，水有了汤汤之流。

泊水河是有咕噜噜水声的河，往水里加水的河。是众声合唱的河，万古长流，生生不息。河在日夜淘洗，一年又一年飞来的鹭鸟，何尝不是一茬茬的人呢？人到了中年，才会懂得河。懂得河，人就不会痴妄不会纠结。其实，我常去泊水河边，并非为了什么自然奇遇，而是我内心的深井，需要被河流周遭的气息填满。野性的、灵动的、悠远的、纯粹的、内化的气息。这种气息，让我感到自己活得无比真实。

鸟声中醒来

三两只鸟儿在叫，天露出光，开始叫。叫得冷清，婉转。我穿衣起床。我也不知道是什么鸟儿在叫，也不知道鸟儿叫什么。细细听鸟声，似乎很亲切，像是说："天亮了，看见光了，快来看吧。"我烧水，坐在三楼露台喝一大碗。露台湿湿，沾满露水。路对面的枣树婆娑，枝丫伸到了我露台上。青绿的枣叶密密，枣花白细细地缀在枝节上。枣树旁边的枇杷树，满树的枇杷，橙黄。几只鸟儿在枇杷树上，跳来跳去。鸟儿小巧，机灵，腹部褐黄色，上体淡淡暗红色，喙短。鸟儿叫的时候，把头扬起来，抖动着翅膀。

水温太高，烫手。我把碗摆在栏杆上。碗里冒着白汽，淡淡的，一圈一圈。白汽散在湿湿的空气里，没了。房子在山边。山上长满了灌木、杉木和芒草。路在山下弯来弯去，绕山垄。乌桕树在房子右边，高大壮硕，树冠如盖。冠盖有一半盖在小溪上。小溪侧边是一块田。田多年无人耕种，长了很多酸模、车前草、一年蓬和狗尾巴草。田里有积水，成了烂水田。这里是蛤蟆、青蛙、田蛙和泥鳅的乐园。中午、傍晚、深夜，这三个时段，田蛙叫得凶，咕呱，咕呱。我可以想象田蛙怎样叫：撑起后肢，昂起前身，鼓起胀胀的气囊，奋力把气从囊里推出来——咕呱，咕呱。田蛙通常是一只在叫，也无回应，叫声冗长，且格外寂寞。田里还有两株野生的芋头，芋叶像一把蒲扇，青蛙蹲在芋叶上，不时弹出舌苔，黏吃蛾蝇。蛙多，蛇也会来。蛇是乌梢蛇，溜溜游动。

白汽冒完了，我喝水。喝一口，歇会儿，又喝一口。鸟叫声，越来越多，越来越喧闹。有好几类鸟在叫。有的鸟儿离开树，飞到窗台上，飞到围墙上的花盆上，飞到晾衣竿上。路上没有行人。我听到有人在房间里咳嗽，有人在院井里打水。

光从天上漏下来，稀稀薄薄。空气湿润，在栏杆在竹杈在树丫在尼龙绳上，不断地凝结露水。露水圆润，挂在附着物上，慢慢变大变圆，黏液一样拉长，滴在地上。横在栏杆上的两根竹竿，挂了一排露珠，摇晃着。露台上没有收入房间的皮鞋，全湿了。鞋面上也是露珠。露珠润物，也润心。我看见露珠，人便安静下来，便觉得人世间没什么事值得自己烦躁的，也更加尊重自己的肉身。很少人会在意一颗露珠，甚至感觉不到露珠的存在。只有露水打湿了额头，打湿了身上的衣物，打湿了裤脚，我们才猛然发觉，露水深重湿人衣，再次归来鬓斑白。露是即将凋谢的水之花。它的凋零似乎在说：浮尘人世，各自珍重。

围墙上，摆了四个花盆，各种了凤仙花、剑兰、葱、络石。络石爬满了墙。剑兰已经开花半月余，花艳红夺目。鸟儿在啄食花蕊里的蚂蚁，细致，快乐，轻悦，还啾啾啾地叫。枇杷树上来了好几只鸟儿。枇杷被啄出一个个孔洞。鸟儿歪着头把喙伸进孔洞里，枇杷摇晃，啪啦，掉了下来。蚂蚁在地上，繁忙地搬运烂枇杷。

继续喝水。每天早晨我喝两大碗。水温温，进了口腔，进了肠胃，人通畅。水通了人的气脉。碗是蓝边碗，水是山泉水。我站在露台边，远眺。山脊线露了出来，起伏的线条柔美。山朦胧，天边的残月仍在。残月如冰片。不远处的河，无声而逝。

每天早上，我听到鸟声，便起床，也不看几点。时钟失去意义。我没有日期的概念，也不知道星期几，也不关心星期几，也不问几点钟。我所关心的日期，是节气。节气是一年轮转的驿站：马匹要安顿，码头上的船要出发。其实，早起，我也无事可做。即使无事可做，坐在露台上，或在小路走走，人都舒爽。清晨的鸟叫声，成了我的闹钟，嘟嘟嘟，急切地催促我起床。

光慢慢变得白亮。我下楼，到鱼池里看鱼。我在小溪边建了一个鱼池，放养了二十几条鱼，有锦鲤、鲫鱼、翘嘴白。还放养了半斤白虾。早上，晚上，我都要看一次鱼池。我喜欢看鱼在池里游来游去。一个入水口，一个出水口，北进南出，鱼池干净。池边长了矮小的地衣蕨和水苔。地衣蕨有两片叶，像女孩子头上翘起来的头发辫。我不喂食，养了半年多，鱼也不见长。三月份以后，鱼少了好几条。第一次少一条锦鲤，第二次少了一条翘嘴白，第三次少了一条锦鲤，第四次少了两条鲫鱼。我不明白，鱼怎么会少了。出水口入水口，用铁丝栅栏封了，鱼游不出去。有一次，在半夜，我听到两只猫吱吱吱地打架，乌桕树的树叶沙沙沙响。我想，山猫可能在争夺异性，打架的时间持续得比较长，听得让人毛骨悚然。我明白了，鱼是山猫吃了的。山猫爱吃鱼。山中，很多动物会吃鱼。如黄鼬，狐狸，野猫，鱼鹰，雕鸮，蝙蝠，蛇。

路上，陆陆续续有了行人，有挑菜去卖的，有去河边跑步的，有上街买早点的，有端一把锄头去种地的。光线有了润红。墙上多了红晕和人影。人影斜长，淡黑，在移动。地上也有了影子，树的影子，草的影子，狗的影子，鸭子的影子。我也去菜地，摘四季豆青辣椒，做早餐下粥菜。粥是红薯小米粥，我常吃不厌。红薯是去年冬买的，两大箩筐，吊在伙房的木梁上。吊起来的红薯，可以保存时间长。红薯刨皮切块，和小米一起煮。四季豆是最早上市的夏时菜，吃了半个月，黄瓜、辣椒、长豇豆、小南瓜才上市。四季豆，我们也叫五月豆，细朵的白花，绕上竹竿的藤，阴绿的叶子，看上去让人心生喜爱。摘四季豆，豆叶上的露水扑簌簌落下来，衣襟湿了一片，凉飕飕的。竹竿上停了好几只红蜻蜓，我摇摇竹竿，它们也不飞，黄绿的眼睛在溜溜转动。也可能翅膀上的露水湿重，它们飞不起来。我挽起衣角，把四季豆兜起来。

卖河鱼的人来了。他骑一辆破电瓶车，搭一个鱼篓。我昨晚打电话给他，请他来的。我说，好几天没吃鱼了，你有什么好鱼送来我看看。他是一个驼子，用竹笼捕鱼，一个晚上可以捕好几斤。我不吃饲养鱼，要吃鱼就给他打电话。他每天很早起床，去河里收鱼笼。他撑一个竹筏，收了鱼，太阳才上山。大多时候，渔获一般是"穿条鬼"、红眼、翘嘴白、鲫鱼、阔嘴鱼和泥鳅。我要个半斤八两阔嘴鱼。我也和他一起去放鱼笼收鱼笼。做这样的事，真是很有乐趣。以前河里有很多大鱼，白虾，这两年突然少了，也不知为什么。

　　太阳爬上了远处的山脊，红红的，漾漾的，像涂了西红柿酱汁的圆饼一样，到处披上了霞光。云朵慢慢散开，丝絮状。山峦有了层次之美。鸟呼呼地飞。菜地的南瓜架上，晾衣竿上，树梢上，都有鸟儿。雾气散去，视野纯净如洗。露水不再凝结。地上的灰尘黏成湿湿的颗粒。走在路上，鞋底下的沙子嚓嚓嚓响。买了早点回来的人吹着嘘嘘嘘的口哨。口哨时高时低的音调，让我觉得他是一个随性的人。麻雀在他身后落下来，落在一根竖起来的竹杈上。一个穿睡衣的女人，抱着一个脚盆，去小溪边洗衣服。

　　小溪有一个水埠头，可供四个人洗衣。埠头在乌桕树下。溪里有很多螺蛳，油茶籽一样大。若是天热，清早的埠头石板上，有螺蛳吸附在上面，也没人去捡。

　　有开着挖掘机的人来了，突突突，绕进山里，开荒。据说有人在山垄里，种铁皮石斛和灵芝。我去了几次山垄，也没看到别的人。山垄不大，遍地是茂盛的苦竹和矮灌木，鸟特别多。有人在山垄里架起网，网鸟。相思鸟、苇莺、黄腹蓝鹟，都被网过。我也不知道是谁架的网，我看见一次，把网推倒一次，把竹竿扔进灌木林里。鸟黏在网上，叫得很凄凉。这让我难受。

其实，我是一个喜欢赖床的人。但每次听到鸟叫声，我会立即起床。不起床，似乎辜负了鸟声。鸟声是我生活中唯一的音乐了。我不能辜负，不可以辜负。

每一个早晨，我都觉得无比美好。即使没有太阳升起，阴雨绵绵；即使冬雪纷飞，冰冻入骨。山还是那座山，乌桕树还是那棵乌桕树，但每天早晨看它们，都不一样。每天遇见的露水也不一样。在露水里，我们会和美好的事物相逢，即使是短暂的。诗人海子在《房屋》里写道："你在早上／碰落的第一滴露水／肯定和你的爱人有关／你在中午饮马／在一枝青丫下稍立片刻／也和她有关／你在暮色中／坐在屋子里，不动／还是与她有关……"我对此深信不疑。

"所有的生活，行将结束。所有爱的人，都已离去。"这是朋友吴生卫说的。他作为在外漂泊大半生的人，他这句话我也深信不疑。当我听到清晨的鸟叫声，我又否定了这句话。离去的人，让他离去；要来的人，去拥抱他。结束的生活，也另将启程。在山中生活之后，我慢慢放了很多东西，放下无谓的人，放下无谓的事，把自己激烈跳动的心放缓。其实，人世间也没那么多东西需要去追逐。很多美好的东西，也无须去追逐，比如明月和鸟声。风吹风的，雪落雪的，花开花的，叶黄叶的，水流水的。

人最终需要返璞归真，赤脚着地，雨湿脸庞。我向往这样的境界。每一个早晨，鸟声清脆，光线灰白，露水凝结，这样的境界呈现在了我面前。缀满竹竿的露水，我是其中一滴。朝日慢慢翻上山梁，我知道，活着，无须太悲观。人生还有什么比看见日出更美好的呢？

自牧

归荑

画春

水井是天然泉水井。井一般打在有泡泉的地下岩层。临河有许多砂岩,画一个直径一米的圆,往下挖,挖至约一米,用竹篾箍成圆篓形,沿着岩壁,夯实,又继续往下挖。边挖边箍竹编,以防止塌方。砂岩掏得咕咕冒水,暖烘烘。用方石块砌井墙,从下往上砌,水往上涌,黄黄的。井栏砌好了,水也清澈了。四周撒石灰消消土层气和细菌,过半个月,用竹罐抛入井里,提上水来,可以喝了。

挖井人在井边栽了两棵杨柳,栽了两棵黄蜡梅,又去别的镇里打井去了。井壁长满了青苔,柳树已遮住了半个井院,黄蜡梅开过了墙垣。

泉水泡茶,泡出妙茶。茶是土茶。泉水储在土陶水缸里。水缸深黄色或深褐色,釉质细腻肥厚,手摸起来,暖丝丝。喝茶人嘬一口茶,摇一下头,又嘬一口,额上渗出细汗。我就是那个闲坐在黄蜡梅下的喝茶人。现在,柳丝尚未垂下来,但枝节露出了一个个粟米大的芽苞,淡淡青色,芽苞口裹着浅浅黄。风不再呼呼作响,而是嘶嘶啾啾鸣叫。作为一把无比锋利的刀,风也有迟钝的时候,尽情地在拂啊拂，柔弱无骨。它从瑟瑟的田野翻转过来，在井院一直回旋，像一匹依恋马厩的马，忘记了还有路需要奔跑。

回旋，回旋，黄蜡梅就荡荡漾漾了起来。望一望枝头，就知道春的气息爬上了每一节枝条。乍暖还寒，冬去春临，正是黄蜡梅风骚佳季。春雨尚远，正抽着鞭子，赶着飞奔的马车，日夜不歇地向南方跑来。虽然它跑得急切，但它仍然不遗漏大地的任何一个地方。风所到达的地方，雨也必达。它们都是大地的信使。河水毫无征兆地漫溢，桑桑琅琅，低低沉吟。井里的水也深了，萦绕着白水汽。

白菜开始抽心了，萝卜掖着白白的花低垂。田野中央，一棵高大苍老的黄檫树，片叶不见，却有了满树的黄花，黄得碎碎，像一个孤身远走的人，突然停了下来，回头望望离开的那个地方。静穆、简练、繁硕的黄檫树，似乎有了灵魂，让看见它的人，莫名感动，莫名伤神。

黄蜡梅开，我哪儿也不去，就坐在井院，用竹罐打水上来，烧水煮茶，或者烧水煮粥。水酿造了生命，也酿造了四季。打水的时候，看着井壁上厚厚的苔藓，我又想起了那一对打井的外地夫妻。妻子下井挖砂岩，丈夫用簸箕提沙泥上来。井用了三十多年，他们再也没来过村里。他们以打井为业，哪里需要打井，就去哪里，挑着铁锹、测量仪、钻器。打井的人就是给我们生命另一种春天的人。

　　妇人们在井院洗涤，有说有笑。孩童在剥鲜笋。太阳斜照。不知不觉间，柳丝垂了下来，院墙底下，毛茛开了一地。珠颈斑鸠在屋檐咕咕咕叫。妇人们的头上、肩上，落了很多黄蜡梅花。井水又深了许多，把我们的投影一直沉下去，晃晃荡荡。

　　一个吹笛少年，在晚间来到井院，呜呜呜嘟嘟嘟，吹起了《光阴的故事》。我熟悉这个旋律。听起来，又有些陌生。少年吹得多敞亮啊，像芦苇在夜风中哗哗作响，又像溪声延绵不绝。略寒的乡野之夜，月色不是很白，铺了一层灰似的。看不清楚那个少年的模样，但可以看清他的轮廓：挺直的腰身，饱满的脸，微微上扬的眉宇。笛是一支短笛。柳丝披在他肩上。我坐在窗前看他，也看在远山之上飞驰的半角月。月是川穹峭壁上的一个水井。

　　那个少年，我熟悉，我陌生。他来到井院，就如同远方的客人来到我身边。他从河边来，将和我一起又渡河到对岸去。人无法同大地俱老，但可以与大地俱新。俱新的人，杨柳依依。

　　关了窗，雨就来了。绵绵柔柔，窗户模糊了水珠的流痕。少年走了，笛声也渐远。雨水走过的地方，少年也会走过，留下一路的野花。我想，无论过了多少年，那个吹笛人也会记得井院、渐落的黄蜡梅花、不更事的柳丝。

初夏

灰八哥来到了村郊，五六只一群，在油菜地吃蚯蚓、虫子，也啄油菜籽。灰八哥嘘溜溜地叫着，一会儿钻进油菜堆，一会儿围着打油菜籽的人蹦跳。打油菜籽的人，是一对夫妻，男人举着连枷扑打油菜籽，女人筛油菜壳。连枷呼啦呼啦作响，夫妻默契地沉默着。灰八哥扇着小蒲扇一样的翅膀，在油菜地求偶。

油菜在收割，晒了两日便可收菜籽了。田野色彩有些驳杂，已翻耕了的稻田水汪汪，尚未收割的油菜地青灰色，田埂上的紫云英在结乌黑的籽，香樟树在机耕道两边兀自吐露新叶。白鹭从山冈飞往饶北河边，落在溪滩，叼食斗水而上的马口鱼、宽鳍鱲、白鲦。饶北河处于丰水期，水淹没了埠头和柳滩，水螺吸在鹅卵石上，密密麻麻。妇人背一个腰篮，下河摸水螺，搓一下鹅卵石，捞起一把水螺。北尾红鸲栖在横在水面的柳枝上，嘘嘀嘀嘘嘀嘀地叫着。

柳树被水淹了一半，树冠浮在河面，被水冲出了柳浪。灰背乌鸲站在枝头呀呀叫，像是在驾驶独木舟。

这是鸣禽求偶、筑巢、孵卵、育雏的最佳季节。太阳高悬，但并不热烈，适合枇杷灌浆。土枇杷树在屋后或路边，摊开了树冠，挂着一串串的枇杷。枇杷半黄半青，蒙着一层皮灰。鹊鸲的巢就在三角形的树丫上，像个扁平的暖袋。它忽而飞到农家厨房偷饭粒吃，忽而飞到晒在矮墙的圆匾上偷豌豆吃。枇杷还没完全黄熟，浆肉有些酸，还没有鸟儿来吃。鸟儿有灵敏的嗅觉，可以嗅出浆果中的糖分含量。但鹊鸲只吃枇杷树上的虫子。螟虫和蜘蛛，把枇杷树当作了美食天堂。棕扇尾莺和鹊鸲、伯劳、椋鸟，便盘踞在树上，争夺虫吃。它们在树上欢叫，不知疲倦地鸣啼。似乎美好的生活比我们想象中的更加简单。

余佳在朋友圈说：生命里无疑还有许多夏天，但肯定没有一个夏天，会如今夏。这是一个特别的初夏，我无所事事。我每日早晨去村郊走一遍，每日下午去山谷走一遍。每次走，我都怀有一颗好奇心。我很认真地观察我路过的每一棵树、我走过的田间小路。我知道，这些不被注意的地方，常常隐藏着生命蓬勃的迹象。

每日的午间，我会在埠头坐半个时辰。今年二月，在埠头的空地，我新栽了五棵樟树、五棵枫香树。樟树冒出了新芽，芽从树皮上破嘴而出，嫩叶幼红。枫香树只有两棵发了新叶，娇嫩羞涩。这些芽叶，我是看不厌的。看着看着，树被我看进了心里。以后，它们会在我心里扎根。一棵栽种了五年的野山柿树，第一年开出了花。花粉白色，一个叶节开一朵，胡蜂吸在花蕊里，黏食花粉。胡蜂黑黑的，嗡嗡叫，声音很低。一棵去年栽种的梨树，被风刮倒了，我砍下一根桂竹插在地上，用藤条把梨树绑扎在桂竹上。这棵梨树，假如不出现意外，会长得又高又直，挺拔于野。一棵梨树因为一根失去生命的桂竹，而改变生长方向。

埠头连接一座河堤。河堤是石河堤，已修建了五十余年，枫杨树从石缝长出来，冠盖如卷席。河堤有了一片阔大的长条形的枫杨林。这里是长卷尾、乌鸫和绶带鸟出没的地方。长卷尾好斗，在树林和电线之间飞来飞去，相互打斗，扑扇着翅膀，斗得一地乱毛。枫杨树滋生一种虫，会吐蜘蛛丝一样的丝，丝从树叶往下垂落，挂着虫。虫像松毛虫，粘在人的皮肤上，会结红斑，发痒。于是河堤无人行走，芒草、野蔷薇、覆盆子便占满了空地。

午间也是一天最炎热的时候，来到埠头乘凉的人比较多。我们坐在石板或腐木上，聊年辰，聊趣闻，聊旧事。河水在身旁哗哗流淌。我们听不懂河水在说什么，但河水一直在说。我们在说春夏秋冬，我们在说时代更替，河水装作听不见我们的说话，仍旧哗哗流淌。似乎我们说的话，都是多余的。

埠头的上游或下游，放眼所见，是河水，以及河岸上的柳树、枫杨树。我很喜欢看河水从河湾转过来，划着弧形，河水白亮亮，反射着阳光。白鹭一只、两只、三只、四只，站在浅水处，时而觅食，时而对着倒影发呆。只有在飞的时候，白鹭嘎嘎叫，破空而过河面。

饶北河北出灵山，南向而去。

河穿过洲村，便不见了踪影。不规则圆形的盆地，像一个土瓮，沉底在环山之下。这是一个我行走过千百次的旷野，我像一个古老的、穿着纱袍的人，衣裤沾满朝露，脸颊贴着四季的风，寻访埋藏的和生长的事物。埋藏的，与我的过去有关；生长的，与我的未来有关。我是一个携带大地密语的人。我的每一个细胞，都暗藏着这片土地的密码。

在初夏，我见识到了怒放的乡野：白色的柚子花，红色的胡颓子果，喳喳叫的红嘴山鹊，河面的游蛇……我内心涌动。人，没有理由悲观地活着。

栽树记

　　枫林山谷的水泥路有三米多宽，鲜有车辆行驶，年轻人骑辆电瓶车去水库钓鱼，去看春花秋叶。老年人结伴去山谷散步，上午一趟，下午一趟。傍晚，吃了饭，妇人也去散步，三五成群，晚霞披肩，说说笑笑，夜莺鸣声于耳，白鹭一行行归巢，孩童们骑着童车比赛。这是一条幽静的山谷，溪涧潺湲，芒草伏在路边，草蓬高过人肩。油茶树、枫香树、板栗树、木荷树覆盖了山坡。

　　山中一时阴晴一时雨。雨是阵雨，哗哗哗泻了下来。散步的老人腿脚走不快，淋得浑身透湿。我也常去散步或爬山，沿着山谷走三公里，到了八步岭脚下，去观察植物。两溪汇流处，有丹枫亭隐于山谷，站在亭前眺望，半个郑坊盆地尽收眼底，高高的灵山游龙般腾空而来。每次眺望，我心想，山道两边有林荫道就好了，既可以遮阳，又可以形成风景带。2021年腊月，我决定在路边栽树。村民周文涛、乐易河、李义贞、徐远十，是十分热心公益的人，我便找他们商议。我说："我们栽一条林荫道出来，树不要去买，请人去山上挖，就种我们本地树种，村以枫扬名，我们就多种枫香树。"他们很赞同这个想法。

金岗山村有个爱种树的人，叫符臣忠，能辨识山上的很多树木，既会挖树又会种树。乐易河请符臣忠来挖树种树，说："你明天就来挖树，早种一天就早长一天。"

符臣忠带了三个村民上山。两人挖树洞，两人挖树。一棵树两人抬下山栽种。栽了两天，冬雨来了。我有些急，抬头望着天，盼着雨早些歇。可雨按照自己的意愿，按照大地的请求，不会吝啬自己的丰沛情谊，酣畅淋漓地馈赠。

过了新年元宵，符臣忠又带着村民上山挖树种树了。徐远十打电话给我，说库坝路下是片石坡，挖一个树洞花费一天工，栽一棵树下去，真不容易。我明白栽一棵树有多难。我没什么爱好，就爱种树。种树多好啊，看着树抽芽、散枝、盖冠，树开花了，鸟营巢了，一棵树成了一个世界。我每去一个地方生活，我做的第一件事便是种树。有一天，我离开了生活的地方，种下的树还在，树就结满了我的念想。人活着，就是为了有念想。我对徐远十说："忙过了手头上的事，我就回枫林，看看那些树。"

手上的事就是一根线，越拉越长。三月是树发芽的季节，我必须回去一趟。对于我来说，树木发芽叶是一件大事。发芽是树生命历程中的重大事件。我去山谷。从石崖门到八步岭，约三华里长，栽种了一百八十七棵树，有枫香树、五裂槭、樟树、柃木、土松、赤楠（土名羊骨卵）、大叶冬青（土名土槔）、野樱（土名野桃树）、野枇杷、杜仲、野山柿。我一棵一棵察看，是否发幼叶，是否松根。我数了数，已发芽的树，有一百四十二棵。我对乐易河说，发幼叶率很高了，种树人还是有水平，有些树没有发幼叶，过些天还会发出来，但树是否成活，要过了秋天才知道。

夏秋干旱，新栽的树很难挺过去。树扎不下根须，唯一的结局便是死亡。没有水，树扎不了根须。我望着陡峭的山坡，想起了种树人。他们扛着铁铲、锄头，满山寻找合适的树，挖下来，抬下来，掘石取洞，栽下去，浇水，夯实，山上的树才落根在山下的路边。树艰难地发幼叶，还要艰难地生根，就像移居去异乡讨生活的人。乐易河说，种下的每一棵树，我们都要保护好。

过了半个月，徐远十打电话来，语气有些愤慨，说："昨天，我去查看树，发现有两棵树被人刳了皮，一棵树被人砍了三刀，不知道是谁这么祸害。"我安慰他，这是小孩玩乐，不要在意，年底我们补种吧。话是这样说，但我心里很是难受。我抽空回枫林，又去查看一次。从石崖门到大坞门，栽了四十余棵树，大部分发了幼叶的树，凋叶了，还有十余棵连幼叶也没发。山谷口有人养羊，羊角又进树干蹭痒，松动了根部，根须吸收不了水分，致使部分树不发幼叶或发了幼叶也凋谢。羊是乱吃乱跑的，谁也看管不了。库坝坡上枫香树发了新枝，幼叶嫩红，红粉如霞。曾以为枯死了的柃木又发

蟋蟀入我床下

了青白色的芽叶。每一片树叶都是珍贵的。新鲜的树叶是生命的希翼。我仰头看着挺拔的树干，幻想着十余年后，蓬勃如盖的树冠上鸟鸣啾啾。

前几日，家母病弱，我回去给家母烧饭。我每天去山谷，那些死去的树和发了新枝的树，都值得我天天去看望。被刨了树皮的枫香树虽然被徐远十以薄膜包扎了，但还是霉了木质，死得彻底。被砍了三刀的枫香树，却散发了很多新枝，幼叶满枝。每一棵树，有属于自己的命运。发了幼叶的树，不一定可以挺过夏秋，至今没有发芽叶的树也不一定会死。这是树的命数。

守封禁山的老五，和我一起去山谷散步。我对老五说："山谷里的樟树、枫树、木荷、冬青，你得好好守着，这既是风景，也是我们的命根，没有树就没有泉水，我们无水可喝。"

老五说："我是个守山人，知道一棵树长起来不容易。我守着它们，守到我老。"

河滩

　　饶北河是旷野唇上的一支长笛，笛膜是水流，嘟嘟嘟，笛声清脆。但笛声并不悠远，因为被河滩收藏了。河滩长满了枫槐、矮柳、垂柳、樟树，朝阳从树杪升上来，压得树冠摇动。乌鸫从稻田、菜地，呼啦啦地飞向樟树林。在七月，樟树籽已渐黑，许多鸟类来此啄食。乌鸫尤多。乌鸫结群，数十只栖在避光的树杈上，边啄食边讨论，交头接耳，嘘喊喊地叫。它们的快乐无可比拟。乌鸫啄起樟树籽，吞下去。樟树籽黑熟，需要漫长的时间熬出来。籽皮（果壳）浅黑、粗黑、紫黑、深黑，黑得发皱了，深冬已经浸透了树叶。

　　大地丰茂，感谢风，也感谢鸟。鸟是信使，把种子带往四方。乌鸫吃下去的樟树籽，并不消化，又回到了泥土——乌鸫的胃磨去了籽皮，粟米大的种子很快破土而出，在立春前冒出了尖芽。樟树在海拔四百米以下的地带生长，三年即可长出圆形的树冠。在田埂，在山谷，在河汊的泥堤，在坟地，樟树密匝匝地竞天而生。耐旱耐涝耐暑耐贫瘠的樟树，在河滩形成了蜿蜒的树林。它们从岸堤的石缝长出来，从冬青的树洞长出来，树冠封盖了河边小道。

　　　　　　　　　　　　　蟋蟀入我床下

小道在暮春已被藿香蓟、芒草、千里光、酸模、虎杖、白茅、知风草等草本覆盖，人无法行走。草长得肆无忌惮。这是莺科鸟、鹟鹟科鸟的觅食之地。它们在芒草丛里隐身，生儿育女。莺科鸟的鸣声婉转、嘹亮、柔滑，长鸣不歇。这个河滩喧而不闹，如一个巨大的鸟剧场。

我走小道，手上必须拿着一根竹棍，拍打草丛之后，再徒步进去。我怕任何蛇。蛇阴冷。看到蛇，我就惊恐。蛇在霜降之后，从低海拔处往山上爬，爬到山巅，觅洞穴冬眠。捉蛇人老五说，太阳升起，第一缕光照到的山尖，那是蛇最多的地方。苏醒之后，蛇要晒七天的太阳暖身，才慢慢爬行。蛇往山下爬，依照月份往下栖息，到了河边，已是六月。蛇开始繁殖。一日中午，我在河滩，看到一条约八十厘米长、筷子粗的青蛇，我吓得直跺脚。捉蛇人老五说："别怕，这是芒草青，无毒。"他叼着烟头，嘿嘿地笑。他又说："青竹蛇有二十多种，在我们这里生活的，大部分无毒。"青蛇有着芒草的青绿色。歪歪扭扭，它游走了。

蛇常被鸟啄食。鸟是长卷尾、乌鸦、喜鹊、伯劳、红嘴蓝尾山鹊。它们在樟树、电线、垂柳、香椿树等高处嬉闹，也在偏僻的安静处觅食。它们吃青蛙、蜒蚰、癞蛤蟆、蜥蜴、蜗牛、蛇等。红嘴蓝尾山鹊偏爱吃蛇，尖喙如刀叉，啄蛇头啄蛇七寸，啄得稀烂。蛇也吃鸟，吃鹟鹟、吃苇莺、吃麻雀、吃灰山雀。蛇把整只鸟吞进去。

藿香蓟在七月开花，花白而繁缀，细小而粉团。七月，藿香蓟似乎在独享花色。毛茛、小飞蓬、一年蓬、青葙、酢浆草的花已凋谢月余。似乎有了花色，大地又多了一份感染力。是的，人需要自然的感染。花色纯美，让人心生惊喜。在我们内心兵荒马乱的时候，多去旷野，驻足安静远眺，近看草色无边，远望群鸟四飞，坐观水涨水落。生活有时很难，内心有时困厄，我们唯有远眺。人无法不远眺。

河滩在这个时候，又不仅仅是河滩，是某种无可替代的内心隐喻。河水正在上涨，漫淹了岸边的芒草。水并不浊黄，而是青碧。即使起风了，也无浪头。河面却并不平整，微微跌宕的河床推起了层叠的水波。水波有致且舒缓。如我们庸常的生活。在被人取沙的河床，留下了巨大的沙坑，成了深潭。从信江游上来的大鱼，藏在一个个深潭里。鲫鱼也藏在这里。早晨或傍晚，有钓鱼人独坐草滩垂钓。一个人坐着，面朝河面，背对村舍。有时，我也会来垂钓，紧盯着浮标，大脑一片空白。树影在浮动，云在浮动，我的影子在浮动。水漾起影子，却带不走影子。白鹭站在浅滩，嘎嘎嘎，高声啼鸣。

在傍晚，河里有了许多摸螺蛳的妇人。她们背着鱼篓，戴着草帽，弯腰下去摸螺。螺是清水螺，个小而尖。摸了一碗螺蛳，太阳就下山了。她们起身，穿过河滩，穿过田野。夕阳被乌鸦驮走。乌鸦撒下灰灰的暮色。似乎，每一天都是如此，被水带走，无影无踪。乌

蟋蟀入我床下

有强烈的时间观念。鸟归巢。暮色澄明，水蓝色的光漾在天宇，远山如黛。山不高，海拔数百米。山延绵，河也延绵。河滩在河的拐弯处，变得阔大。鸟声绝，河在独自吹奏。虽略有伤感，但令我愉悦。河流拉响了时间的旅途，不是去程，也非归途。明月独照。

野塘

野塘很小，是一个约两亩的梨形山塘。矮山梁往两边斜伸，收拢，形成一个狭长的山坞。山坞有一股泡泉，冬暖夏凉，终年不息，注入野塘。片石砌的塘坝高约十五米、宽约六米、长约五十米，坝边长满了荻、芦苇和芭茅，山乌桕也从石缝遒劲地弯斜而出。山乌桕下，有一个四边形的水井，水寒如冰。暑夏，太阳像火饼烙在大地上。割稻谷的人，摘梨的人，做泥砖的人，汗暴如雨，提着水罐去水井取水喝。灌一罐水，提起来，倒罐冲泻，张嘴直饮。喝足了水，又灌满一罐，带回地里喝。喝水的人，浑身装满了暑热，如一团旺旺的炭火。寒水涌入五脏，炭火熄灭了。

因水寒，野塘遂名寒塘。

塘下一畈稻田，年种年收，也靠野塘灌溉。2002年开始，这畈稻田改种芋头和甘蔗，用水量减少，也无人去水井取水了。乡民见野塘荒着，便放了数百尾鲫鱼苗下去，也不投食，由鱼自生自灭。

没过几年，塘坝、坝下的旱地，被芭茅、白背叶野桐、野山楂、金樱子、牡荆、野山茶等植物占领了。上坝顶的路长满了野莉。人无法去野塘了。

三年桐、香椿、香樟，填满了山坞，遮天蔽日。这三种树，都是快速成长的乔木。尤其是三年桐，惊人地繁殖，一年可长五米，三月抽叶，五月开花，繁花胜雪，七月结桐子，十一月落桐子。桐子被乌鸦啄食，果核坚硬，又随体物排出来，落地发芽生根。桐结桐子三年，便不再结了，俗称三年桐。

深林藏灵。有一年六月，大春去山坞给娘堆老坟，堆着堆着，听到林子里松鼠的叫声，吱吱吱，叫得撕心裂肺。他跑过去，看见一条狗在咬松鼠。狗灰黄色，尾巴下垂，尾毛卷得像一束鸡毛掸子。与土狗相比，狗略矮，身略短，吻部也略短，但吻部又黑又粗，牙齿也更长更尖。狗见了大春，兀自站长，呲起牙，眼睛射出精光。大春端起锄头，与狗对峙。对峙了几分钟，狗垂着尾巴，向林子深处跑去了。

坟也不堆了，大春慌不择路地跑了回来，鞋跑脱了脚，他也不敢停下来。他边跑边叫："山狗，山狗。"

大春遇见的狗，是山狗。山狗是一种野犬，食肉，吃野兔、小山猪、松鼠和鸟，嗅觉十分灵敏，以家族为群，生活十分隐蔽。山狗已有三十多年没有现身了。它是从哪里迁移而来的呢？

峡谷有一个高山山谷，曾生活着一个山狗家族。砍木料的人遇见过，以为是土狼，吓得双脚瘫软。其实山狗不袭击人，惧怕人。

山狗带着五条狗崽，跑了。这群山狗，一直生活在高山山谷，从不下山。木料砍了几年，木头砍光了，山狗再也不见了。

野塘出现了山狗，使得乡人更不敢去了。山狗是神秘的动物，神出鬼没。

2020年暮春，外出做了十余年生意的良民，不再外出了。生意做不下去，又不愿去工厂做事，便留在村里，找地方养鸡养鸭。找了好几个山谷，他都不满意。要么缺水，要么路不方便。最后，他选了寒塘。寒塘有水有林，塘外三十米就有一条荒废的机耕道，很适合养鸡鸭。他买来割草机，清理寒塘四周的杂草。

清理寒塘，又清理深林流出来的水沟。清理了三天，他停下了。他在水沟里捉了七条小娃娃鱼。肯定有大娃娃鱼藏在水沟或寒塘里，养了鸭子，娃娃鱼便失去了栖息地。良民这样想。他把娃娃鱼放入寒塘。

良民跟我说这件事，我很是惊讶。在整个峡谷，我从没发现过娃娃鱼。我跟良民一起去了野塘。割下的杂草，撂在塘坝上，枯黄如秋。下了寒塘，水寒如冰锥刺骨。塘水没膝深。鲫鱼在索索地吃塘边水草。还是在年少时代，我下过这个塘，摸螺蛳摸河蚌。恍惚之间，已过去了四十年。

沿着水沟，我用小竹竿拨马塘草，找娃娃鱼。走了三百余米，我也没看到娃娃鱼。娃娃鱼藏身在石洞，只有觅食的时候才出来。

娃娃鱼吃小鱼小虾，吃蜥蜴，吃蛙。良民有些失望，说："你来了，怎么娃娃鱼就不出来了呢？我每次来，都看到娃娃鱼。"

娃娃鱼即大鲵，是两栖动物，入冬即冬眠，春后活动。我对良民说："晚上月出之后，我们坐在塘坝上，会听到娃娃鱼的叫声。"

良民说："那我们晚上就来听娃娃鱼叫。"

但终究因事没去寒塘。今年七月，闲居于村，决定去夜听娃娃鱼的叫声。良民做不了生意，又没养鸡鸭，只得去工厂做事了。他带着老婆孩子一起去。我坐在塘坝上，月照深林，熠熠生辉，塘水漾起清光。"哇呀，哇呀。"这是娃娃鱼在叫。但我听得走神，心想，这个寒塘要是一直荒下去，该多好。

夏蝉

在山谷口，一个戴草帽的妇人在割稻子，一个赤脚的男人在打谷子。打谷机在咯嗒咯嗒响，稻衣扬起来。山谷口呈梯级三角形，种着菜蔬、棉花、甘蔗、树苗，唯有这一块水田种了早稻。一棵香椿树兀自从田埂突起，树冠似圆桶，蝉声从冠顶发出，吱呀吱呀。

赤脚的男人去溪涧取水，打谷机安静了下来，像一艘乌篷船，疲惫地停靠在江埠头。太阳猛烈，地面腾起热浪。蝉叫得肆无忌惮，吱呀吱呀吱吱。这是一种干燥、沙哑、歇斯底里的叫声，令人烦躁。

早稻已鲜有人种了。七月，田畴绿茵茵。一季稻尚未扬花，禾秆肿胀，绿叶肥厚。稻浪千重。在稻垄，董鸡叫得低沉又清脆，咯咯咯。蛙、田螺、泥鳅、蜘蛛、蛾，都是董鸡爱吃的。它蓬开翅膀，甩着喙吃食。稻禾瑟瑟摇动。在田埂施豆苗肥的人，扔一个石块过去，董鸡撒开脚，在稻垄里乱闯。稻浪起伏。蝉从田畴中央传来叫声：吱吱呀吱吱呀。太阳越烈，蝉声越急。于是，乡人以拟声词"吱吱呀"作夏蝉之名。

　　　　　　　　　　　　蟋蟀入我床下

听夏蝉之音，可判断室外气温。气温自低往高，蝉声的单音节和音量也发生奇妙的变化，通常是这样的：吱吱吱呀——吱吱呀呀——呀吱吱呀吱吱——吱吱呀吱吱呀。我很仔细地观察过夏蝉的鸣叫。它鸣叫时，微微翘着尾，大翅和小翅在激烈地震动，体部似触电般震动。似乎夏蝉的每一声鸣叫，都拼尽了浑身之力。

其实夏蝉并非以摩擦膜翅而发声。蝉有十个腹节，雄蝉在第一、第二节具发音器。发音器由大室、小室构成，鸣肌以振动小室内的鼓膜发声，如手风琴的音箱发出共鸣。而雌蝉乐器构造不完全，发不了声。声波冲击了身体，蝉身剧烈地颤动。

夏蝉最多的地方，是溪边树林。树林里以柳树、刺槐、枫杨树、樟树、冬青居多。晨雾从水面涌起，萦萦绕绕，遮没了树林。雾凝为露。蝉是燥热之物，晨起饮露，饮后即歌。

捕蝉是孩童的游戏。孩童砍来桂竹，去枝取竿，在竿头挂一个网兜，去河滩或田畴中的杨树林，循声寻蝉。吱呀吱呀，蝉吸在树丫上，振动膜翅，不知疲倦地猛叫。蝉隐藏在树叶下，黑黑的甲壳与树皮相近，很难被天敌（鸟类、蛇类）发现。鸣声出卖了它。孩童撑起竹竿，扑下去，捞下蝉。捏一下蝉腰，蝉吱吱呀呀吱吱呀叫了起来。蝉是羞赧的昆虫，怕痒，痒了就亮声叫。其实不是怕痒，而是人捏它的时候，触碰了上腹节，蝉在挣扎，引起了鸣肌振动。

孩童扯下蝉的膜翅，喂蚂蚁。两只黑头蚂蚁抬着膜翅回巢，如船夫升起帆船，破浪前行。捕下的蝉，用笸箩晒在矮墙上。蝉脱水而死，成了硬壳。晒干的蝉收集在一起，卖给镇里的中药店。卖了三五块钱，孩童拿去买小人书，买棒冰，买皮凉鞋。柳树并不高，柳枝垂下来，浮荡在河面。蝉喜柳树。孩童一天可以捕十几只蝉。

即使捕不了那么多蝉，还可以在树干上捡蝉壳。中药店也收蝉壳。蝉是不完全变态昆虫，有蝉蜕现象。初夏，蝉产卵在土中，孵化幼虫，以树根草根和植物汁液为食，不经过化蛹，直接蜕皮为成虫。初化的成虫，鸣声嘹亮温柔，吱了吱了，叫得河水荡漾。以拟声词取名，蝉又名知了。雄蝉数日内发育成熟，以鸣声赢得雌蝉的爱，与雌蝉相配之后，不日而亡。

雄蝉多数是死在树上的。人钻木取火，蝉钻木取水。为补充水分，口器插入树干，饮取汁液。插进去的口器，再也无力拔出来。孩童捡蝉壳，也捡死蝉。

在村郊，有大片大片的玉米地。玉米秆上结出了棒子。傍晚，夕阳沉落，山梁如一炉将熄的火。火烧云盘踞。在玉米地，蝉声此起彼伏。这是夜幕将临拉起的汽笛。没有蝉声的傍晚，是寂寥的；有蝉声的傍晚，更寂寥。吱吱呀吱吱呀。蝉声是一种民谣。它在等待夜露，因为它口渴难忍。甚至未等到夜露凝结，蝉已在鸣叫中耗尽最后一腔热情，死在玉米秆上。草木一秋，时枯时荣。鸣蝉，生命何其短。

蝉声歇了，晚空露出了星幕。油蛉开始吟唱，蛙声四起。朝阳升起，蝉鸣如晨钟；夕阳沉落，蝉鸣如暮鼓。

在山谷口听到了蝉声，我又折了回来，不去山谷，去了河边树林。蛇床花开得正白，千里光开得正黄。一群灰背乌鸫在柳树上嬉戏。河水哗哗而流。白鹭站在浅滩，对着倒影，梳理自己的羽毛。蝉鸣如笛，也如瀑。

瀑布泻下来，淋湿了听蝉人的短衫。河风在吹，短衫摆动。

夏蝉为何而鸣，谁又知晓。

梨果落

　　果园在一个老院子里，已多年无人打理。毛桃、天桂梨、米枣、柑橘和马家柚，被一扇木门关在围墙里。初伏，果农挑着竹筐扛着木楼梯，去山中果园摘天桂梨。天桂梨是一种麻皮梨，果肉鲜白无渣，浆汁甘甜清凉。

　　梨树在三月初开花，稀白的花串开在斜枝上，如雪光映照。这个时候，去山中走一趟，岭上野花初绽，灌木初绿，梨花白了山坡。一夜东风，梨花飘落，结出绿豆似的果。树下埋了肥，雨季就来了。风卷着雨，也卷着树，摇落小果。山鹡鸰、灰背山雀、黑头翁在杂草丛啄食小果。小果酸涩，浆汁却多。雨季过了，梨果似山斑鸠蛋，垂在枝丫间。果农给梨果套纸壳袋，防暴晒防鸟啄防虫蛀。梨果在纸壳袋里灌浆、酿糖。如果把糖浆比作电光，梨果就像一个个大灯泡。

　　严冬没有修枝的梨树，枝杈繁多，密不透风，看似婆娑，却花开甚少。梨树喜雨，喜阳，也喜风。橘、桃、柚也是如此。老院子里的梨树，结很少的梨。梨糖散发一种芳香味，引诱着梨实蜂、梨尺蠼、黑蚁、东方蛙果蛾、金龟子等昆虫来蚕食、产卵。吃梨的金龟子，又叫绿耳虫，浑身铜绿色，无所不吃。吃桃吃葡萄吃橘，吃女贞吃香樟，吃桑吃柳，但它最爱吃梨。口器挖出一个肉洞，掏出白肉吃。一个天桂梨，被绿耳虫三天噬空，留下一个空空的麻壳。

昆虫食梨，鸟食昆虫，梨树成了伯劳、鹡鸰、乌鸫、鹤莺的"餐桌"。自初夏开始，老院子里群鸟上下翻飞或栖枝头，叽叽喳喳。天泛白，鹡鸰嘘哩哩，啼破寂静的村野。它不急于吃食，而是啜饮露水，歪翘着头，啄露。露在叶尖摇摇晃晃，坠落下来，沾湿它羽毛。它摆动身子，嘘哩哩嘘哩哩，叫得果园醒来了。

其实，果园一直是醒着的。知风草、竹节草、百喜草、剪股草、马塘草、羊胡子草、结缕草、鸭茅、白三叶、红三叶、扁豆黄芪、姜花等草本，沉迷于夜间游荡的湿气。湿气是生命之气，润泽草木。被鹡鸰唤醒的，是红蜻蜓、蝉、素叶螳螂和山麻雀、白鹡鸰。白鹡鸰藏在瓦缝，藏在墙洞，探出灰头，呼噜噜飞到树下，啄食虫蛾。白鹡鸰很少栖落在树上，喜欢站在瓦檐、地面、墙头。它以纵线飞行，筑巢于树洞、墙洞，稚鸟试飞，天桂梨可摘了。

夏至三庚数头伏。这是民谚。在干支纪日法中，夏至到立秋有四个庚日，第三个庚日便开始了头伏。头伏即初伏，高温高湿，浆果易烂。果农在初伏第一天开摘梨子。竹筐圆而大，一个个梨子码下去。摘梨，也是选梨。又大又圆的梨适合送友人。梨是离的别意。

送十个梨，意表十里相送。送至亲好友哪会送十个梨呢？送一筐。圆是团圆。送别了的友人会再相逢。这是人间情缘。假如没有情缘，人间也非人间。

老院子里的果园，约四十亩。栽果树的大春，去了城里开面馆。2005年，他放下温州面馆，带着妻小回村，围了山边荒地，翻耕、埋肥、栽苗。他天天盼着果树长大。果树结果了，孩子外出读书了。收了五年的果子，他又不得不放下了果园。凭一个果园，他养不了家。他又去城里开面馆。

果园就这样荒废了。一个春天，荒草便长满了院子。梨树桃树橘树秃枝得厉害，显得很零落。摘梨的时候，也是摘毛桃的时候。毛桃长得歪嘴龇牙，天桂梨大多被虫蛀空被鸟啄空。皮壳破了的天桂梨，两天溃烂。烂梨落满了地。

大春的果园无人采摘。有人翻墙进去摘毛桃摘梨子，抱出来吃，说毛桃长得丑，味道和口感却好，天桂梨皮薄生脆，鲜甜鲜甜。

初伏第七日，我取了钥匙，去大春果园。梨树开始黄叶了，毛桃流出浓稠的桃胶，爬满了蚂蚁。杂草半青半黄，半是倒伏半是挺拔。傍晚，天盖起了厚厚的乌云，阵雨一会儿就来了。

雨滴啪啪，疏疏的。雨声如炒豆。下了一阵，雨稠密了，斜斜而落。暑气消失了。毛桃从枝头落了下来，啪啪啪。天桂梨也落了下来，砸在地上裂开，雪白的果肉露了出来。米枣也啪嗒啪嗒地落。从屋檐下，我拖了一条板凳出来，坐在梨树下。雨越下越急。我浑身透湿。

雨歇了，满地都是米枣、天桂梨、毛桃和半熟的橘子。村中开始张灯。野虫唧唧。整个大地安静了。安静是一种永恒的存在。唯安静才是大地的皈依。

我栽过天桂梨。2016年冬，朋友送我十八棵梨苗，我栽了一棵，另十七棵送给邻居栽了。邻居的梨树前年就挂果了，而我的梨树虽有七米多高了，但还没开过花。不知为什么。可能老死了，也不会开花。在特定的环境下，树是一种说不清楚的东西。无法解释。树有自己的意愿。

早晨，坐在大春面馆吃面，想起了他的果园。我边吃边抬眼看他，心里一阵阵难受。他看着我嗍面，露出了微笑。

苦暑

黄叶落满豆地，被风卷着跑。豆秆直挺挺，挂着几片青黄相间的豆叶。芝麻长得矮矮，一棒棒的芝麻绽开了荚壳。黄瓜在瓜架上绕着藤蔓，没长一根瓜，花打蔫了，花骨朵没打开，便萎谢了，花蒂枯黑。去田里摘菜，找了三畦地，也无菜可摘。翻开苦瓜藤，找出两根又短又瘦的苦瓜。

已经有二十三天没有下雨了，哪怕是阵雨也没落下一滴。土发白，烘出火炭似的热气。水渠羸弱，水一层一层往下漫，流动不了。菜地灌不了水，菜长得一副苦难深重的样子，半青半黄，瓜也灌不了浆。两个苦瓜可以炒半盘。从刀架抽出白刀，切苦瓜，一剖两半，露出肉囊和子儿。子儿有七粒，裹着囊衣。囊衣殷红，如石榴花。我抠出一粒，放进嘴巴吮囊衣，又甜又稠，吸在舌苔上，清凉无比。

剖了苦瓜，掏出十九粒子儿，粘在棕衣，钉在墙上。瓜类植物的种子，都是瓜子儿糊着囊衣，粘在棕衣。一种瓜子儿粘一张棕衣。囊衣干燥了，也不会脱落。即使多存放几年，瓜子儿也不会霉变，下到泥洞，浇水，过个三五天便抽芽。囊衣在瓜内，相当于哺乳动物的胞衣；在瓜外，相当于凤凰衣（蛋壳白膜）。来年春，有谁家缺瓜子儿，到墙上取一张棕衣去。

切了苦瓜，开始熬粥。粥熬两碗，给狗吃。狗是小狗，一斤来重，体毛深棕色，嘴巴和耳朵黑色。小狗不出门，躲在楼道间。这是一屋之中最凉快的地方。它趴着，伸出舌头往下耷拉。狗吃冷粥，一天吃四次，一次吃半碗。我妈坚持给狗熬粥。我妈说，人狗不同食，人吃剩下的饭菜，可以给鸡鸭吃，可以给猪羊吃，但不能给狗吃。至于为什么不同食，我妈说，同食了，人的忘性大。忘性大的人，就是易于衰老的人。当然，这是一种乡俗，并无科学依据。有些奇怪的乡俗，源自对自然万物的敬重。如跑进家门的蛇不能打，蛇是先人的信使；溜进鸡笼偷鸡的黄鼠狼不能打，黄鼠狼是仙，为人防灾；误入农家的黄麂不能打，黄麂是良善之兽，考验人的良心。生灵与人一样有呼吸，有血肉，自当敬重。

熬了粥，我去给院子里的树浇水。浇水需在太阳上山之前。土干燥，但清凉，尚未吸收暑气，水浇下去，把凉气渗入土中。一桶水浇一棵树，水勺沿着树根浇下去，土呲呲呲响，冒出一个个气泡。水洇下去，洇出一块水影。浇一棵树需要三分钟。每天早晨，浇一次。我不在家，我妈三天浇一次。她佝偻着瘦弱的身子，提水，走两步歇一会儿，伸直腰，看看那些树。树一共有五棵：两棵柚子树、一棵梨树、一棵赤楠、一棵红梅。其实还有一棵树，是苦楝，不浇水。

苦楝树长在墙根下，两年长出五米多高。苦楝树多枝多叶，影响其他树生长。一年砍两次，砍了又发枝。浇了水，找出柴刀砍苦楝树，一刀一枝，砍了七刀。晒了一个时辰，苦楝树的叶子晒得皱巴巴，变得灰白。

太阳上山了，不能给树浇水，水把暑气灌入根须，会烧死树。乡人浇菜也是如此。暑气是毒，毒以热的形式表现出来。暑天，人多疮疖。疮疖就是热毒。但乡人并不怕疮疖。有疮疖了，摘何首乌叶子或三白草叶子或扛板归叶子，洗净捣烂，敷在疮疖上，敷三五次，便好了。

孩童唯一的去处，便是山谷中的水潭。水潭铁锅形，潭口斜长，可容纳七八个孩童戏水。他们青蛙一样跳来跳去。到了傍晚，孩童赤裸着上身，沿着山道小跑，呜啊啊地欢叫着，各回各家。鹞子在山巅盘旋，无声地逡巡。作为天空之王，它将作本日最后一次巡游，以威慑地面上爬行或奔跑的动物。

太阳下山了，地面凉下来，这时，蛇才出来。蛇对温度高度敏感，低温藏于洞，高温藏于草丛或盘踞在水边岩石。地表温度在十八至二十三摄氏度，蛇开始活跃。蛇无飞脚，终生匍匐，裸身而行。它是大地上的苦行者。唯有泥蛇，在烂泥里过着暗无天日的生活，逍遥无比。

暑气日盛，蛇产卵。石洞、破坟、树洞，是蛇产卵的首选之所。

一大窝蛇蛋有数十枚之多。蛇守着蛋，蜷曲在洞里，待小蛇破壳了，大蛇才离开。对生命的诞生，任何有血肉的生物体，都是极其爱护的。我们要相信，对新生命的万般垂爱，并非人类所独有。

年有四季。何谓四季？就是万物轮回。没有四季，时间便永无尽头。从轮回的角度说，时间是圆形的。万物都在圆形的铁环里滚动。苦暑是其中极其重要的一环。经过了极限的苦暑煎熬，方知生命何其伟大。

报秋

昨天傍晚下了零星小雨，地面没淋湿，便停下了。凉风倒一阵阵刮着。雨滴吸走了空气的燥热。雨不在多，有几粒即可。今晨天边卷起了高积云，如柳絮铺满了天空。风吹着吹着，云便散了。在窗前读范成大："岁花过半休惆怅，且对西风贺立秋。"猛然想起，今天（8月7日）是立秋。昨晚的雨，是一封报秋的信函，简约、清淡，墨点如露。

未雨已久，河流进入了枯水期。枯水期比往年提前月余，河的浅滩裸露了出来，水苔晒干。河中淤沙长出了密密的短尖薹草，细细地摇曳。淤沙一直淹在河水之下，露出河面才月余，短尖薹草就没膝高了。它并非泽生植物，而是生长于干沙之中。它的根须在水淹之下，一直不腐烂，待水退之后，吐芽、抽叶，快速生长。草细如针，挺拔如荻。弥眼而望，那是一片草洲。疏疏朗朗的草洲，赋予风以形状。

天翻白，河鸭匍匐在草下，沙窝埋了半个鸭身，嘎、嘎、嘎，轻轻低叫。它在产蛋。天天产。蛋壳青白如玉。钓鱼的人，拎一个鱼

　　　　　　　　　　　蟋蟀入我床下

篓，挨着草丛捡鸭蛋。河清浅，哪有鱼藏身？捡了蛋，钓鱼人晃着身，去河坝。坝下有深潭，鱼一窝窝在潭下打转。潭深数米，鱼吐出水花似的气泡。

潭面浮着一层白白的气泡。气泡旋几圈，灭了，又被浮上来的气泡挤满。周而复始。气泡明灭，如夜星于天空。对于钓鱼人来说，深潭是另一个宇宙，充满着魔力。

大地异常干燥，一层白焰在跳荡。走路的人，双手当作草帽盖在头顶。北红尾鸲在屋边阴湿的水沟，跳来跳去，啄食饭粒、小虫、蚯蚓。它点水吃，头低下去，又仰起，叽叽叽地吃水。吃了水，挺起胸脯，蹦蹦跳跳。它停留在水边的时间，远远多于栖在树枝、巢穴的时间。有些鸟类，不会害怕酷暑。如燕尾、河乌等鸟类，生活在溪畔，与水共生。它们是飞翔的"鱼"。

燕尾与河乌常见，不常见的是池鹭。池鹭是独行客，翅羽如蓑衣，头羽如斗笠，以芒草做掩护，在溪涧觅食鱼虾和蛙类。芒草在簌簌地响动。那是一个清凉的世界。溪涧羸弱，水流似有似无。它常栖之地是池塘。荷叶田田。池鹭隐在荷叶下，等鱼游过来。它是最古老的渔翁。

前些日，约朋友去大茅山。朋友说，天太热了，等到了秋天再去。和朋友很多年没见面了，很想一起坐坐。在山中坐坐，当然是最好的。即使不说话，坐在一起听风听泉，也是美好的。还是在三十年前，在一个简朴的二楼楼梯间，说了一个下午的话。这个下午，我记得，朋友也记得。这是人间最珍贵的。秋天转眼到了，山叶未黄。时间会恩赐每一个人，以温和。

酸浆却红了。有很多植物的浆果，秋熟透了，就红彤彤。如山柿、火棘、山楂、胡颓子、南天竹、金银忍冬、珊瑚樱、紫叶小檗、海桐、朱砂根、紫金牛等。酸浆是红得最早的秋果之一。酸浆是茄科植物，耐寒耐热，喜凉爽、湿润气候，不择土壤生存。傍晚，去田畴看火烧云。入秋的火烧云是胜景，西边的天空就像个灶膛，云一撮撮地烧为灰烬。云尽，天开合，朗朗白宇，化作澄明虚静的世界。云没烧起来，因为云只有几絮。却意外地看到了酸浆。水渠边，酸浆挂满了红灯笼。想摘几个，忍了忍，放弃了。作为灯盏，它在大地漫游。这时，想起了朋友，酸浆一样存在。

每一个季节，或者说每一个时间节点，大地万物会以特别的方式向我们暗示时间的停滞，虽然时间滚滚似流水。人在繁忙地奔走，万物暗示我们不要那么匆忙，该停顿需停顿，该安歇需安歇。

一场秋雨一场凉。秋雨始终没有来。门前的芭蕉枯叶，菖蒲衰黄了下去。小飞蓬打起了草籽。藿香蓟抽出米白的花。指甲花一边开花一边结籽。架上的冬瓜长起了霜白。在很深的夜里，我去田野，找夜露。露还没有结。没有露，夜就不会寒。夜空低垂，星光式微。

油蛉唧唧，拉起了长琴。大地空荡荡。

入秋之后，大部分植物以递减的方式生长。所以草枯草黄，树叶飘零。唐代诗人韦应物写《寄全椒山中道士》：

　　今朝郡斋冷，忽念山中客。

　　洞底束荆薪，归来煮白石。

　　欲持一瓢酒，远慰风雨夕。

　　落叶满空山，何处寻行迹。

人的行迹渐深，人也有容了。容得了山容得了水，容得了春容得了秋，容得了爱也容得了恨，容得了美也容得了丑。人的美好境界，也就是秋的境界。这就是最大的获得。

浸染

新稻入仓廪，大地熏黄。熏黄是一种稔熟、将枯的色彩。站在原野，满目苍莽。姜花白，芭蕉黄。青桐子一日比一日鼓胀。翠竹开始脱枝。我很细致地观察了溪边的一处翠竹林。翠竹林有三十七棵竹子，竹子每长一年，要脱一次枝，从下往上脱，脱到第十六节，竹就成了老竹。竹越老，纤维越富有弹性，韧性也越强大，也越耐虫蛀。脱枝，就是最末的枝丫干死、脱落。竹竿光滑如洗，慢慢泅析出竹霜。砍柴人砍到手或膝盖，刨竹霜下来，敷在刀口上，血即止，伤口也不化脓。竹霜越厚，竹梢越垂。竹到了苍老之年，会佝偻。

竹越砍，生命力越旺盛。入秋的第一件事，便是砍竹。山边竹林传来笃笃笃的砍竹声。刀吃进竹，刀声在中空的竹筒产生共鸣：笃，笃，笃。如啄木鸟啄树洞。竹震动，竹叶落。每一片竹林都有厚厚的竹叶。秋雨尚未来临，竹叶干燥、发白。竹鼠在窸窸窣窣。竹鼠以竹须、竹鞭、嫩竹为食，四处打洞。洞与洞连通，如同地道。

江南无所有，聊赠一斗米。新稻晒出，机了米，当然就煮粥，又稠又香。是每个人爱吃的。乡人等着新米，为一碗粥，也为一块糕。

　　　　　　　　　　　　蟋蟀入我床下

糕为米糕，又称千层糕。

泉水泡新米一个时辰，米泡得又白又涨，以石磨磨米浆。米浆略稠，白如鲜奶。锅里的蒸笼已热气腾腾，米浆匀细地浇下去，蒸出米黄色，再浇一层米浆下去，又蒸。浇七层，蒸七层。七是变数，也是节律数。七是死数，也是生数，是先死后生的意思。七是无穷大，因此七层糕遂称千层糕。蒸出来的糕，有深深的碱色，香郁浓烈。碱来自草木灰。乡人取灰碱泡米。

灰碱一般取自稻草或牡荆。稻草以糯谷稻草为佳，去稻衣，洗净晒干，烧出一堆灰。灰包入纱布，泡出碱水。没有糯谷稻草，砍一捆牡荆来，洗净晒干，烧灰。牡荆是马鞭草科牡荆属灌木，耐寒耐旱耐贫瘠，具乡人秉性，可解寒解毒祛除湿气，可催化黄豆发酵。乡人制黄豆酱，牡荆是必备之物。

乡人爱灰碱。灰碱防蒸糕霉变，也可防暑、增强体质。当然，灰碱还是一种液态凝固剂。做腐婢豆腐，也要添加灰碱。腐婢是马鞭草科豆腐柴属灌木，茎与叶，清热解毒，治痈疮，解热暑，醒酒，敷蛇虫之伤。将腐婢叶捣烂，把汁液沥进灰碱水里，就慢慢凝固，成豆腐状。这就是腐婢豆腐，色如碧玉，味凉如冰。舀一碗腐婢豆腐，调一勺蜂蜜下去，凉拌吃，热暑全消。

下了灰碱，千层糕也称作灰碱粿。满满的一蒸笼灰碱粿，无须用刀切，取一根白麻线，两头拉紧，糕成了块。以线作刀，取糕而食。砍竹人上山，不愿带饭或不愿生火造饭，带三五块灰碱粿，挂在竹丫上。

临近中午，砍竹人取下灰碱粿，坐在竹下吃，一层层撕下来吃。一口一块粿米。秋蝉在吱吱吱叫。燥得饥渴的灰胸竹鸡，在嘘叽叽地叫。一直叫到太阳下山了，灰胸竹鸡摇着步子，来到溪边喝水。坐在石块或竹叶堆上的砍竹人，是无比寂寞的人。刀放在脚前，风摇着树梢，竹叶飘摇而下，落在寂静的竹林下，也落在他的身上。他细嚼慢咽地吃着粿，望着空空的竹林，山下的人烟虚白在黄黄的秋阳下。吃了粿，喝了水，倒头睡在竹叶堆上。凉风扫荡。

一日，我去山中竹林，看乡人砍竹。山并不高，但陡峭。山垄田还有人在割稻子。那是最后两块收割的稻田，种的是糯谷。稻子直挺，稻衣素黄。割稻的人蹲在田中央，弓着身子割稻。他的左手撩着稻秆，右手挥舞着镰刀。田中央割了一大块，摞下稻子堆出"人"字形，四边的稻子直挺挺地浮荡。天太热了，割稻人戴着斗笠，穿着厚厚的秋装，不时地脱下斗笠当扇子。

从没见过这样割稻子的。割稻子是从田头开始割，一垄一垄地割。哪有从田中央往四周割的呢？问割稻人："打谷机怎么拉进去啊？"

割稻人答："全割完了，再打谷子。"

问："你这样割，有什么特别的意思吗？"

答："这是圆匾的形状，你没看出来吗？"

这是一块巨大的圆匾。圆匾是晒食物的竹器。这是大地之丰美，也是大地之殷实。又问："为什么不请收割机呢？"

答："收割机是方便，但浪费很多谷子。"

我便没上山看人砍竹子，而是看他割稻子。看了一会儿，我也下田，和他一起割。多年没割稻子了，割了半个小时，脚酸疼得发麻，衣服也湿透了。

我们的肉身、情感、思想，都是被自然之物浸染的。入秋之后，这样的感受会更深。

溯源之溪

溪名左溪，乃灵山南部主要溪涧之一，8月18日早晨9点半，我从毛竹棚断桥下去，溯溪而上。毛竹棚是个空壳村，山田荒芜，长了密密的香樟、苦槠等乔木。这些乔木，或许只有十来年的树龄，并不高大，树冠却蓬勃，纱帐一样披挂下来。断桥畔则有一棵高约二十米的老樟，树皮硬瘦灰黑，枝丫斜出，树冠似个大圆盖。

河中巨石横陈，砾石杂乱，但有致。初夏的雨季，会带来巨大的山洪，轰轰隆隆，如一列脱轨的列车狂奔。山洪卷着砾石千翻万滚，滚到沙砾处，结结实实地陷了下去，再也翻动不了。每一个石头，无论是巨石还是砾石，都是洪水安置下来的，是自然之力的造化。

灵山是花岗岩结构，土地贫瘠，腐殖层很浅。溪岸的树木藤萝，以缓生树缓生藤为主。缓生树有槠木、赤楠、青冈栎、野荆、楸树、映山红、九里香、小叶黄杨、小叶紫檀、油松、黑骨茶、野山茶、山荔枝等；缓生藤有枫藤、薜荔、番荔枝、油麻藤、蛇藤等。树也不怎么高，伸手可拉下枝条。河道狭窄，树就长得拥挤，枝丫往河床中间斜溢。

就这样，河床被树枝盖住了。树看起来矮矮的，却都是老树。老树被老藤缠绕着，挂着蜘蛛网。我们躬身在树下，钻树缝，爬巨石。巨石光滑如铁，干净如洗。鸟鸣于涧，却无鸟鸣，也没看到鸟。谚语说：林子大了，什么鸟都有。是指生态的复杂性和多样性，也暗指社会的复杂。其实，林子大了，也会什么鸟都没有。秋阳燥热，鸟藏了起来。林鸟，对气温对光线，非常敏感，在清晨和傍晚觅食。如松鸡，在林下觅食昆虫，扒土吃软体动物，燥热了，躲在树下打瞌睡，发出咕噜噜的打鼾声。

竟然没听到鸟叫，确实让我感到意外，失落莫名。

唯一的秋声只有溪声了。溪是潺潺之水。溪差不多快断流了。久旱未雨，雨忘记了大地，忘记了干焦的树叶和苦熬的根须，忘记了被哺育的万物苍生。一片片树叶就像一只只苦盼的眼睛。水从砂砾渗透出来，汇集成流。水汤汤地漫溢上石块，轻溅下来，发出清悦的桑桑之音。飘落的树叶漂在水面上，如轻舟越过万重山。金裳凤蝶逆水飞舞，几乎是贴着水面飞舞，不知道它在追逐什么。是在追逐阳光落下的影子，还是在追逐自己的倒影呢？

河石上，有绿蚱蜢停歇。形似叶笛的绿蚱蜢。趁秋霜还没到来，它们在争分夺秒地玩乐、求偶、繁殖。蚱蜢合欢之后，雄性即死。潭面上，漂浮着许许多多的死蚱蜢。也漂浮着各种死蛾。蛾是小蛾，灰白色，一身素服。水潭成了秋天的死亡之海。这些漂浮于水面的虫尸将进入蛙、鱼、鸟和蜥蜴的肠胃。

溯溪一个多小时，到了将军潭，潭深约两米。潭水清澈，砾石如鹅蛋。潭壁高十丈，壁立如刀削。瀑布已彻底断流，石壁发白，散射而来的太阳之热，灼得脸颊生痛，红胀如石榴。在庇荫处久坐，潭水的幽凉之气慢慢漫上，浸透全身。

返身而回，已是正午。我已脚抽筋，倚石而坐，浑身疲乏。在断桥边吃西瓜。西瓜一直泡在溪水中，柴刀杀瓜，抱瓜而食。人渴而瓜甘，身燥而瓜凉，食瓜便如啖饴。瓜吸了溪涧的精华之气，润五脏六腑。

泡瓜的小潭有许多头大长尾的小鱼在游。有人问，这是不是娃娃鱼的小鱼苗呢？又有人问，这是不是石鸡（棘胸蛙）的小蝌蚪呢？

我说，这是河川沙塘鳢的小鱼苗。

河川沙塘鳢是山溪鱼，生活在无污染的涧溪里，小鱼如蝌蚪，体鳞黑色或棕色，头大而扁，尾鳍长，贴沙砾或石块而溯游。这是一种缓生鱼，有钢锯似的密密的牙齿，以蛙卵、沼虾、青螺、麦穗鱼、虫卵及昆虫为食。小潭里，有十余条火柴长的河川沙塘鳢。

其实，从溯溪时，我就很细致地观察河川沙塘鳢。在很多的水潭和水坑，都发现了它。但都是火柴棒大。成年的河川沙塘鳢，

蟋蟀入我床下

体重二十至三十克，体长十至十五厘米。在左溪，没发现成年河川沙塘鳢。溪水太羸弱了，它们藏在石缝。8月9日，在黄岗山下的东坑紫溪，看见非常多的成年河川沙塘鳢，在湍急的溪流下溯游。成年河川沙塘鳢看起来体型不像是鱼，与壁虎更接近。河川沙塘鳢在发育的过程中，鳍演变为翼状，鳍端如附趾。翼，即飞翔之羽。溪流越湍急，河川沙塘鳢越斗水而上，飞越（滑翔）河中巨石，甚至瀑布。

河川沙塘鳢对水波和光线异常敏感，稍有变化，便躲进石缝或石块下的窠（巢穴）里。与宽鳍鱲、马口鱼等喜栖于山溪中不同，它有固定的窠栖息。

左溪，溯源之溪。到了源头，才知道山有多高，才知道溯源有多难。

剪荠菜

两场春雨，旷野翻绿。那是一种娇嫩、羞涩的绿，夹杂着浅浅的黄青。田沟囤积雨水，远远望去，白亮亮，在青绿之间闪动。我挎个竹篮，握一把剪刀，去田野剪荠菜。

严寒是季节最残忍的部分，土被冻住了，土层结出冰片。昆虫和草本，再也无法苟延残喘，彻底死去或倒伏腐烂。这是最后的霜期，大地晨昏皆白，苍苍茫茫，四野洁净。荠菜的地下根茎似一颗没有发育（不分瓣）的圆大蒜，饱吸着所剩不多的地热，在霜下冒芽，独茎而上，青芽直挺，似韭尖叶，基生叶呈莲座状，茎生叶披针形，芽叶溢绿，像蓝翡翠的翅羽。这是一种向死而生的植物。只要春雨到来，芽叶就旺盛地肥起来，一节节地抽出来，叶叶盘踞又散开，形成一蓬蓬。

雨，在春天有了别意，只有大地上的万物可以深解。雨不仅仅润物，更能唤醒和催生。每一场春雨，都是生命的一种况味，也是一种宽慰。不同的况味和宽慰，给予生命不同的形色。从另一个角度说，春雨不是从天上降下来的，而是从土里冒出来的——春雨渗透了根须。野草按照雨水的意愿，涂改着旷野。荠菜挤占了田坑地头，挤占了长满苔藓的泥垛墙缝。

立春至惊蛰，荠菜最为羞嫩，茎叶没有丝毫的纤维化。挖荠菜是南方采集野菜的日常生活方式之一。妇人或小孩蹲在田里，用小锄头挖荠菜根部，抖抖根泥，把荠菜齐整地压在篮子里。但我不挖，而是剪，在圆茎的根口剪一刀，取走整株。圆茎还在地下，细细的根须还深深地扎在湿泥中，不用三五日，茎口又会咕咚咚地冒出新芽。不要对植物连根拔起，甚至带出泥土，哪怕是对一株野菜。否则它就永远消亡了。

杜甫在《赠卫八处士》中说："夜雨剪春韭，新炊间黄粱。"好友相见，有一碗炒春韭一碗黄米饭对吃，已是人间清欢，何况还有酒"十觞"。比酒更好的，是春光。剪荠菜，必是晴好之日。紫云英酝酿着花意，白菜开黄花，萝卜开白花。田野深处，有一座四角雨亭，一棵老桃树在亭前撑起了满树的红桃花。这是田埂最盎然的月份，董鸡在茅苏掩藏之下，咚咚咚，叫得热烈深情。金樱子莿藤爬满了浮萍状的肥叶，一挂挂垂了下来。水沿着田沟弯弯绕绕，千转百回，注入了河汉。

随意伫立哪一块田头，都可以清晰地看见田畴的纹路。水与野草野花织就的纹路，也是春光的纹路。荠菜矮扑扑，混杂在众多丛生的杂草之中。有蒲公英的地方，就有荠菜；有苦草的地方，就有荠菜；有鹅肠草的地方，就有荠菜；有野苦荬的地方，就有荠菜。

在很长的时间里，我难以区分野苦荬和荠菜。野苦荬和荠菜初长之期，长得简直一模一样。在无法分辨的情况下，折断一支茎，断口处流白色汁液的，是野苦荬。其实，它们区别很大，荠菜是十字花科荠菜属一年生或两年生植物，野苦荬是菊科苦麦菜属一年生植物，基部叶形不一样，花期、花色、花状等都不一样。

春天，可食用的南方野菜非常多，如山蕨、野水芹、马兰、蒌蒿、藜蒿、水竹笋、苦竹笋、地耳、蒲公英、香椿叶、楤木叶、野艾，等等。荠菜无疑是最受欢迎的。在物质匮乏的年代，菜荒（通常指农历二至三月）时，霉干菜、腌制菜、泡菜、咸菜等成了餐桌的主角。正是这个时候，荠菜出现在八仙桌上，一下子，它就成了味蕾的救世主，把我们从又咸又干的味觉中解救出来。虽属野菜，荠菜却毫无涩味、苦味，口感柔滑，回味略有浅甘。无须下水焯，直接切好，下热热的油锅翻炒，也可调糙米粉做成菜糊，也可调红薯粉做荠菜羹。最妙的做法，是咸肉切丁，熬出香油，翻炒荠菜，抖锅七八次，即上锅热吃。

剪了荠菜回来，我孩子便嚷嚷着要包荠菜饺。我哪会包饺子呢？只得又去剪更多的荠菜，买来面粉和肉，请邻居包饺子。我孩子喜欢吃饺子，尤其喜欢吃藕饺和荠菜饺。孩子却不识荠菜。我把荠菜摊在桌上，让孩子识别。这也算是自然课吧。"我们吃过的植物动物，都要认识，这既是一种感恩，也是一种道德。"我这样对孩子说。人是它物养育的。记得养育自己的物，就是记住了长物的那片土地和气候。人的一生，就是积累美好记忆的过程。一个特别注重这个过程的人，必然是一个丰富的人：对生活的热爱，倾注了所有。

霜晨

　　山峦如蒜瓣，八座山峦环抱出一座大蒜状的山体，被针叶林覆盖。早晨的阳光冰凉，闪射着银白银灰的光线。一条黄泥机耕道沿着山底林缘，七弯八拐地闪入不远处的森林。

　　十天前的数日冬雨，浸泡着机耕道，黄泥泡出了泥浆，凋零不久的树叶和倒伏的知风草、姜花、藿香蓟、鱼腥草、葱莲等，也被泥浆裹着。数日晴朗，泥浆封了泥面，像摊了一层蛋皮。太阳没晒到的路面，耸起了镂空的微缩景观：泥浆被霜冻出了六至十二厘米高的冰柱，柱头绽开冰花，泥浆也被拱出六角形的花状。踩在冰柱面上，松脆，咯咯作响。我踩了两脚，舍不得下脚了。取了一根刚竹，轻轻拨开约两米长的泥冻层，看见了蚂蚁、蟋蟀、百脚虫、泡桐籽、山楂、酸浆果、木姜子、南瓜子、辣椒。它们以死亡或休眠的方式，暂时封存在被遗忘的角落。

　　冰花连着冰花，延绵千余米。冰花活在没有阳光的世界。霜冻塑造了冰花，塑造了湿泥之雕。冰花无序地连接冰花，又造出了另一个有序有致的冰殿：密集的廊柱、幽深曲折的回廊、巧夺天工的

　　　　　　　　　　　　　　　　　　　　蟋蟀入我床下

拱顶、檐上鎏金的琉璃瓦、遍地怒放的雪莲花、昆虫博物馆、冰面覆盖的池湖、耽于荒芜的后花园。

露凝为霜。寒露在傍晚垂降，在晚上八点之后，被零度以下的气温冻住了，结出了霜花。霜花是冬夜的另一种月光，慢慢铺，铺满了路面，铺满了草叶，铺满了瓦顶。在旷野，霜花一层层白出来，白得又厚又跃动，也白满中年人的双鬓。太阳出来，莹白之花无声无息地凋谢。它的凋谢是软化、融化，冰冻的泥层坍塌，草叶被榨走了所有的汁液，浆果和菜蔬霜化出了糖分。霜花随阳光的步伐零落。

野塘在两个月前干涸，太阳和秋风抽干了它的水分，黄黄的塘泥开始皲裂。因为冬雨，野塘积了不多的水，水结出了薄冰。在我们的肉眼之下，薄冰若无，只是风吹不动水面而已。皲裂的泥缝，罩了整块塘泥，如一张粗绳结的黑网。田或塘，在干涸之后，皲裂的形状为什么是网格化的呢？我一直没想通这个问题。在野塘边走了一个多月之后，我明白了。泥失去水分，泥面会绷紧，直至崩裂，于是有了泥缝。恰好的泥面，才会产生崩裂。裂面与缝隙，形成了自然之美的泥纹。一只白鹡鸰落在冰面，冰太滑，站不住，滑了一会儿才收稳了脚，它的翅膀快速地拍打，尾巴翘动。它的翅膀扇起，如两把折扇张开、收拢。

也许，白鹡鸰也没发现冰面，是想落在塘泥里。它滑到了塘边的烂泥里，啄食。白鹡鸰分布非常广泛，尤喜在河流、湖泊、山中野塘、水坑、草泽等临水的地方栖息，以各种昆虫为食，食物短缺时，偶儿吃植物种子和浆果。塘泥里，死虫多，虫卵也多。

阳光照到的路面，溃疡一样烂开。泥成了粥样，裹在鞋底，翻上鞋面，粘在裤脚。路穿过一片菜地，直达森林。说是菜地，其实只有一块地种了白菜，其余的地面堆满了木料和柴枝。白菜还结着霜，取一叶下来，冰寒入骨。这是林缘，常有鸣禽在此栖息。我却只看到一只树鹊。树鹊从一栋废弃的矮木屋上起飞，嘻叽叽嘻叽叽地叫着，长长的尾巴晃过枫香树林的林杪，落入一片木荷林。

长有三百多棵枫香树的狭长树林，树下是矮灌丛。一条巴掌宽的小路中分树林，通往一个无人光顾的水库。小路落满了树叶，厚厚的湿湿的。树叶在碎烂、糜烂、发黑。短短月余，树叶的霞色已褪尽。霜打一次，色褪一次，叶也烂一次。收割万物的，不仅仅有刀，有风，还有霜雪。枫香树空空荡荡，一只鸟也没有，树杪上飘着最后几片叶。

木荷林右边的山沟，有六棵杉木死了，夏天还活得好好的，不知道为什么死了。木荷高高大大，太阳照亮树冠，泛起一层墨绿。林下的霜还是厚重，像地面上长出的白绒毛。绒毛紧紧地粘在大地的肉脯之上。我踩在霜上，烙下一个脚印。一会儿，脚印就湮灭了。而边上的霜还在。霜无法被破坏。

　　　　　　　　　　蟋蟀入我床下

很多自然景象是在一定条件下才存在的。如彩虹如雾凇。霜也是这样。霜是晶体化的雾，但又不是雾。霜是催化剂，催化种子早日孕育，催化植物糖分，也催化生命的交替，把人催化得苍老温和。

太阳照彻。早晨随霜一起彻底消失。

葛溪，葛溪

深冬晚雾垂降，山冈宛如一艘艘乌篷船，浮出阔叶林的斜影。青黛色的，南方延绵的山峦，被一条缓缓流淌的河流收紧。清疏的田畴尚有嫩黄的草芽冒出。我站在青板乡徐村周家桥上，溪流哗哗，从上游的河湾，如一群奔牛，突然回头，返身向西而回。樟树林在岸边空阔地，远远看去，形成一道墨绿的幕帘。在古老的记忆中，这道幕帘，是南方河流精美的发饰。河湾是个半弧形，在灌木遮掩的黄昏，葛溪几许冷涩和萧瑟，让我觉得天空是充盈在毛玻璃器皿的液体。雨积在晚雾，湿漉漉的，树叶有水滴慢慢滑落。这是时间的沉默表达。低矮的，游弋的，渐黑的黄昏，假如这时岸边有一盏灯亮起，烛火摇曳，那么点亮这盏灯的人，是我亲爱的人。

在葛溪河边，我走了几天，每天都遇见了送葬的队伍。他们戴着白帽和长头巾，低着头，拉着黄黄的稻草绳。他们沿葛溪，在田埂路上，沉默地走（或许，有人在暗暗抽泣，但我并没听到——抽泣声被细碎的冬雨扯散，细碎地撒入了封冻的泥层），走得比河水还慢吞吞。白汤汤的河水，只是千万年始终哗哗哗地流。前日，读到我喜欢的诗人颜梅玖的诗歌《与死者密谈》："……你沉默着，带着动物性的忧郁和冷漠：/'波浪起伏不意味着永生/波浪平息不意味着永死/岁月空虚。我扮演了我自己的替身/我太入戏。以至于替身消失时/我不得不追随他而去。'"甚是哀伤。我边读边想起了葛溪边送葬的队伍。——在面对一条河流时，我们会感到自己的绝对渺小，人如沙砾，被茫茫溪流淘洗，这样的渺小是因为河流的绝对强大。河流就是亘古的时间。同样，临河观水，人亦是绝对的孤立无援，生命繁衍不息，我们作为其中一环，也只是河水的一个横切面。北宋诗人、政治家王安石，于皇祐二年（1050年），从临川去钱塘，途经葛溪，宿驿站中，秋声扰攘，悲从中来，作了《葛溪驿》："缺月昏昏漏未央，一灯明灭照秋床。病身最觉风露早，归梦不知山水长。坐感岁时歌慷慨，起看天地色凄凉。鸣蝉更乱行人耳，正抱疏桐叶半黄。"残月秋夜，漏寒露早，梧桐潇潇，山冷水长，葛溪渺渺，不免忧郁悲凉。

葛溪是横峰主要水系之一，发源于磨盘山山脉下的葛源清源溪，终汇鄱阳湖。磨盘山山脉系怀玉山山脉的余脉，位于灵山西北部。我多次问乡人，青板乡因何得名呢？有人说是葛溪上有青石板桥，有人说青山多板栗树。在徐村，临上德公路，几年前，仍有古码头旧址，村里乡邻还在码头的石埠上，洗衣洗菜，下河摸鱼网虾。青石板桥虽已不存在了，但在老一辈人的记忆中，却一直横跨在河湾上，在樟树洋槐的掩映下，驮着南来北往的乡客。或许在更为久远的农耕时代，葛溪是一条更为宽阔的河流，河水滔滔，两岸青山的倒影在漂移，作为深山区的磨盘山人，灵山西北部脚下的世耕人，葛溪是唯一通往外面世界的水路，把茶油、茶叶、蘑菇、笋干、薯粉、葛粉、药材、毛皮等山货，装上木筏，沿河而下，进入信江，送往江南名镇河口，分散世界各地，也把食盐、布匹、纸墨、瓷器，带回山里。和岑港河一样，葛溪也是横峰的水上"丝绸之路"。在春夏雨季，乡人把山中的木材毛竹，扎成伐，顺水而下，到信江边的码头上实物交易日常生活用品。葛溪的码头便多了去往异乡的人，茶客、进京赶考的人、流徙的异乡人、闯荡世界的人，上了青石板桥，望望青山如黛，山峦如眉，天空瓦蓝，浪荡的人有了惆怅的乡愁。我在葛溪边纵目远眺的时候，想起了沈从文的边城世界——沱江。沱江两岸挂满了灯笼，月碎江水，翠翠在唱着山歌。葛溪沿着山谷两边的狭长地带，静静地蜿蜒，葱绿的阔叶林时而稠密时而稀疏，浓淡的江南写意有了雅致的境界。峰峦竞秀，溪水如洗。

好友黑陶写《塘溪》："夏夜多美。飞动的萤火，流泻的星，世界充满了清凉、纯蓝、裂冰似的移动碎光。"我没有见识过葛溪的夏夜，想必也是溪水滑动，萤火如织。我多次途经或溯游葛溪，脱口而出的是《诗经·蒹葭》：

　　　　　　　　　　　　　蟋蟀入我床下

蒹葭苍苍，白露为霜。所谓伊人，在水一方。

溯洄从之，道阻且长。溯游从之，宛在水中央。

蒹葭萋萋，白露未晞。所谓伊人，在水之湄。

溯洄从之，道阻且跻．溯游从之，宛在水中坻。

蒹葭采采，白露未已。所谓伊人，在水之涘。

溯洄从之，道阻且右。溯游从之，宛在水中沚。

这是人生美好而艰难的境界，是我们存活在这个世界的一个梦境，也是生命的全部奥妙。子在川上曰，逝者如斯夫。孔子以河流喻时间，这是哲学。河流是繁衍，是生物学。河流是繁杂的街市，是社会学。素练的葛溪，沿溪流而下，在每一个开阔地，散落鎏光的村舍。葛溪，使我们的生命得以发育。

记得多年前，有一次从青板乡沿山道去葛源，下了山，见一片乔木林郁郁苍苍，葛溪从一个小村子隐约而来，夕阳斜照，斑驳的光线泻于林间，我下了车，沿河徒步慢走。暖阳晒在肩上，村子的屋舍没入阔叶林里，院子的墙垣开满了蔷薇花。我始终没有忘记这个情境。2015年冬，肖建林陪我溯游葛溪，时值清冷冬雨之后的下午，葛溪有些苍寒，落叶的乔木生出几分肃穆和苍劲。岁深水寒。作为一条生衍不息的河流，葛溪始终不曾改变的是那种葱郁中透出沧桑的雅姿，这是一种格调。

忘川之河，格调之河。葛溪，我们的蓝印花布。

关关

雎鸠

蛇雕

翅膀之下，山峦都是渺小的。它的孤独就是大地的孤独。它的翅膀张鼓，裁剪流岚，白绢似的翅端羽斑和尾下白色覆羽，形成一个梯次的弧形，亮丽，威风凛凛。它被嘘嘘滑动的风托举，土黄色的腹部在抚慰蓝天。嘎嘎嘎嘘儿，嘎嘎嘎嘘儿。它犀利地叫。像个霹雳闷雷炸下来，震动山谷。我们情不自禁地抬起头，仰望它。这是蛇雕，驮着正午的太阳，从峡谷深处飞过来，威武、雄壮，在两个尖峰之间盘旋。阔大的森林被它斑岩色的翅膀征服。

与诸友走在岑源峡谷，太阳在烘烤。峡谷蜿蜒十余华里，是铅山县武夷山镇通往上饶县五府山的一条荒僻通道。谷中山路已有二十余年无人行走，树木森森，芒草、芭茅、芦苇等野草沿着溪岸旺盛地繁殖，藤萝缠绕。河床二十五至三十米宽，堆满了巨石。

这是一条十分有趣的山溪——急流一程，断流一程，溪水时隐时现。沙层太厚，水渗入了底沙，水流消失了，到了浅沙层，水又冒了出来，湍急而下，在巨石之间横冲直撞。巨石之下，有了清澈见底的深潭。蛇盘在巨石上，盘在沙面上，晒着太阳。

沙是微小之物，却以千斤之力沉淀，一层一层积出了深达数米的沙层。沙黄如粟米，沙层绵绵而柔实。盘在沙面上的蛇像一堆烂树叶。蛇雕的叫声落下来，如一团火，引燃了烂树叶——一条锦蛇翘起头，摆了尾巴，嗖嗖嗖，在沙面游爬，想逃入芒草丛。锦蛇游滑得很快，沙面留下了扭动的蛇形。蛇盘身的地方，距芒草丛约有八米，这是生死线。蛇雕俯冲了下来，双脚摁住了蛇腰，蛇卷缠了起来，绕住了蛇雕的双脚。蛇雕狠啄了下去，尖钩状的喙落在蛇的七寸。

锦蛇长约一米二，扁平的头竖了起来，张开了嘴巴，与蛇雕对峙。蛇雕又啄下去。它啄一下，四周张望一下，又啄下去。蛇疯狂地翻滚，卷缠。蛇雕扇动翅膀拍落，蛇又缠了起来，激烈反扑。蛇雕又啄蛇头，蛇松开了，蛇雕抽出双脚，把蛇"揉团"，踩在灰黄色的脚下。

啄了五次，蛇头断了下来。它叼起蛇，飞到溪岸一棵高大的桐树上，把锦蛇踩在脚下，叼起蛇，用力地摆动，蛇软了下来，直直地垂着。蛇雕朝着蛇头的部位，慢慢往嘴巴里吞。

蛇雕吞一截，脖子伸缩一下，下脖鼓起来。它站在桐树的一根横枝上，也不知道它在看什么，就是不看蛇。蛇头断了，却没死彻底，尾巴卷了起来，像麻团。鸟类没有牙齿。鸟类吃肉食，有三种方式：啄烂，吃肉粒；撕扯肉丝，吃肉丝；吞咽。蛇雕有着强健发达的颚肌，将蛇的骨头"压"碎，"压"出骨渣。作为蛇雕食物的蛇，柔滑无骨。

吞了三分多钟，蛇成了胃中物。蛇雕挪了挪身子，换了站立的位置，朝着太阳，胸挺得直直，头左右摇动，翅膀张开又落下，伸直了头，又耷拉下来，看起来很呆滞。蛇雕再次张开翅膀，又收拢。

蛇还没有彻底死亡，在蛇雕的体内扭动，把蛇雕的腹部撑得又鼓又胀。蛇雕活动着翅膀，胸部肌肉一张一缩，压缩蛇在体内的活动空间，蛇因此窒息而死，蛇雕也避免自己被噎得窒息。

千里高山在武夷山山脉北部延绵，并峙之下，形成了众多绵亘交错的峡谷。海拔一千五百米之高的斗笠峰，裙带之下是岑源峡谷。

斗笠峰是我一直向往的山峰。据在镇郊开民宿的陈先生说，斗笠峰栖息着非常多的白鹇和短尾猴。有三次，我和朋友一起从分水关而上，登斗笠峰，皆因突降大雨而作罢。2020年7月，我再次去武夷山镇，请陈先生做向导，登斗笠峰。分水关进山的山道被一堆砂石封路了。在半个月前，暴雨造成了塌方，路被山洪冲垮。陈先生见我满脸失望的样子，说一起去走走岑源峡谷，也很有意思。

一眼望不到边的次生林，让我心里发怵。青松遍布山崖。峡谷则是乔木与灌木的混交林，藤萝和野蓟随树而挂。二十年前通行的山路已经找不到了。陈先生说："我们沿河床走，比走山路更轻松。"

走了半个多小时,我不敢走了。蛇太多。走不了百步,就会发现蛇盘在石头或沙面上。虽是暴热天,峡谷却阴凉,阵阵山风袭人。树冠层太密闭,太阳透射不下去,蛇在正午出来"取暖",懒懒地盘卷。我非常怕蛇。蛇会伪装成烂树叶、牛屎,堆在路边。正当我返身时,蛇雕从密林飞了出来,把我从"失望"的情绪中"解救"了出来。

蛇雕是鹰科鸟类,通常栖息在海拔六百至一千四百米的森林,鸣声似哨,哨音溜滑多变,时而忽溜忽溜,时而嘎嘘儿嘎嘘儿,声调凄凉刺耳。也会来到溪谷、山地活动。蛇雕以蛇类为食,也吃蜥蜴、蛙类、鼠类、鸟,还有虾、蟹等甲壳动物。它的头上有竖立的羽冠,看起来像戴着一顶鸭舌帽,遂称大冠鹫,属大中型猛禽。

在南方,吃蛇的动物很多,如黄鼬、刺猬、寇蛛、野猪、大蟾蜍、獴等。鹰科鸟和鸦科鸟中的大部分鸟,也是猎蛇高手。蛇雕是食蛇之王。拜造物主所赐,它天生捕蛇。

它站在高高的岩石或高大的树上,静默地环视,或者无声地在空中盘旋,搜索游魂一样的蛇踪,一旦发现了蛇,双脚撑开地面或树枝,射箭般飞出,平展的翅膀凭风借力,飘浮。锁定目标了,悄悄落下,强有力的粗壮短脚按住蛇的身体,啄头。它的附趾有坚硬似铁的鳞片,宽大的翅膀可以罩住自己的身体,蛇无处可攻。它的脚趾粗短，爪似钢钩，紧紧抠死蛇的身体，蛇只有痛苦地卷缠，垂死挣扎。作为令人闻风丧胆的利器，蛇的毒牙已无任何作用。

在蛇雕俯冲或降落的瞬间，蛇遁形于草叶之中。森林之下，厚厚的积叶层，是蛇的逃命之处。哪有逃得了的命呢？蛇雕把爪当作笪，一层层地笪树叶，蛇露出了尾巴。它啄起尾巴，叼起来，往地上摔，爪攫住蛇身，把蛇头啄断。

岑源峡谷的山溪，因河床特殊的地质结构，栖息着种类繁多的蛇类，仅剧毒蛇就有尖吻蝮、眼镜王蛇、银环蛇、竹叶青蛇。在周边的村子（岑源、乌石、仙山岭），每个村都有三五个蛇医。蛇医大多是年长者，因地因时因伤而就地取材，取草木的花或叶或茎或茎块或皮，捣烂敷伤，驱火镇痛祛毒，解蛇毒之伤。蛇医也叫草医，无须"望闻问切"，检查了伤口即采药，早晚换药各一次，伤口愈合即止，不留任何后遗症。乌石有一个七十多岁的老蛇医，家传三代，医治过百余蛇伤者，不收分文。老人耳背，白发苍苍。他的后人制茶，对草药一窍不通。

岑源峡谷也是名副其实的蛇谷。蛇雕在此栖息。

蛇雕罕见。罕见，是因为它神秘，要么孤独飞行，要么孤独地隐藏在树上。它既是林间隐士，又是山中独行客。罕见，也是因为它一窝只产卵一枚。四至六月，是蛇雕的繁殖期，在高大树木的顶端枝杈上筑巢，枯枝搭巢盘。

岑源峡谷太幽深，幽深得让我恐惧。走了千余米河床，我不敢再走。看到两边高耸的山崖，就想起孟浩然《宿桐庐江寄广陵旧游》的诗句："山暝听猿愁，沧江急夜流。"

我见过两次蛇雕。还有一次，是在恩施清江河畔。2015年9月，去清江大峡谷旅行，住在山顶土家族民宿。中午，在民宿烧饭的土家族大姐抱了一只鹰回来，放在水池里给它洗澡。她说，鸟落在田泥里，浑身裹着稀稀的泥浆，惊恐地叫。它在泥浆里挣脱的时间太长了，虚弱得瘫软。

洗了澡，大姐用吹风机给鹰吹羽毛，毛干燥了，放在晒衣的圆笼下，给它烘暖。烘暖了，它在圆笼里紧张地走来跳去。妇人剁了鲜肉给它，到了傍晚，拎开圆笼，它振开翅膀飞走了，飞向山对面的深谷。

问妇人："这是什么鹰？"

妇人说："蛇雕。"

蛇雕是勇猛之鸟。我记住这只蛇雕，不是因为它勇猛，而是因为它的虚弱和惊恐。它惊恐万状的眼睛，一直翻转。它极力撑开翅膀，又瘪了下来。它的喙四处乱啄，什么也没啄到。它为什么落在田泥里呢？它在泥浆挣扎了多久呢？我不知道。不是土家族妇人施救，它就会被泥浆活活憋死。一只杀蛇如麻的鹰，在绝境，也如寒霜之下的蜂一样垂垂哀怜，令人悲悯。

蟋蟀入我床下

凡个体生命的一生，都会遭受不堪的种种。不要给将倾之树加斧子，不要对落水的狗打木棍子，不要把濒死之兽架在火上烤。无论多么强大的人，都有处于绝境的时候。我们可以蔑视逃亡的帝王，但不要嘲笑落难的英雄。

普通夜鹰

2014年以前，我以为普通夜鹰是鹰科鸟或鸮科鸟。客居浦城荣华山时，一日，同事小汪提着一只鸟来，问我："这是什么鸟？"

翻来翻去看，我也认不出是什么鸟。羽毛和草鸮差不多，眼睛乌溜溜地转，喙尖利带钩。鸟体型比草鸮小得多了，耳朵也不竖起来，眼睛也没内凹，显然不是草鸮。

问小汪："这只鸟是怎么得来的？"

小汪说："山坞鱼塘的堤坝被人挂了网，被网住了。"

鸟的翅膀受了伤，飞不了。我送鸟去诊所，给伤口敷了药、包扎、固定了支架，对小汪说，养一个星期，看看伤口会不会好。

鸟爱吃虫。路灯下，每天晚上有许多死夜蛾。山区虫蛾多。灯一亮，夜蛾绕着灯光扑扇，扑着灯。夜蛾在旋飞，旋着旋着，掉了下来，扑腾几下，不动了。小汪抱一个大玻璃罐，用火钳把夜蛾钳进罐里。火钳夹着夜蛾，鸟就啄过来。

来了一个客人，嗜鸟。他见了我的鸟说，这是少见的普通夜鹰，好好养。

我说不养它，伤好了就放飞。

我查了一下资料，才知道普通夜鹰属于夜鹰目夜鹰科鸟。我真是傻得无知，以为带"鹰"命名的鸟，都是属于隼形目的。隼形目属于猛禽，夜鹰目属于攀禽，差别太大了。

2016年6月，我在罗桥横山村的一个山冈看落日。丘陵起伏。站在山冈西望，是一片扬着稻花的田野和青郁的林木。山冈低矮，一个连一个，如浪头。夕阳慢慢坠下地平线，云从炉火喷出似的，熊熊燃烧。天宇泛青，光色更亮。我所在的山冈是红岩，不长树，岩缝长出干瘦的矮灌木、荆藤和稀稀的知风草。我看见一只普通夜鹰摇摆着从岩块走下去。它走一步，摇摆一下身子，像跳摆裙舞，步态娴静、优雅，又略显笨拙。它距我只有十来米远。我一下子就屏住了呼吸。我不敢惊动它。一刻钟后，它在岩下的一丛知风草中停了下来，匍匐下去，叫了起来：呋呱啦呋，呋呱啦呋。声调很是柔曼、亲和。隔了几分钟，两只毛茸茸（灰白色）的、长出翅羽（灰黑色）不久的雏鸟，从另一丛知风草中走出来，憨态可掬。两只雏鸟肉滚滚，很是肥壮，弯曲着路线，走到亲鸟身边。亲鸟张开翅膀，把两只雏鸟捂在身子下。亲鸟再也不叫了。

原来它们是一家子。我异常兴奋。

第二天傍晚，我又去那个山冈，守到天全黑了，也没守到那一家子。第三天傍晚，再去，仍然不见踪影。我找遍了山冈，也没找到它们。叫声也没听到。地上也没零乱的羽毛。它们不是被动物吃了，而是挪窝了。

鲜有鸟有挪窝的习性，即使是会挪窝的雉科鸟，也不经常挪窝。哪有天天挪窝的呢？鸟的习性就是鸟的生存哲学。普通夜鹰为什么会经常挪窝呢？

在两年后，我找到了答案。2018年5月，我去浙江开化，在马金溪吃晚饭。下午四时四十五分，到了齐溪镇，我一个人沿着河滩走。河滩有许多柳树、洋槐、枫杨树，草却非常稀少。说是河滩，不如说是石滩。石头硌脚，走得慢。一直往上游走。溪水幽深、清澈，滔滔而流。浅水处，偶有白鹭在啄鱼。在一座木桥的上游，石滩上有一只鸟在匍匐着。我一眼就辨认出来了，那是一只普通夜鹰。

站在一棵柳树背后，我观察它。它匍匐一会儿，站起来摇动一下身子。它安静地趴着。我以为它是在打瞌睡。普通夜鹰是夜行性动物，昼伏夜行，白天喜欢打瞌睡，站在树上贴着树丫闭眼，或趴窝在地上缩着身子闭眼。它摇动一下身子，又趴下去。第四次站起来摇身子，我看清楚了，它身下有两枚蛋。它不是摇身子，而是使用翅膀挪蛋，挪到身下稳固的位置，以便孵卵。

普通夜鹰不营巢，在偏僻之处的地面（岩块、平整的石滩、稀草丛、山坡树下的落叶堆、屋顶、天台）直接产卵、孵化。裸露的地表，在夏天，是多么热，也是多么危险（很容易被猛禽、蛇、野猫、黄鼬等动物袭击）。幼鸟一旦会行走了，亲鸟就必须挪窝，以免留下气味，以防威胁。

山区的天气就像女儿的脾气，说变就变。对于鸟来说，坏消息总是多于好消息，恶劣天气是其中一坏。晚上七点多，天突然下起了暴雨。不远处的上游是钱江源，有着浙西北最广袤的森林，蒸发量大，降雨量也充沛。我找了一只手电，穿上塑料雨披，往木桥的方向走。普通夜鹰趴窝在石坑（巢），缩着头，雨疯狂，噼噼啪啪地打在它身上。雨水淹没了它的腹部。它不时地站起来，摇摆一下身子，双脚轻轻地挪动，把蛋搁在脚趾之上，又趴窝下去。

暴雨下了二十多分钟，收了雨线。天一下子明亮了起来，雨沫珠子浸透了空气。雨水往河中渗流。普通夜鹰安然若泰。鸟类为子嗣付出的爱，是巨大的，与人类相比，毫不逊色。因为爱，才有了万象的动物世界。人至中年，冷眼看世界，知道人世间乃深藏的冰窟之地，会日渐麻木，不会轻易被人所感动。人是被名利所胁迫的动物。但我很容易被动物的友爱、情爱、"父母"之爱所感动。它们天性的爱，启迪我们崇善崇真。

普通夜鹰每窝孵卵两枚，孵化期十六至十七天，"夫妻""轮岗"喂食，育雏期约二十天。体型略大的是"夫"，体型略小的是"妻"。

初春，普通夜鹰从东南亚迁徙而来，雄鸟先行到达栖息地，夜夜鸣叫，既是宣示领地主权，也是求偶。湿漉漉的晚春，野花开遍旷野，空气里散发着情爱的气味。夜雨绵绵，鸣叫声也绵绵。在我客居的大茅山脚下，普通夜鹰和东方角鸮、草鸮的求偶声，夜夜响彻，浸透了草木的气息。

天牛、甲虫、夜蛾、蚋、岔龟子、蚊、野蜂、瓢虫等昆虫，被一日高于一日的气温所催化，在大量繁殖。这些昆虫是普通夜鹰的美食。普通夜鹰夜间觅食。它具有隐身术。它通体为暗褐斑杂状，嘴偏黑，脚巧克力色，羽色单一，不绚丽，与它栖身的环境融为一体。羽色既像枯树叶，又像树皮，还像石块。它静止不动，与一条盘起来的尖吻蝮无异。它的羽毛非常柔软，消解了翅膀扇动和摩擦空气的声音，飞行时无声无息，不被昆虫发现。它嘴角的触须可以感受空气极其微弱的振动，准确感知昆虫。它的视网膜分布着大量的视杆细胞，视网膜后，有脉络膜和反光层，夜视力剧增。

它的杀器是嘴巴，短且裂阔。遇见昆虫，张开嘴巴，把昆虫掠吞进去。

前几年，我住在上饶市中富花园。夏日黄昏，数十只蝙蝠出来觅食。也不知道这些蝙蝠藏身在哪里，天将黑，蝙蝠就在空中吱吱吱叫，绕飞。普通夜鹰伴飞蝙蝠，一起捕捉昆虫。普通夜鹰飞行速度飞快，像一只影子被风吹来吹去。每天的这个时候，我就站在篮球场上，看它们捕食。普通夜鹰是栖息在阔叶林、针阔混交林、林缘地带的疏林，和丘陵灌丛、农田地区、竹林及荒草地。城镇化的进程在加快，吞噬了城市边缘的林地、荒草地，挤压了野生动物的生存空间，栖息地急速碎片化，普通夜鹰、草鸮、狐狸、果子狸、野灵猫、獾、豪猪、貉等心性较为孤僻的野生动物，渐渐适应了人群庞杂的城市，择河湖之岸、废弃的工地等荒僻之处，艰难地繁衍生息。

普通夜鹰选择在高楼的屋顶栖身，珠颈斑鸠选择在窗台或花钵营巢，鹊鸲选择在空调管道中夜宿。它们是流浪在城市角落的另一群"我们"。我们不要把干净的饭、面包、玉米等吃剩下的粮食，倒进垃圾桶，可以撒在绿化带旁的空地上。这些粮食，是它们的食物。如果我们生活区的景观水池没有水，请记得蓄水，因为它们会来饮水或洗澡。我们外墙有洞，也不要堵塞，因为有鸟会来栖身。

曾以为，普通夜鹰是距我们视野很远的一种鸟。其实不是。在我们的楼顶，可能就有它带着雏鸟挪窝。屋顶那么热，它要挪到太阳能板下，躲避太阳的照射。春夏的夜晚，哒哒哒，哒哒哒，哒哒哒，哒哒哒，像机关枪扫射一样的声音，绵绵不断地响起。那是普通夜鹰在叫。叫声可能来自村郊的河滩、葡萄田、花生地、油菜地，也可能来自橘树林、荒地、野坟地。九月之后，哒哒哒声再也没有了。它南迁了，去往东南亚。它是夏候鸟。

动物行为学之父、奥地利科学家康拉德·洛伦茨说："我觉得，使用魔戒来和动物打交道并不公平。不用超自然的力量协助，我们就可以从动物伙伴身上获得最美的故事，那就是真实的故事。因为关于自然的事实永远比诗歌，哪怕是伟大诗人的作品中的自然都更美丽。动物是唯一真实存在的魔术师。"

如果动物有自己的《圣经》，这段话就是。

乌八哥

2021年5月22日上午，我去五府山镇高州。中巴车入了石溪河峡谷，绵雨骤歇，天一下子开阔起来，天地澄明。五个插秧人在河边的大块水田拔秧、抛秧、插秧。水田已翻耕，白水泱泱。田畈有部分田种了芋头，芋叶如小绿伞撑在田垄里，一排排一垄垄。插秧人弓着腰分苗插秧。上百只乌八哥站在水田里，围着插秧人吃食。插秧人退身插秧，插两排退两步，乌八哥也低飞一下，按照插秧人的节奏往后退。

我看得有些出神，对师傅说："我在这里下车了。"

师傅说："离高州还有两里多路，路上积水多，还是到高州下吧。"

我说："我要去看人插秧了。"

师傅说："插秧还有什么可看的，田埂上都是烂泥巴。"

我说："在田埂上站一会儿，心情会很舒畅。"

我往河边走。插秧人站了起来，看一个背着两大包书的人走过来。其中一个戴斗笠的插秧人，招呼我："你想下田帮我插秧啊？"

我说："乌八哥围着你们转，我想看看这群乌八哥。"

戴斗笠的插秧人说："秧苗拔上来，也把蚯蚓拔了出来，它们找蚯蚓吃。"

我说："它们不怕人，像孩子找零食吃，找得很仔细。"

他们继续插秧。秧团一个一个落在他们身后，他们解秧团，分株插在烂泥里。我解开秧团，看见秧须有蚯蚓、放屁虫（椿象）在秧叶上爬来爬去。乌八哥吃蚯蚓，更吃放屁虫。乌八哥站在秧团上或烂泥里，抖着喙，忘乎所以地吃食。我撩一掌水上来，水线低低划过去，泼向乌八哥。乌八哥跳起来，飞三五米，又落下来。

我挽起裤脚下田，想捕捉一只。我双手像两面网罩，罩向乌八哥。乌八哥呼噜噜飞起来，粘在爪上的泥浆落得我满头。我罩了八次，汗衫的背部基本落满了泥浆。戴斗笠的插秧人见我这狼狈样，哈哈大笑，说："你罩下一只乌八哥，晚上的酒由我请。"

沿着甘溪河岸，我走往高州。河面腾起一层白雾，白鹭栖在枫杨树上，嘎嘎嘎，叫得我忘记了田埂荒草茂盛，水珠密集，没在意皮鞋、裤脚全湿透了。几百只白鹭在河岸树林，栖在最高的树冠层拍翅鸣叫。

高州村有非常多的乌八哥。在2021年3月底的一天，我吃了早

蟋蟀入我床下

蟋蟀入我床下

餐去河边看小鹧鸪家族，走出街道口，我不走了。路口有一栋民房，是前年建的裸砖房，没有窗户，没有内外粉刷，无人居住。有七八只乌八哥扑在墙上，嘘嘘嘘地叫。我看了十几分钟，也没看出它们究竟在干什么。它们在墙洞（断砖）钻进钻出，扑在墙上，啼叫不歇。它们像在商量什么事情似的。我干脆从街边人家搬了一把椅子出来，坐在路口，看乌八哥。一个六十多岁的大哥问我："你看什么，看得这么津津有味？"

我努努嘴巴，说："墙上好多乌八哥。"

大哥说："这几天，有上百只乌八哥扑在墙上，中午最多。"

我说："它们在找墙洞筑巢。我数了一下，墙上有六十三个墙洞。"

乌八哥越来越多，二楼以上的墙体（最高四层）上乌黑黑一片。

在三月底四月初，乌八哥衔着枯草、破布条、塑料皮，在墙洞里筑巢。一只鸟进了洞，另一只鸟衔着枯草在电线或树丫（房墙侧边有一棵枣树）站着，望着洞。洞里的鸟出来衔枯草去了，嘘嘘嘘地叫着，快乐无比。等候的鸟呼噜噜飞进去，钻进洞，转个头，往洞外探探头，缩回去，藏身在洞里筑巢。

裸砖墙像一个巨型机场，乌八哥像一架架繁忙的飞机，不停地起飞、降落。到了傍晚，裸砖房成了机库，上百架黑色飞机盘旋着环绕着，从空窗飞进去，在屋子里喧闹地叫。裸砖房对面的一栋房子里，此时一家老少坐在厅堂吃饭。乌八哥给雏鸟喂食。

家燕在屋里筑巢，在巢里夜宿。夕阳落下，家燕觅食回来，成双成对，剪起薄暮斜飞，喳喳地叫着，落在门前电线上。一对一对的家燕站在一起，站成一排。它们轻轻地鸣叫，喊喊喊。待四野寂静了，夜色模糊了视野，星稀虫鸣，家燕一个斜飞，投入门户，落在梁上的泥巢中，安安静静地入睡。乌八哥却不这样，在屋外飞好几圈，高声啼叫，像泼妇争吵。飞了几圈，落在屋顶上、窗台上、阳台上、树丫上、晾衣绳上，继续嘘嘘嘘地叫。叫足了，它们乱哄哄地飞进空窗，落在屋子的地面或腾空乱飞，吵吵闹闹。

我打听了一下，裸砖房主人还在老房子生活。我去找他，恳请他把一楼铁皮大门打开，让我去楼上看看。

房主人说："楼上什么都没有，乱七八糟的，没什么值得看。"

我说："晚上是不是有很多鸟在楼上过夜？"

我们边走边说话。他是个农民，但喜爱书法。他说，他想参加全国书法比赛，写了三十多年了，想试试自己的笔力。他是个气力很好的人，一担挑四百来斤。我也不知道怎么回他。他写写乡村对联、公告等还可以，至于其他，我没法说出口。上了二楼，见地面上都是鸟粪和一些乌黑黑的羽毛。三楼也是这样。我也没看到鸟窝，不清楚乌八哥是不是在屋里过夜，或者说怎么过夜。

鸟粪灰白白，有淡淡的腥臭。

我在高州村看乌八哥，看了一天。第二天早上，村中有一个三十来岁的年轻人，找到我，问："你喜欢看乌八哥？"

"那当然，乌八哥在筑巢孵卵，很有意思。"我说。

那个年轻人说："我叫传银，我阳台上的茶花钵有乌八哥窝，下了三个蛋。"

传银在三楼阳台种了十几钵花，种了茶花、铁树、栀子花、指甲花、朱顶红、美人蕉、蔷薇等。他说，乌八哥孵卵有三天了，自己都不敢上阳台。他把阳台的门锁了，怕猫上去吃鸟蛋。

在四楼阁楼，我隔着玻璃窗看乌八哥抱窝。深碗状的窝，筑在茶花和钵沿之间，乌八哥趴在窝里，翘着脑袋，黄喙像个竹哨。我站了半个来小时，也没看到来"换岗"的鸟。我对传银说，必是良善之人才留得住鸟来筑窝。

传银说，茶花树叶密集，挡住了雨，乌八哥真会选地方。

乌八哥与人亲近，爱嬉闹。在晒谷场，在林边或河边麦地，在正在收割的稻田，乌八哥成群结队来吃食。2019年冬，我在鄱阳县谢家滩镇福山村暂居。村晒谷场在公路边，天天有人晒谷子。上百只乌八哥来到晒谷场吃食，上午十点来，吃到下午四点多。重车川流不息，但丝毫不干扰它们吃食。我拿起竹竿赶乌八哥，它们呼啦啦飞上树，要不了一支烟的工夫，它们又落在晒谷场。

与人亲近的鸟，很容易被豢养。我楼下有一家土菜馆，老板是个英俊的年轻人，他养了一只乌八哥。我偶尔在土菜馆吃中晚餐。我等上菜时，逗逗乌八哥。我吃完饭了，又逗逗乌八哥。乌八哥站在笼子里，翘着头看我，嘘嘘地叫。我给绿豆它吃，给小黄豆它也吃。老板喜欢逗鸟，提一个笼子去河边，打开笼子，让乌八哥四处飞。

有关乌八哥，我妈曾给我讲过一则故事。我妈对我说，乌八哥非常聪明，会救人。我有些惊讶，一只小小的鸟，怎么救得了人呢？

我外婆生活在山区小村童山，民房临河依山而建。村中有老人养了一只乌八哥，日夜不离。某年雨季，暴雨绵绵多日，山洪滔天席卷。一日夜里，乌八哥突然鸣叫不歇。老人点起灯，乌八哥在屋子里飞来飞去。老人从未见过乌八哥半夜惊叫，叫得慌乱惊惧。老人觉得这是异象。老人把屋里人叫醒，跑到屋外。过了一会儿，屋后山丘发生泥石流，把整个屋子冲垮了。老人一家子因为乌八哥预警得救。老人对乌八哥越发好。老人说，这是神鸟啊。几年后，乌八哥老死。老人设了小庙，把乌八哥供奉着。

在我孩童时代，瓦师老十养过一只乌八哥。乌八哥在瓦厂飞来飞去，一会儿落在茅铺上，一会儿落在瓦桶上，嘘嘘嘘叫。它通体乌黑，嘴乳黄色，脚红黄色，前额有一撮冠状的羽簇。它飞起来很是夸张，拍着翅膀，露出翅具白色翅斑，尾羽和尾下覆羽的白色端斑则像魔术师的白手绢。瓦师的弟弟十一在读小学，乌八哥站在十一的肩膀或头上，跟去学校。上课铃响了，十一抱起乌八哥，往空中一抛，说："吵死人，快回家。"乌八哥呼呼飞回瓦厂。

瓦师砍柴时带它去，采蘑菇时带它去，游泳时带它去。乌八哥喜欢玩水，头扎下去，马上钻上来，扑棱棱扇着翅膀，抖得水珠四溅，嘘嘘嘘叫个不停。瓦师的乌八哥会说几句简单的话。如"客人来了""吃饭了""亲嘴了""起床了"。它一说话，我们就发笑。它歪着头说话，像个提线木偶。

乌八哥也跟瓦师的爸爸、瓦师的妈妈、瓦师的弟弟四处去玩耍。但瓦师吹一下口哨，乌八哥片刻不歇地飞到他肩膀。乌八哥有强烈的好奇心，很专注地看瓦师做事、吃饭。有一次，瓦师的妈妈做豆腐，锅里煮着沸腾的豆腐脑，乌八哥站在锅沿，落进了锅里，被活活烫死。瓦师再也不养乌八哥了。他说，他失魂落魄了两年，才接受乌八哥死了的事实。

甘溪是丰泽湖的主要支流之一，约有二十公里长。溪边多枫杨树。枫杨树又名榉柳、水麻柳，属胡桃科枫杨属高大乔木，耐水耐寒，是速生树，树冠蓬勃多姿。鹟莺、喜鹊、卷尾很喜欢在枫杨树上筑巢。乌八哥也喜欢在枫杨树上筑巢。

五月中旬，乌八哥的雏鸟开始试飞，在树上忽而东忽而西。鸟试飞是一个艰难又冒险的过程，飞着飞着，落进了河里，被河水冲走，葬身鱼腹，或者落进水田了，裹一身泥浆，被黄鼠狼或野猫或田鼠或蛇或鹰鹞吃了。在河湾，乡人经常捡到乌八哥，有的人把它养了起来，有的人把它送回树上。

高州村有一阿婆，发头昏的毛病，每个星期去诊所吊一瓶氨基酸。在诊所的院子里，阿婆捡到一只试飞的乌八哥。阿婆说，乌八哥差一点被猫咪吃了，幸好来得及时，抱住了它。阿婆把乌八哥关在鸡笼，养了两天，抱到柚子树上，让它飞走了。阿婆给我说了这个事，我转身去溪边。我走了大半个上午，想捡试飞的乌八哥。我仰着头，一棵棵地看枫杨树和樟树的树冠。有树洞的树，我查勘得很认真。乌八哥一般在树洞或岩石洞营巢，用枯草丝织网。我一只鸟也没捡到，羽毛倒是捡了十几片。

六月中旬，我又去高州。

传银是个爱玩的人，他养了四对斑鸽子，他摸了三个鸽蛋放在阳台的乌八哥窝里。过了十八天，居然有两只鸽子破壳。这让他很兴奋。他说："明年乌八哥来我家筑窝，我摸两个喜鹊蛋下去，孵两只喜鹊出来。"

乌八哥蛋蓝绿色或白麻色，一窝产卵四至六枚，十五至十八天破壳。幼鸟毛茸茸，喙橘黄色，体毛暗黄色，嘴巴张开像漏斗，嘻嘻嘻嘻地叫，等待亲鸟喂食。雌鸟抱窝十八天，还没破壳的蛋成了喜蛋（孵化不出来），雌鸟便不再抱窝，烦躁不安，离窝觅食，喂养幼鸟。乌八哥杂食，谷物、草籽、昆虫、蚯蚓都是它爱吃的。

公路边有两排小白杨树。早晨，我沿着公路散步，沐浴着鸟声。鹡鸰、乌鸫、伯劳在树上大摆筵席。乌八哥常常喧宾夺主，喋喋不休。它叫声喧哗，不甘寂寞。一棵小白杨树常栖落三五十只乌八哥，上下翻飞，或在树丫跳上跳下。

田翻耕了，乌八哥跟在牛身后，吃翻上来泥块中的蚯蚓、水蝼蛄、椿象。它食量太大，似乎整天饿得发慌。它站在牛背上，吃牛虱子牛虻。吃的时候，还嘘嘘叫，呼朋唤友。耕田人举起竹梢赶它走，它跳两下，又落在牛背上。耕田老哥说："我讨厌乌八哥。"

"为什么？乌八哥多好，嬉嬉闹闹的。"我说。

"豆秧出来了，它吃豆秧；瓜秧出来了，它吃瓜秧。只要是秧苗出来，它都吃。秧苗没出来，它吃种子。"耕田老哥说。

我听了哈哈大笑说，这是没办法的事，它天生为了吃。

乌八哥多憋屈啊，它与人太亲近了，人嫌它吵闹，没有了乌八哥，人又嫌田野太寂寞。人还是怕寂寞，乌八哥要吵要闹，由它去吧。鸟天生一张嘴，不吃不叫，哪算鸟呢？

中华鹧鸪

    去四十亩地（地名）的半途中，有一个半月形的山垄，村人称之月垄。月垄有两个山塘和一块小草甸，被两座矮山冈怀抱着。山冈上，是针叶树、乔木、灌木和苦竹混杂的郁郁森林。人进不了山垄，因为鱼塘边筑着高高的塘坝，塘坝上有拦网。

    山塘里生活着一个董鸡家族，每在黄昏时分，咯咯咯叫。在三至六月，我也每天去看董鸡。我扔个小石头过去，董鸡就索索索地钻进草棚里，过十几分钟，又优哉游哉地出来。当然这是去年春夏的事。

    惊蛰后，常有"咯嘎，噢，句嘛句咯嘎，嘎儿"声传来。音节与音节之间有间隔、停顿，尾音翘舌，像打呼噜。

    月垄与我的直线距离约百米，但去月垄得走一刻钟——绕过一道五百米长的围墙，进入黄土机耕道。机耕道弯过一座劈了半边的山冈，进入林缘地带。

    这是什么鸟在叫呢？不是环颈雉，又像环颈雉；不是鹊鸦，又似鹊鸦。叫了有三天了。

去了月垄，我被眼前的景象气得牙齿咯咯响。山塘被挖山土填满了，与机耕道等高、压实。右边山冈西坡（三十余亩）被剃了光头，杉木被取走，杉树的冠头和枝丫已晒得枯黄，苦槠、木姜子、山矾、小叶冬青等杂木的树叶，晒出了紫黄。苦竹一蓬蓬地堆着，竹叶发白。

填满土的山塘与山冈交界处，被压路机压出一条黄土路，进入林缘地带。杉树尚未发幼叶，墨绿的冠层显得苍老、苍莽。两棵黄檫从针叶林中突兀而出，金黄的花缀在丫上，粉得耀眼。花早于叶，黄檫迎春。

山垄外的二十余亩荒田，也被填了挖山土。去年，这片荒田长满莎草、马塘草、野荞麦、野芝麻，有野兔出没，雀鸟非常多。獾在田埂打洞。

站在山冈上，望着向北的延绵针叶林，心脏隐隐作痛。消失得太快了。那些有旺盛生命的个体，被集体消灭。

咯嘎的叫声我没听到，反而被眼前的景象气得满腹酸水。

翌日清晨，鸟又咯嘎叫了。以草帽作垫，我坐在了山冈上。雾气萦绕着山巅，白白一层。早露坠在树叶上，透亮透亮。

坐了半个多小时，太阳出来了。阳光白黄黄。"咯嘎，噢，句嗷句咯嘎，嘎儿。"鸟又叫了。我不敢动，眼睛循声搜索。这是一种非常机警、多疑的鸟，有非常发达的听觉系统。

叫声来自一堆枯苦竹。竹梢抖动。叫了两分钟，一只鸡形的鸟走出来。它走路雄壮，步态敏捷，昂着头，翅膀收得紧紧的。头顶黑褐色，被一圈棕栗色包围着，脸部有一条白斑带，一直拉到耳部。它体羽点缀着卵圆形的白斑，上背和腰部有波浪状的白斑，尾翅短而粗，翘着，一副很高傲的样子。

它走到一块岩石板上，对着月垄，洪亮地鸣叫。它的鸣肌在颤动，拉动着脖子胀起、收缩。长长地鸣叫，像个装扮俏丽的早起练声者。长鸣之后，它抖一下翅膀，尾羽翘得高高的，又继续长鸣。

这是一只中华鹧鸪。

这也是我第一次见识中华鹧鸪。一下子，我想起温庭筠的《菩萨蛮·小山重叠金明灭》：

小山重叠金明灭，鬓云欲度香腮雪。懒起画蛾眉，弄妆梳洗迟。

照花前后镜，花面交相映。新帖绣罗襦，双双金鹧鸪。

春意迟迟，红花与容颜，华贵与娇柔，多么令人伤悲。

中华鹧鸪是雉科鹧鸪属鸟类，俏丽、端庄，在长江以南广有分布，主要栖息在丘陵地带，在坡地矮树之下、在落岩稀草处、在坡地小松林处，出没、营巢，善奔走，危急之下，快速低空飞行。

雨季之前，植被刚刚返青，野草抽出了新叶，昆虫在地层在草叶在朽木间繁殖。中华鹧鸪开始求偶了。它以鸣声求偶，声声绵长如檐雨，声调虽略显哀婉，但柔情、快乐得歇斯底里。

公鸪日日鸣叫，鸣声悠长回荡山谷。母鸪以鸣声回应：咯嘎噢儿，咯嘎噢儿。似乎在说："我马上来，我马上来。"

中华鹧鸪的鸣叫是对爱侣的召唤，也是对生命的召唤。对于背井离乡的人来说，响彻山间的鹧鸪声会唤起离愁别绪。辛弃疾有名篇《菩萨蛮·书江西造口壁》：

郁孤台下清江水，中间多少行人泪？西北望长安，可怜无数山。

青山遮不住，毕竟东流去。江晚正愁余，山深闻鹧鸪。

鹧鸪是悲郁的思乡符号，也是故土的替身。

一天（6月23日）上午，地面上蒸腾着热浪。我在林缘倒下的一棵泡桐树上，坐得眼睛睁不开。知了在吱呀吱呀叫，尖利刺耳。一只中华鹧鸪从苦竹堆走了出来，扒开沙层，卧下去滚沙。这是雨水冲出来的浅坑，积了厚厚的沙砾。它咯嘎嘎地叫着，滚几滚，站起来瞧瞧四周，抖翅膀。它压着头，在沙砾左滚右碾，如毛笔在砚池滚蘸墨水。它抖一下翅膀，伸长脖子。它的喙啄着上体羽毛、翅羽、下体羽毛，边啄边梳理。灼热的沙砾，烘烤着它。

它在沙浴。鸟爱洗澡，有水浴，有沙浴、土浴，有雨浴，有蚂蚁浴。褐河乌、喜鹊、乌鸦、北红尾鸲等鸣禽，热衷于水浴，更别说水禽了。麻雀、戴胜、鹛鸪、鹌鹑等鸟类，不在沙土上滚一滚，就浑身难受。通过沙浴、土浴，它们去除潜伏在羽毛下的寄生虫。雀鹰、家燕、雨燕、鹦鹉等鸟类，喜欢雨浴。雨淋在羽毛上，它们不断地摔羽毛、摇身子，去掉灰尘和寄生虫。蚂蚁体内含有蚁酸和苛性物质，可除螨、杀菌、杀虫。乌鸦、喜鹊、椋鸟、黑卷尾等鸟类，卧在蚂蚁窝，让蚂蚁爬满，既可除虫，又可清洁羽毛，保有光泽。

中华鹛鸪每天沙浴——栖于地面时间远远多于飞行时间，易滋生寄生虫。

沙浴之后，它开始在稀草中觅食，咯嘎咯嘎叫着。叫声很低。

林木被伐之后，山坡长了青葙、一年蓬、小飞蓬、苎麻、知风草、苍耳、地锦、劳豆等草本植物。蚂蚁、蚱蜢、百足虫非常多。中华鹛鸪是杂食性鸟类，吃昆虫，也吃植物的幼芽嫩叶、花朵、浆果、种子，还吃谷物。

这是一只公鸪——尾下覆羽栗黄色，具黑色羽干纹。它边走边吃，往坡下吃，进了矮松林，不见了。

公鸪习惯单独活动，偶有成双活动。公鸪有自己的领地，占领三五个小山头，"划定"觅食范围。有领地的动物，具有强烈的边界意识：有同类动物进入自己领地，便当作"外敌"。对"外敌"绝不"心慈手软"。

公鸪好斗，"非我家族必诛杀"。啄杀得对方落败而逃了，才作罢。也有落败而不逃的，蜷缩在地上，奄奄一息。公鸪家族一拥而上，把它啄死。对待"死敌"，公鸪有三杀绝技：啄头、啄脖、啄尾巴。死在地上的鹧鸪，血淋淋，羽毛满地，被黄鼠狼拖走。

中华鹧鸪实行"一夫多妻制"，独宠"一妾"，在灌丛草丛营巢，以干草、羽毛垫在巢室，一窝产卵三至六枚，母鸪孵卵，公鸪护卫。母鸪觅食时，公鸪孵卵。

在山冈，我找遍了草窝、沙窝、苦竹堆，也没找到中华鹧鸪的弃巢。也许，山冈仅仅是觅食地之一，而非营巢之地。巢穴是动物最隐蔽的防守处。既是温馨的家居之所，又是最后的"战壕"。

在赣东北，中华鹧鸪虽广有分布，但十分鲜见。它不近人，稍有脚步声响动，便藏身在草窝或灌丛。它的羽色与斑岩、沙砾比较接近，易于隐身。它的黄脚略长，非常强健，趾厚实、坚韧，爪有力。如果被发现了，它就疾走而逃，进了密林。

八月后，我去那块荒坡，再也没见过中华鹧鸪了，叫声也没听过了。不知它是有了新的领地，还是别的什么原因。去了十余次，便不再去了。荒坡上有了一些稀草，也长了十几根苦竹，看起来仍然很荒凉。因为有了这只中华鹧鸪，我似乎消除了对伐木人的憎恨，但还是无法原谅那个伐木人，无法原谅那个堆挖山土的人。自自然然的一座山，自自然然的一个山垄，被不可原谅地糟蹋了。糟蹋了的东西，就失去了天然性。这片山地要长出树林，至少需三十年。那个时候，我已经老得走不动路了，或许已经死了。

没有了山塘，董鸡是永远不会回来了。

已入秋，秋阳照射着窗外的荒坡，也照射着郁郁森林。我想念鹧鸪那乏味、反复的鸣叫。没有了鹧鸪，那个荒坡还有什么值得我去坐一坐呢？

机耕道上的半边山冈，又有挖掘机在挖山。山土被一辆辆运土车拉进了四十亩地，堆在菜地上，压实、压平。山土吞噬了平坦的田地。半边山冈下，有一约两亩大的草窝，是环颈雉常来吃食的地方。草窝也被挖了，村人下了地基。

长尾缝叶莺

李伯给我三株黄瓜苗，说："这是白黄瓜，土种，口感脆爽，你拿去种吧。"

收下黄瓜苗，我心里犯嘀咕：种哪儿呢？确实没地方可种。院子是有一个，但种了两棵柚子树、一棵梨树、一棵赤楠、一棵红梅、一棵石榴，还野长了一棵苦楝树，找不出种黄瓜的地方了。我搬了三个酒坛，放在洗衣房顶，挑了半天的泥填酒坛，种下了黄瓜苗。这个房顶好，无遮无拦，且与二楼外阳台衔接。我又去河边砍了三棵桂竹，搭了个瓜架。

我去了德兴。三月绵雨，记挂着黄瓜苗，担心被积水烂了根而死。凡是亲手种下的东西，我都会记挂。它们生长的状态，与我有关。也确实是，这个世界也没别的让我记挂了。4月5日，是清明节，我早早回了家。每年的这一天，必在家。放下行李，就急匆匆上了洗衣房顶，瓜架爬满了藤蔓，还开了五朵嫩黄的花。一只长尾缝叶莺站在瓜架上，喊喊喊地叫着。

山麻雀、麻雀、白鹡鸰、棕头鸦雀、山斑鸠、鹊鸲、画眉、红头长尾山雀、白头鹎等，常在院子出没。尤其是在柚树和石榴开花的季节。它们啄虫，啄花，啄地面的饭粒。不知道是什么鸟，还在四楼屋檐筑巢。每年的八月初，雏鸟在屋顶试飞，拍得瓦当当响。

山麻雀、麻雀、白鹡鸰不惧人，晒在石桌上的芝麻、绿豆、南瓜子儿等，它们也吃。人到桌边了，它们才走。长尾缝叶莺见了人就呼呼飞走，落在石榴树上。有时又神不知鬼不觉地出现在面前，蹦蹦跳跳，在朱顶红的花钵上找虫吃。人抬脚走路，它又逃得无影无踪。

它生性胆怯、多疑、机警，对人始终保持警戒心。在红梅树上啄食，有人进了院子，它就隐蔽在叶丛。有时，和数只白头鹎一起来吃食，有时是只身来，有时是一对来，形影不离。见了人，其中的一只迅速发出报警声：喊喊喊。双双逃遁。它不与人亲近。不像麻雀，在我灶台上跳来跳去，吃筲箕里的饭。我在吃饭，麻雀也跳上桌面。我用筷子敲敲桌面，它跳跳，但不飞走。麻雀非常聪明，会察言观色，和猫和狗一样。会察言观色的动物，在心性上，与人有部分相通。

扫墓回来，给黄瓜施肥。我抱一钵头发了酵的油菜饼，过二楼走廊，见一只长尾缝叶莺衔着棉花，站在瓜架的一根竹枝上，翘头四望，摆尾。我轻手轻脚地退回了房间。窗户对着瓜架，透过窗帘缝，观察黄瓜架，一目了然。瓜架的第三根横档下，一只长尾缝叶莺在织巢，已经缝出了巢基。长尾缝叶莺站在巢基上，露出棕色冠顶和浅棕黄的尖喙。它在啄针眼。站在竹枝上的长尾缝叶莺，飞落黄瓜叶，伸出喙，把棉花吐在叶筒（黄瓜叶被织卷了），喊喊喊喊地叫，摆尾，飞走了。

午饭后，天下起了雨，淅淅沥沥。我坐在圈椅上，倚着窗户看长尾缝叶莺织巢。雨落在瓜架上，滴滴答答。上层的一张黄瓜叶像一把油布伞，遮挡了在织的巢，雨落不下去。雨打在油布伞上，滑走了，落进了酒坛。长尾缝叶莺用尖长悬钩的喙，啄黄瓜叶，啄出针眼，钩线缝叶。另一只长尾缝叶莺在外阳台栏杆，上蹦下跳，像个顽童，快乐无比。缝叶的是雌鸟，找"建筑材料"的是雄鸟。在我屋之一角，它们过上了"男耕女织"的生活。

锁了去二楼阳台的门，我回了德兴。

5月6日，从上饶市回家。雏鸟已经长出了浅棕黑的绒毛，头有力地伸出巢外。一只亲鸟夹着食物来了，另一只护巢的亲鸟才飞走觅食。它们喂食间隔时间很短，三至五分钟。它们衔来蚱蜢，衔来蛾蝶，衔来菜虫，钻进巢口，塞进雏鸟的嘴巴。若是蚱蜢这样的大昆虫，亲鸟把昆虫的头部嚼碎，再喂进去。四只雏鸟喊喊喊地叫喳喳，张开嘴，露出黄红色的嘴肉，乞食。

瓜架上，挂了七根长黄瓜，和苦竹棍差不多粗。有两根黄瓜已经褐黄了，熟透了。黄瓜白皮，长莉，是土种。夏季，黄瓜和辣椒都是我很爱吃的。香肠粗的黄瓜，就挂得更多。满架的瓜，只是不能去采摘了。土越肥，瓜越多也越脆甜，瓤肉厚。长尾缝叶莺选择在瓜架营巢，也算是瓜田李下了。

在外形特征上，我分辨不出长尾缝叶莺的雄雌。在两个小时的观察中，我发现其中的一只亲鸟，会及时搞巢内卫生。雏鸟排出的粪囊，亲鸟啄起来，飞离巢十余米的地方扔掉，再回来护巢。长尾缝叶莺的巢很小，高脚红酒杯一般大，不及时清除脏污，会滋生病菌、寄生虫，也容易被天敌发现。它进化出了"特异功能"，白色的囊袋包裹着体粪，像塑料袋打包垃圾，被亲鸟"提"走。衔在嘴里，看起来是破掉的鸟蛋壳。

第二天，凌晨四时二十五分，我就坐在窗前，静静恭候长尾缝叶莺"起床"。这时，天已发白，但还没完全亮，后山青黛而朦胧。天空如水洗，瓦蓝而高远，透出稀白的光。珠颈斑鸠开声叫了，咕咕咕，一声比一声高。四时四十七分，瓜架的巢口探出了一个鸟头，很好奇地左瞧瞧右瞧瞧，喊喊，叫了两声。喊喊，又叫了两声，飞到栏杆，摆尾拍翅，活动筋骨。它连续在叫：喊喊喊喊，喊喊喊喊。像在说：早晨多美好，幸福的事就是可以迎接太阳升起。东边的天际有了淡淡的云霞，天空白朗朗。

院子里的鸟都叫了。怎么有这么多鸟，在院子里夜宿呢？我哑然失笑。麻雀从厨房的瓦缝钻出来，白鹡鸰从围墙石缝飞出来。石榴树上，小鸟在树枝上跳，移形换位。近处的田野，有了种菜人浇水的身影。拿竹梢的人，赶着牛去了山谷。我起身，睡个回笼觉。

太阳落山，夕光消失，暮色下垂，大部分的鸟归巢了，唯有白鹭在趁最后的晚色航行在田野上空。长尾缝叶莺在晚上七时十七分以后，不出巢了。亲鸟和雏鸟挤睡在一起，没了声音。用手电远照巢口，亲鸟闭着眼睛，睁开一下，又闭上眼睛，身子一动不动。

6月3日，端午节。我早早回家。瓜架上，鸟巢还在，但空空落落了。打开通往阳台的门，我细致地检查鸟巢。

巢口被上层的一张黄瓜叶虚掩着，像一扇篱笆门。巢杯状，略倾斜，黄瓜叶被线缝得严严实实。沿着叶缘约两厘米处密布着针眼，线是棉花或蜘蛛丝和极少的干草茎。长尾缝叶莺的喙，带有一个针尖状的细钩，在叶缘打孔。一个孔就是一个针眼。它的喙与爪可以把棉花、野蚕丝、蜘蛛网拉织成线。线绕上胸围一圈，确定线的长度，再穿针眼缝叶。叶是活叶，绿翠翠油青青，有弹性。缝了一条线，在针眼打个结，线不会脱落下来。缝了一个针眼又缝一个针眼。雌鸟站在巢基，日日缝刻刻缝。雄鸟四处寻找和搬运织巢物。

我用筷子伸进巢室，夹出草须、绒毛、细干草。

完美得令人叹为观止。巢，繁殖之所，庇佑之所。我想起杜甫所写的《茅屋为秋风所破歌》。杜甫有愿：安得广厦千万间，大庇天下寒士俱欢颜，风雨不动安如山。

长尾缝叶莺是鸟，不懂诗。假如它懂诗，它会自信地说：不要广厦，有茅屋足矣。

它的茅屋是精编的，是自然界的高级工艺品，还防水防潮防敌防风。大风破不了，暴雨破不了。它会告诫：既然是人，得会自己盖一栋结实、美观的房子，房子不在于大，在于实用，既要科学，还要美学。

鸟类营巢，有三种鸟达到了登峰造极的地步：分布在拉美的棕灶鸟，产地在欧洲波兰的攀雀，分布在亚洲的莺科的缝叶莺。

棕灶鸟以黏土和草径筑巢，巢拱形、巢口拱形，如拉美乡间古老的教堂。棕灶鸟以喙做泥刀，糊墙数万次，才筑出栖身之所。攀雀的鸟巢挂在高树之上的浓荫遮蔽处，外形似靴子，脚爪拉伸羊毛绒絮，形成数百米长线，反复缠绕树枝，固定巢位，巢外壁以羊毛纤维裹花序、柳絮，严严实实，只露出一个巢口。

长尾缝叶莺又名普通缝叶莺，是一种小体型的小莺，顶冠棕而腹白，在南方分布很广，在海拔一千米之下的山林、丘陵、盆地等处常见。在村郊的庄稼地，在普通农家院落，在瓜地等处，也时常活动。它以虫为食，在"物资贫乏"的时候，也吃植物种子。它在阔叶上营巢，如柚树叶、瓜栗树叶、女贞树叶、木姜子叶等，也在玉米叶、黄瓜叶、冬瓜叶等叶上营巢。窗台上一钵无人照料的瓜栗，是长尾缝叶莺营巢的首选。

端午了，黄瓜产了最后一季。我把老黄瓜掏了囊肉，糊在棕衣上晒了子儿，留作下年的种。黄瓜叶渐渐泛黄了，瓜架上，开着零星的黄花。

黄瓜是易长易老的植物。天暴热就死。我提了两斤陈年谷烧给李伯，以感谢其赠黄瓜苗。李伯怎么也不收，说："三株黄瓜苗也是我种剩下的，随手送，扔也就扔了。"

我说，没有这三株黄瓜苗，我也不会种黄瓜，不种黄瓜，鸟也不会来我洗衣房顶生儿育女了。

"哦，还有这么好的缘起。这酒得喝喝。下年还得种。"李伯说。

生命是有缘起的。感谢给我们缘起的人，感谢给我们美好事物的缘起。

红嘴相思鸟

打开办公室的门，一只小鸟站在矮棕竹上吱嘚嘚、吱嘚嘚、吱嘚嘚地叫。哪来的鸟呢？我看看，门窗也是紧闭的。我把门打开，烧水泡茶，这是近二十年的习惯——我喝足了水才进食。

鸟在办公桌、窗帘布上，蹦来蹦去，根本没飞出去的意思。我用手赶它，它站在书架上，吱嘚嘚，声音细而明亮，我明显能感觉到它细细尖尖的舌尖在快速地颤动，像一片笛膜。第二天，它还在办公室。其实办公室也没它吃的食物，我用一个网兜把它捉了，放进鸟笼。我不认识这是一种什么鸟，声音柔美，嘚嘚嘚嘚，压低嗓音唱歌，悠扬婉转。其实，我第一眼看见它，我便喜欢上这只美丽的小鸟：腹部鹅黄中间浅红色，黑短尾，背部橄榄绿沾黄，喙棕红，眼圈边有一圈鹅白，头上部棕色，翅羽从石榴红渐变到浅灰色。

办公室毗邻山冈，常有鸟儿光临，一般是麻雀，大灰雀。有一种雀，叫不上名字，黑白两色，眼圈外有一个圆形白圈，翅膀全白，之间有一条白带连接，其他羽毛全黑，它在窗台上跳几下，飞到办公室地板上，转过头，看看我（试探我），又跳到办公桌上，吃我的葵花子。有时我泡茶，它跳到茶桌另一个位子，斜过脖子，昂起头，看看我，我手伸过去，它唧唧喊喊，飞了，一会儿又回来。我一边喝茶一边看它神气活现的样子，心里美滋滋的。

我有三个鸟笼，但几乎不养鸟。有过一次养鸟经历，在十五岁那年。我老家院子门口有一棵粗大的香樟树，一次一只练飞的猫头鹰掉在树下的稻田里，浑身裹了泥浆，我捡拾起来，放在鸟笼里养。我父亲说猫头鹰吃荤不吃素，要喂鱼或蚯蚓才能养。我挖了一罐蚯蚓，搁在笼里，它也不吃。我抓来小鱼，它还是不吃。我又捡螺蛳，它还是不吃。你看它，它歪着头看你。手伸进鸟笼，它扑扇翅膀，啄手，把皮肤啄一个小孔。它不叫也不喝水。饿了三天，死了。我看着它死。它站着，扇起翅膀，扑向笼的栏杆，头拼命地摆动，扑了十几次，不动了，头扬起来，翅膀完全张开——僵硬了，以飞翔的姿势。我再也不养鸟。养鸟是对翅膀的亵渎，也是对天空的亵渎。

来浦城后，常有捕鸟人来我这儿，也送一些鸟来，大多是活鸟。我叫小汪买了三个鸟笼，把鸟关一下，听听鸟叫声，放鸟回山林。一个笼子是绿塑料的，我嫌弃，觉得鸟怎么可以和塑料在一起呢？岂不类似于旗袍美女穿解放鞋吗！又买了一个竹笼，白色，窄小，鸟活动空间太小。再去买一个实木的，鎏金紫色，像个皇家佛庙。

这三个鸟笼，关过好几只鸟。第一只，是一个捕鸟人送来的，他说，这只猫头鹰凶猛，啄人。我说，哪是猫头鹰呢，是雕鸮，麻色羽毛，眼角各有一撮绒羽耸起来，像猫耳朵。我把它关进了笼里。我一个同事买来天麻当归，说猫头鹰治偏头痛有效，把它炖了吃。我狠狠斥责了他。雕鸮差不多有半斤多重，翅膀宽大，我特别喜欢它的眼神，有力，专注，摄魂蹑魄。它在笼子里毫不安分，跳得挂在梁上的笼子摇摇晃晃。它鼓起翅膀，站起来，像一只破浪航行的帆船。我在笼前守了小半天，也没听到它叫，令人沮丧。第二天，我早早去看它，傻眼了，它耷拉着脑袋，羽毛零乱，死了。我真是想不通，生命力旺盛的雕鸮，怎么隔一个晚上就死呢？我调出监控视频查看，更傻眼：它用头撞笼子，拍打着翅膀，像是它和一个恶魔居住在一起，惊恐无比，直至昏厥而死。我很是懊悔，不应该养它，白白断送了一个活蹦乱跳的生命。过了几天，捕鸟人又送来一只鸟，和雕鸮差不多，只是没有眼角上的绒羽，体型只有雕鸮一半，哦，短耳鸮。短耳鸮傻呆呆的，可能是冻伤了。我把它放到矮屋顶上，它也不飞。我也端一把椅子坐下来，看着它，怕猫咪捕捉。扔了几条肉丝在瓦上，它也不吃，我驱赶它，它挪几下步子。晒了两个多小时的太阳，短耳鸮蹦跳了几分钟，飞走了。雕鸮和短耳鸮，都属于猛禽类，常在山林出没，夜间贴地面飞行，捕食老鼠、蛙、山兔、蛇等。在夜间，它的叫声阴森惊骇，哇——啊——像哭丧人的长哭。不明就里的夜路独行人，听了会毛骨悚然。它也是十分罕见的鸟类。

养过半天的金翅雀,有八只,分养在两个笼子里。金翅雀嘴巴肥大呈粉红色,羽翼和尾巴麻黄色,羽毛暗绿,腹部浅黄浅灰。这是山区常见的雀鸟,栖落在山区松树林,在松树或杉树杈上筑巢。在溪边,在农田,成群结队,啄食植物种子。这是一种十分争强好胜的鸟,也是合群的鸟。它们会互相抢食谷粒,在笼子里,用翅膀推搡,吃完了,又紧紧挤挨在一起。叫起来,喔喔喔咯。咯,声调像饭后的饱嗝。锡嘴雀是很刚烈的鸟,别看它只有小拳头那般大,却不停地用喙啄笼子的栅栏,手伸过去,它使劲啄,恨不得把人手啄穿。但它的叫声确实动人,哔——喊——哔——喊——它喜欢吃小干果,啄一下甩一下头,眼圈翻动一下,调皮顽劣贪吃。

窗前的山冈,有太多的山麻雀和大灰雀。山冈是一个隆起的圆锥形,满是密密麻麻的苦竹、野山茶、矮松、山毛榉、野蔷薇,还有几丛芭茅。人走进山冈,它们会砰的一声,从树丛苦竹中飞出来,边飞边叫,飞出水波浪似的弧形,落在另一个坡上。十月初,一个傍晚,我看过最多的一群,从山坡上跃起群飞,足足有几百只。捕鸟人最常捕捉的也是大灰雀。麻雀是智商比较高的鸟,与人比邻,活跃于生活区的树上、草丛,吃食人遗落下来的谷粒、米饭、面包,以及草籽等。但它能明辨什么地方可以去,什么地方不可以去。所以麻雀比较难以捕捉。大灰雀笨头笨脑,飞的时候喜欢说悄悄话,根本顾不上前面有一张网挡住了去路,扑上去,再也下不来。我养过几次大灰雀，一般养两三天，放回山林。我有时提一个空鸟笼去山林，看守门房的老庄说："你把鸟的监狱提在手上。"我说，这个监狱是无人看守的监狱，最多坐牢两天。大灰雀睡觉怕光，夜晚来临，有一个灯亮着，它会慌张地在笼子里跳来跳去。也怕人，人一靠近，它也慌张地扑扇小翅膀。它们喜欢热闹，几只一起养，叫喳喳，像是妇人在赶集的街头遇上几个相熟的人，絮絮叨叨，连吃饭都忘记了。

世俗生活中，有很多十分残忍的事，捕鸟是其中之一。我看到鸟在网中挣扎，相当于看到自己的双手被缚，吊起来。我一个熟人爱猎鸟，用气枪，他家里请客，用脸盆端红烧麻雀、斑鸠、野鸽。我最痛恨两种人，一种是猎野生动物，一种是在河里毒鱼。尤其是毒鱼，污染整条河流，连青蛙都无法繁殖，何等残忍。我常傻想，假如我有颁布法律的权利，第一等重罪是把猎野生动物、毒鱼、砍伐森林的人，发配到荒无人烟之地去种树种草。

在我十来岁时，就会捕鸟——在后厅的地上，撒一把饭粒，用一个竹筛子罩住，两根小树杈撑起筛子，一根麻绳绑在树杈上，麻雀落在厅里觅食，跳，跳，跳，进了筛子底下，我躲在弄堂角，把手上的麻绳拉动，筛子罩下来，麻雀啪啪啪，在筛子里惊吓挣扎。有一种鸟，我叫不上名字，喜欢吃酱。我们做酱，是用青豆蒸熟，晾晒，发酵，放到一个土缸里晒熟。土缸用一个有密密麻麻小孔的竹

　　　　　　　　　　　　　蟋蟀入我床下

垫子盖住,透气透光。鸟来了,站在竹垫子上,把长长的喙伸进去,吃霉豆子。霉豆子既咸又辣,它吃一下,甩一下头,似乎在说:美味呀,只是辣了一点。吃酱的鸟尾巴全白,头部全白,其他全黑,有长长尖尖细细的喙。我用一个畚斗挂在土缸上面,它吃得忘乎所以的时候,我松一下绳子,把它罩住。还有一种鸟,我们当地方言叫石灰雀,爱去村野茅房,吃污浊之物。我们把房门一关,它往窗户跑。窗户外有一个篓筐套着,它也进了篓筐。这种孩童时代的趣玩,是始终不会忘记的。那时邻居十一,年长我三岁。他养过一只八哥。他去砍柴,八哥落在他肩膀上,一起去。他去游泳,它也去戏水。他去割稻子,它也去觅食谷粒。一次做豆腐,八哥站在灶台上,不下心落到锅里,烫死。这是我见过的由人养的最温顺的鸟了。

　　天寒,会有鸟儿飞进来,取暖。常有的是山麻雀。嘀嘀咕咕地乱叫,在办公室飞来飞去,人进办公室,麻雀惊慌失措。上一次在办公室捕捉的鸟,我也叫不上名字,身子与鸭蛋相仿,头上有小指甲大的一圈白绒毛,翅膀白色,背部浅棕黄色,其他深黑色。我翻开它全部体毛,发现所有绒毛根部全是深黑色,墨水一样,绒毛末梢才变其他颜色,腿修长深黑,看起来,像穿黑色斗篷的乡村骑士。但这次捕捉的鸟儿,我还是第一次见识。比我上一次捕捉的鸟儿,华丽优雅。手上窝着鸟,鸟温顺,不挣脱也不叫,我把鸟关进鸟笼,几个工友围过来,问是什么鸟。我说我也不知道。回到办公室,我查了两个多小时资料，才得知它叫红嘴相思鸟。真是名副其实。相思鸟，是恋人的代称。它吃白米，吃谷粒，吃松仁，吃葵花仁，踮起脚尖喝水，它叫声悠长，悦耳。我把饭桌摆在它跟前，一日三餐，我边吃边听它叫。过了一个星期，我把它放了，它呼地飞向门口死去的枯樱桃树上，身子一翘一翘，头歪来歪去，顽皮地瞅眼，吱嘚嘚，吱嘚嘚。它像是呼唤玩伴或情侣，也像是祝贺飞出鸟笼，那样兴高采烈。

事实上，所有笼中的鸟儿都是害相思病的鸟，思念自由的天空，思念朝暮相随的伴侣，思念无羁的飞翔，思念粮库般的丛林草泽溪边。一棵树，一丛草，一块溪边的石头，是它们的天堂。每次把鸟放回山林时，我都会默默地站一会儿，看它们远去，消失在丛林或天空里，怅然若失，欣然慰藉。

相思鸟，相思鸟。

它跃出枝头，飞向莽莽深山……

鸳鸯

　　山冈低矮，树林茂密。这是一片针叶和阔叶乔木混杂的原始次生林，地面铺满了泛黄的针叶和秋叶。针叶树有毛松、青松、黄山松、杉木，乔木有水青冈、栲树、苦槠、丝栗、锥栗、麻栎、多穗石栎、圆锥石栎、小叶青冈、窄叶青冈、乌冈栎、银杏、桑、山毛榉、野山柿、枫香树、赤楠、糙叶树、乌桕、山乌桕、栾、五裂槭、樟树、黄栌、山麻秆等。阳光在冠层留下虚黄的光晕。黄叶红叶在常绿冠层熏染着暖色的冬意。一棵山乌桕或一棵枫香树，就可以点燃一个山冈。将坠的斜阳在湖面摇摇晃晃，红彤彤。那不是霞光，而是湖水的反光。

　　嘎嘎嘎嘎，嘎嘎嘎嘎。湖中传来一阵阵热烈的斑嘴鸭叫声。湖水被叫声震动得荡漾了起来。空中并没有鸟在飞。浮在湖中央密密麻麻的斑嘴鸭，背着太阳戏水。我抬脚走了几步，想靠近湖边。这时，数十只斑嘴鸭从右边的坳口惊飞出来，翅膀拍得啪啪作响。我低低地惊叫了："太多了，斑嘴鸭。"

　　接着，坳口又飞出一群，数十只。

再飞出一群，数十只。

飞出了七群斑嘴鸭。

嘎嘎嘎，嘎嘎嘎。鸣叫声震耳欲聋。瞬间安静了。湖面死寂。我站在湾口，才发现坳口是内凹的一个湖湾，湖湾背后是一片约三亩的山田。山田无人耕种，长出了油青的稀草。斑嘴鸭临飞时滑动的水波，还在荡漾。

对岸，森林之下，一群鸳鸯挨着湖边在优游。透过望远镜，扫视湖边，间隔数十米，便有一群群的鸳鸯在戏水或优游。肉眼很难在远视之下看见它们。水位线下的裸岩，麻黑色或褐黄色，与鸳鸯的体色非常接近。它们不游动的话，我还以为是饮料瓶。它们一直挨着湖岸游动，很慢地游动，若隐若现。也听不到它们的叫声。

斜阳坠着，但一直不落。湖岸被树影覆盖，有些灰暗，虚光被湖水吸走，泛起了宁静的湖色。斑嘴鸭绕过山冈，落在另一片湖面。

鸳鸯是冬候鸟，三至四月，在东北北部和内蒙古繁殖，十月，以小群迁徙，在南方洁净的河流或湖泊越冬。初冬，鸳鸯在婺源鸳鸯湖集群，形成世界上最大越冬种群，多则两千多只，少则两百多只。

鸳鸯湖原名大塘坞水库，坐落在赋春镇。白际山脉往婺源西南部平缓下去，丘陵渐渐隆起，从高空俯瞰下去，丘陵是大地果盘上的浆果。1958年，赋春人在大塘坞丘陵筑坝，兴建水库，最大蓄水面积达两千九百亩。丘陵化作了群岛，或相连或孤悬，远离村舍，又毗邻星江。丰沛的雨量、肥沃的土壤、充足的日照，使得岛上林木疯长。枫香树、栲树、苦槠、栎树等高大乔木，冠盖婆娑，高入云天。水库用于灌溉，鲫、鲤、鳡、花鲢、翘嘴鲌、白鲦、黄颡等野生鱼，开始旺盛地繁殖。白鹭来了，小䴙䴘来了，斑嘴鸭来了，鸳鸯来了，普通鸬鹚来了。沉睡的湖，被鸟唤醒。

越冬的鸳鸯逐年增多。老弱病残的鸳鸯，再也不走。1980年，在大塘坞水库越冬的鸳鸯，已达两千多只，成为世界上最大的鸳鸯越冬地。1986年，大塘坞水库更名为鸳鸯湖，成立世界上首个鸳鸯保护区。

鸳鸯是中国人的吉祥鸟，喻为友谊忠诚、爱情坚贞。古代女子以绣有鸳鸯的锦帕，作定情之物。宋代无名氏写《四张机》：

四张机，

鸳鸯织就欲双飞。可怜未老头先白。

春波碧草，晓寒深处，相对浴红衣。

词意深沉、哀怨，形象生动、表征。鸳是雄鸟，眉纹白色，耳羽棕白色，头顶中央翠绿，颊部棕栗色，脖侧有辉栗色领羽，上胸暗紫色，下胸有绒黑色带两条白斑，下胸至尾覆羽乳白色，飞羽金属绿色，次级飞羽有蓝绿色翼镜，两胁赤红色，喙红色，像个华贵少年。鸯是雌鸟，眼周白色，与白色眉纹相连，上体是灰褐色，喙灰黑色。鸳与鸯，"衣着品相"差别太大。

晋代经学博士崔豹在《古今注·鸟兽》中说："鸳，水鸟，凫类也。雌雄未尝相离，人得其一，则一思而死，故曰匹鸟。"

雌雄双居，永不分离。这是古人对鸳鸯的误读。鸳鸯只有在繁殖季求偶、配对，雌鸟产卵后，便躲在隐蔽的河段换羽，繁殖羽脱落，与雌鸟一样普通无异。有鸟类学家考证，说宋代以前所描绘的鸳鸯，并非鸳鸯，而是赤麻鸭。因为赤麻鸭头顶棕白色，全身赤黄褐色，配偶固定。也有鸟类学家认为，鸳鸯不是指赤麻鸭，而是指鸂鶒。鸂鶒又名紫鸳鸯，比鸳鸯略大，雌雄并游。

古代没有鸟类分类学，没有细分，对某一种类的鸟，大多用统称。比如猫头鹰是鸮科鸟的统称。在我国常见的种类有红角鸮、东方角鸮、雕鸮、鹛鹠、领角鸮、长耳鸮、短耳鸮等。

唐初四杰之一的卢照邻在《长安古意》一诗中说：

得成比目何辞死，愿作鸳鸯不羡仙。

比目鸳鸯真可羡，双去双来君不见？

蟋蟀入我床下

要是卢照邻知道鸳鸯"始乱终弃"，就不会信誓旦旦"何辞死"了。也难怪古人，鸳鸯是结群觅食，很容易"乱点鸳鸯谱"。

为什么鸳鸯独爱到鸳鸯湖越冬呢？鸳鸯，在冬季以壳斗科坚果为主要食物；在初春以嫩叶、草须、苔藓为主要食物；在繁殖季以蚂蚁、螽斯、甲虫、蝗虫、虾、蜘蛛、蜗牛、小鱼、蝌蚪、蛙等为主要食物。在选择植物性食物还是动物性食物上，随着季节的交替，鸳鸯也会变化。鸳鸯湖的岛屿上，壳斗科的林木密布，霜降后，坚果随风而落，满地都是。一棵老苦槠，落下的苦槠子有百斤之多。鸳鸯三五成群，来到林子，唧唧唧，找坚果吃。浆果富含油脂、淀粉、稀有矿物质、多种维生素。冬季的鸳鸯长得又壮又肥。湖面上游动的鸳鸯，并非在觅食，而是在戏水。

湖外是田野。赋春人爱冬耕，春风初度，田野已灌水，青草油青，蛙鸣四起。鸳鸯飞到田野，吃草芽，吃蜗牛，吃鱼卵。

岛屿和田野，为鸳鸯提供了丰富的食物。大地生养万物。春季结束，它们回到了北方。四季在它们的翅膀上轮转。翅膀是一架风车，不停地转动。又一年过去了。

近十五年，在鸳鸯湖越冬的鸳鸯，逐年减少，最近几年，低至四百至八百只。鸳鸯自然保护区还保持着原始次生林风貌，湖水依然洁净，湖中鱼类蛙类仍然丰富。普通鸬鹚、斑嘴鸭、小鹈鹕，逐年增多，各有一千二至一千六百只来这里越冬。鸳鸯、普通鸬鹚、斑嘴鸭分别夜宿在三个岛上，地面上、树叶上，全是白色的鸟粪。春雨一来，把鸟粪洗得干干净净，渗进了泥土。这三个岛的林木，也就长得格外葱郁、高大。

而在星江或婺源其他水库越冬的鸳鸯分布更广更多，近年，在玉坦村前河段、坑口河段、长溪水库等地各栖息百只之多；在武口河段、鹤溪河段、陈家庄河段等地，也各栖息着四十至六十只；在其他山塘、河段，还有小群鸳鸯越冬。

这个现象令人费解。其实，在婺源越冬的鸳鸯有很大比例成了留鸟，湖外农田十余年没有冬耕灌水，甚至撂荒。在繁殖季，亲鸟带着小鸳鸯去田里唰蝌蚪、蛙和昆虫吃。农田撂荒，小鸳鸯无食可唰，那么部分鸳鸯就不会选择在鸳鸯湖越冬。星江是一条无污染的河流，两岸老樟树沿着河岸村落分布，为鸳鸯提供了更多的栖息地。

鸳鸯在越冬时集群，到了繁殖季，分散在各处栖息。它们在非常隐蔽的地方觅食，每天在水中时间长达十三至十五个小时，翘着帆状的尾羽，悠然自得。綦茗鹏是婺源鸟类摄影家，每个月拍鸟二十余天，坚持十余年。他在武口跟踪鸳鸯，拍了系列鸳鸯育雏的照片。他说，雄鸳鸯绝不是"薄情郎君"，孵卵期，雄鸳鸯也会和雌鸳鸯"轮岗"孵卵，只是次数非常少。育雏时，雌鸳鸯外出觅食时间固定：3:00—4:00、7:00—9:00、16:00—17:00，其他时间不离巢。雌鸳鸯觅食时，雄鸳鸯也会在巢口外警戒。綦茗鹏还拍过一只母鸳鸯带着九只小鸳鸯觅食的照片。

营巢的武口老樟树，在村中入巷口，高达三十余米。那个巢洞距离地面约十五米，处在一棵断丫口，洞口半径约八厘米。破壳那两天，雌鸳鸯不吃食，不离巢。綦茗鹏在民房楼顶屋角守着，看着小鸳鸯一只只从巢口翻跳下来，扇着毛茸茸的翅膀，轻轻落在水泥地上。小鸳鸯从十五米的高处跳下来，毫发无损。

为什么会这样呢？小鸳鸯在空中，划动着脚蹼，减缓下降的力度；它的绒毛不透气，就像降落伞的伞布。它就像个伞兵，轻轻落了下来。鸟类，是最伟大的空气力学专家。

鸳鸯是早成鸟，破壳后，绒毛湿湿，毛干了（二十四小时之内）就被树下的亲鸟哦喊哦喊地亲切唤着。小鸳鸯爬上巢壁，摆着小翅膀，叫着，跃跃欲试。亲鸟哦喊哦喊地唤着小鸳鸯，终于，小鸳鸯跳了下来，一只接着一只往下跳。雏鸟骨骼还处于软化阶段，绒毛卷起，像个气球，被地面弹起，又落下，毫发无损。亲鸟带着一群幼崽，往星江走去。河，注定与它们的一生攸关。小鸳鸯的骨骼开始变硬，爪也长出钩状。水中暗藏天敌：蛇、水獭、水老鼠、鲶鱼、乌鲤。钩状的爪是逃生的必备利器——钩着树皮，不会落回地面。事实上，从跳下巢口的那一刻开始，九死一生的命运就紧随着它们。在去往河边的路上，猫在暗中守候着，红脚隼在空中窥视着，它们仓皇而逃，跳入水中，鲶鱼翻出了水面。

一生如此艰难，处处危机四伏。

水雉

隔三岔五，我就去横峰县莲荷乡梧桐畈。梧桐畈毗邻信江，河汊纵横，阡陌交织。当地人以种荷为生。荷是一种与人安生的水生植物，春生秋枯，一岁一枯荣。四月，荷叶田田，硕大肥阔，绿涟涟。极目而望荷田，汉乐府《江南》犹在耳：

> 江南可采莲，莲叶何田田，鱼戏莲叶间。
>
> 鱼戏莲叶东，鱼戏莲叶西，鱼戏莲叶南，鱼戏莲叶北。

荷叶遮盖了泱泱水塘。池鹭、白鹭、绿鹭在嘎嘎叫。临河而长的樟树、冬青、乌桕树，延绵数十里，如一条绿带在田畴飘忽。赭红的丘陵在起伏，信江向西而去，抱着夕阳消失在天际。

清晨，露水渐坠，雾白渐稀，白鹭在树梢迎着朝霞，拍打着白亮的翅膀，引颈长啼。大地笼罩在鸟鸣之中。水雉已在荷叶上信步啄食。河风吹拂，它张开了翅膀，临风而舞，细长的双脚拉直、旋转、勾曲，棕褐色的尾羽和背羽像一件紧裹的舞衣，随风飘动。它就是一只踏水而歌的凤凰。荷叶在摆动。新芽从荷茎唰唰冒出来。河水清亮。柳枝晃荡。朗朗清野，隐隐中似有安东尼奥·维瓦尔第的协奏曲《四季·春》传来。

水雉在朗诵安东尼奥·维瓦尔第的注诗《春光重返大地》：

……

> 在春光明媚的灿烂天空下，
>
> 应着农村风笛的欢歌，
>
> 仙女和牧童翩翩起舞。

朗诵者就是仙女。凌波的仙女。它的白翅上扬，提起缝边褶皱的白色裙摆；它的头略扬，从一片圆叶跳到了另一片圆叶，翘起乌黑的长尾羽，跳起了"捕虾舞"。

它就是洛神。它在吟咏：

……

> 尔乃众灵杂沓，命俦啸侣，或戏清流，或翔神渚，或采明珠，或拾翠羽。从南湘之二妃，携汉滨之游女。叹匏瓜之无匹兮，咏牵牛之独处。扬轻袿之猗靡兮，翳修袖以延伫。体迅飞凫，飘忽若神，凌波微步，罗袜生尘。动无常则，若

危若安。进止难期，若往若还。转眄流精，光润玉颜。含辞未吐，气若幽兰。华容婀娜，令我忘餐。

……

第一支荷花抽了出来，烛光般盎然。雌水雉抖起喉部，大幅度点着头，黑长的尾羽上下翘动，洪亮地叫：咿唔，咿唔，咿唔。它在求偶了。雌水雉体壮，鸣声如鼓。雄水雉嗅出了空气中的荷尔蒙气息，应声而至，挨着雌水雉吃食。荷下是游动的鱼虾，浮草上爬着蜗牛和蜒蚰。这些，都是水雉爱吃的。雄水雉一边吃食，压低脖子，高高翘起臀部，尾羽抖动，低声应和：咿唔，咿唔。雌水雉疯狂地抖动喉部，高声啼鸣，似乎在说：快乐呀，幸福呀。

有了配偶，雄水雉找宽阔、隐蔽的荷叶，做营巢之地。它从水里啄上草须、鲜草、草团，团出一个碗大的圆窝，发出雄亮高亢的叫声：咿唔，咿唔，咿唔。在附近吃食的雌水雉，呼呼呼，飞了过来，抖着翅膀，兴高采烈地用喙整理巢穴。雄水雉压低着头，抖着尾巴。

扑通一声，雌水雉落进了水里。它翘着头，抖起了翅膀，快乐地拍打，水花四溅。它洗澡了。今天，它是"新娘"，梳洗得清清爽爽。荷叶是一张婚床。它的"新郎"是个"小丈夫"，站在它背上，体重只有它一半。复而再，再而复，多次交配之后，"新娘"落跑了。

第二天，"新娘"来到巢里产卵，一天产一枚，产了卵就走，间隔一些时间又来巡卵，产了四枚卵，它又落跑了，无影无踪。

水雉实行"一妻多夫制"，雌水雉继续去寻找"情郎"。这是一位绝情的"夫人"，也是一位绝情的"母亲"。产了卵，雄水雉就成了"鳏夫"。雌水雉强悍、性凶猛，繁殖欲旺盛。一个繁殖季下来，它要产卵十窝。路途迢迢。水雉从东南亚，北上到北纬三十二度以南的中国南方，就是为了尽可能地繁殖。

水雉的卵梨形，浅黄色。像个麻皮梨。雄水雉抱窝孵卵。这是一个孤单无助的"父亲"。荷塘多游蛇，多黄鼬。在"父亲"觅食时，游蛇爬了上来，吞着卵溜走了。

每次觅食回来，"父亲"要清点一下卵，发现少了一个，就开始寻找别处的荷叶，再次营巢。它伸出喙啄卵，想叼起来移走。卵又大又滑，始终叼不起来，它把喙当作箪，一步一挪，把卵滚挪到新巢。它的翅膀绷紧、收缩，像一双手掌，夹起卵，严严实实地捂在腹部下面。

初夏，是漫长的雨季。雨飘飘洒洒，漫无边际。雨打荷叶，噼噼啪啪。荷叶如浮船，剧烈地晃动。雄水雉缩着身子，稳稳地捂着腹下的卵。绿雨中，梧桐畈数百亩的荷塘，荡起翠绿的浪涛。

除了觅食，雄水雉寸步不离巢。它静静地抱窝，很少鸣叫，眼睛四处观察。孵卵期二十二至二十六天，幼鸟陆陆续续破壳，半小时就可以颤颤颠颠地行走，找食吃。

暴雨天，多闪电雷鸣。闪电冒着蓝色的火焰，银蛇一样忽闪。雷轰隆隆打下来，震耳欲聋。幼鸟胆怯，缩在"父亲"的翅膀下。翅膀就像一张棉被，裹着它们。幼鸟如此惊惧，是因为未知世界令它们感到极端的恐怖。这令我想起，在孩童时，暴雨雷电来了，我也是无比惊恐。我躲在饭桌下不敢出来。似乎饭桌可以抵挡雷电的轰击。这时，父亲就拉我入怀，说："闪电雷鸣有什么可怕的呢？是正常的自然现象。"

梧桐畈一片汪洋。公路、院子，被山冈冲下来的水淹没。荷也被淹没，荷叶欲沉欲浮。溪流在洪流中消失了。枯死的树，拔根而起。白鹭躲在樟树的冠层，缩着脖子，也没了声音。世界陷入了死亡般的沉寂。

在暴雨来之前，幼鸟就被父亲抱走了。父亲厚实有力的翅膀，裹着它们去了一片凤眼蓝里。那是一块约三亩大的荒塘，毗邻荷塘，多年无人种养，长出了凤眼蓝。荒塘开满了三色花。花被六枚，紫蓝色，四周淡紫红色，中间蓝色。像一只孔雀开屏在花被中间。凤眼蓝属雨久花科浮水植物，又名水浮莲、凤眼莲，可种子繁殖，可腋芽繁殖。匍匐枝蔓延到哪里，便在哪里长出新植株，无须三年就长满了池塘，绿油油青翠翠，遮蔽了水面。水淹不了它。它一直浮在水面上。凤眼蓝是水雉的生命巨轮。

暴雨歇了。雨水在大地的最低处汇流。大地得到了彻底的清洗和浸泡。幼鸟从父亲的翅膀下挣脱了出来，吃被雨打落下来的昆虫。它们围在父亲身边，享受难得的清净时光。

它们一边长大，一边换毛，六个星期后，发育出亚成鸟。又一个星期，它们离开父亲，寻找自己的栖息地。父亲脱落繁殖羽，无法飞行，沦落为水鸡。它如此落魄，像一个拾荒者。偌大的荷塘，父亲踽踽独行。"咿唔，咿唔，咿唔。"它呼唤。日日呼唤。毫无回应。

水雉的出生、成长，是父亲受难的过程。不只是人类拥有巨大的爱，为爱而牺牲自己的自由，甚至生命，鸟类也一样。没有爱，就没有生命。在生物学上，每一具肉身由细胞裂变而成。在生命学上，细胞仅仅是物质的存在，而爱才是浇灌生命的汁液。

在梧桐畈，栖息着七个水雉种群。在繁殖季，母水雉有自己的领地。其中一只母水雉死了，另一只母水雉会来抢占地盘，啄破正在孵的鸟蛋，吃掉尚未发育的幼鸟，引诱或征服公水雉，与之定偶。与母水雉相比，公水雉太过弱小。

四至九月，沿着荷塘的阡陌，远远可见水雉站在荷叶或凤眼蓝上优雅信步。它在睡莲、莲荷、菱角、芡实、凤眼莲等浮叶植物上生活。水雉是鸻形目水雉科中的小型鸟类，头部、上胸及两翼白色，颈部后有白色斑，翅尖黑褐色，背部、腹部棕褐色，尾羽黑褐色，尾长如雉鸡。雄水雉体小，尾较短，头具黑斑。它有枯枝一样分叉的巨大脚趾，像个四脚架，支撑身体，分散体重。这样，它就可以站在轻浮的叶上，自由轻松地行走、觅食。六月，荷花盛开。一朵朵旺开的荷花，灯笼似的悬挂在荷叶间。

太阳越烈，荷花绽得越开。越怒放，花越红。正午，正是荷塘花色叶色最美的时候，水雉会像猫一样叫：喵喵喵，喵喵喵。在人的面前，它们胆怯、害羞，躲入碧天似的荷叶丛。

假如村里跑出一条狗，发神经似的一阵狂吠：汪汪汪。水雉会弹射起来，飞走，双脚往后伸直，头往前伸，沿着荷塘低飞。

十月，荷叶凋敝，莲盘空落。塘水浅去了大半，枯荷叶零落在水面，糜烂、破碎。昔日端坐荷叶的青蛙，入泥冬眠。鱼虾也退回到了河里。水雉南迁，山一程水一程，迁回东南亚。鹭鸟也适时回到南海之滨。河边的树林一下子空落了。满目的苦荷，让人不忍卒读。于梧桐畈而言，水雉是过客，荷是过客，我也是过客。匆匆而过，甚至不着痕迹。

我沿着荷塘，一圈一圈地走，捡拾枯败的荷叶、黑化的莲盘，捡拾水雉简陋的鸟巢。这些东西很珍贵，如沉默的讲述，也如祷告。祷告生之艰难，祷告生之不息。凤眼蓝有的还在开花，有的已经结了蒴果。秋天呈现了生命的别样风貌。

爱有
寒泉

树冠之上是海

　　暮色开始垂降，不知是从哪儿垂降下来的。黄家尖的山峰上，仍是橘黄色，阳光有些粉油。山梁上的竹林浸染在夕光之中。山影覆盖的山垄，有蒙蒙的灰色。灰色是有重量的颜色，压在树梢上，压在草叶上，山垄变得有些弯曲。

　　黑母狗站在窗户下，伸长了脖子，望着皂角树。三只狗崽支起前身，躲在母狗腹下吮吸奶水。母狗的脖子上，拴着一条白色金属链，它扭动一下脖子，链哐啷哐啷作响。狗崽滚胖，母狗却骨瘦如柴。半月前，母狗生下七只狗崽，陈冯春知道母狗奶不活这么多狗崽，他提一个竹篮，随手抱走四只，拎到山下人家。抱走的四只狗崽，还没开叫，眼睛还没睁开。万涛问陈冯春：后来，那四只怎么样了呢？我说，这就是命运，与人一样。母狗的眼睛乌溜溜，透出深灰色的光。这是远山的颜色。远山浮着一层烟霭一样的雾气。由南而北的峡谷，锁住了群山。交错的山垄沉在夕晖之下。

　　晚风从山梁而下，盖竹洋（注：地名）涌起了寒意。我找出毛衣穿上身。陈冯春的爱人在烧菜。屋内已漆黑，只有厅堂还残留着薄薄的天光。因为这里不通电，只有在灶膛可以看见非自然光。我进去烧灶膛，添木柴。木柴是竹片。我劈开干燥的长竹筒，把竹片扠进灶膛，火一下子扬起来。我对陈家大嫂说，可以点蜡烛了。陈家大嫂喊："冯春，太阳能灯可以点起来了。"

院子里的三盏太阳能灯亮起来了。灯光有些惨白，很淡，甚至还看不见射出来的灯光，只有灯罩周围吸着一团毛茸茸的白光。三盏灯，看起来，像三朵白棉花。厨房的太阳能灯挂在墙壁上，挂得有些歪斜，光也歪斜，照不进锅里。

"菜上桌了，大家吃饭了。"我吆喝了一声。

厅堂全黑了。屋外的灯，只照得到门槛。陈冯春从厨房拉出灯，挂在柱子的铁钉上。灯还没亮出应有的亮度，扑在柱子上，如一只发出荧光的白鼠。我们围着简朴的八仙桌，一餐饭很快吃完。吃完了，大家仍然围在桌边。因为一个屋子里，只有厅堂有灯光。山野清静了，竹鸡的叫声显得更悠远嘹亮。南边的混杂林里有两只竹鸡在叫，嘘叽叽，嘘叽叽。早上，竹鸡也叫得早，天刚刚开亮，它们就亮开了嗓子。竹鸡一窝窝生活在一起，少则三五只，多则几十只。一窝竹鸡盘踞在一个林子里，一起外出觅食，成群结队。

我凝视着柱子上的灯，长久地凝视。事实上，我并不惧怕黑。但我渴望满屋子荡漾着灯光。那样，我会有一种被温暖包围的感觉，不会有悬空感。深度的黑暗，让人感觉悬空，如漂浮在水流

蟋蟀入我床下

上。灯光散发天然的母性。诗人郑渭波写过这样的诗句：升起一盏灯，我不再渴求光明。诗人在黑暗中住得太久了。在黑暗中久住的人，形如生活于地窖。灯慢慢亮开，如昙花在盎然怒放。我在城市生活得太久了，没有哪个夜晚离开过灯光。在灯下，喝茶、翻书、上网，即使是散步，也在灯光明亮的人行道或者公园里。灯光是我们亲密无间的伙伴。我们从没在意过灯光。灯是那么普通，一个玻璃外壳，里面弯着几根细钨丝，钨丝发热，光散了出来。灯是屋子的心脏。

闲谈了一会儿，万涛回房间睡觉了。我看了一下时间，才七点不到。我们同睡一个房间，他睡帐篷，我睡旅行床。旅行床是折叠床架支起的布垫，睡起来往下凹陷，不好转身，头也往下垂。陈冯春拎了一个充电应急灯，竖在旧沙发靠背上。我晃晃拇指大的手电，说，不需要灯，有手电。万涛打开充电宝台灯，阅读2020年第6期的《天涯》杂志。在高海拔的空心村，有人阅读《天涯》，这个人无疑太奢侈了，内心高贵。我把台灯关了，说，电很宝贵，留着充手机吧。我铺好床，却不想睡。我站在院子边的篱笆下，仰头望星空。

四野清朗，山影黑魆魆，山坳中的梯田却明净，也愈加开阔。我也不知道是什么鸟，在铃铃铃叫。田边有两棵喜树，长在田埂下的一块草地里，树蓬勃青绿。叫声就是从喜树发出来的。鸟的体型可能较小，因为鸣叫声既轻盈又悦耳，像一对风铃被风徐徐吹动。

星空似乎很低矮，如蓝手帕盖在山顶。

星星如一只只萤火虫，在天际发亮。光越来越亮，亮出水晶体的白色。月亮还没出来，即使要出来，也要等到凌晨，月也是残月。农历月末，月亮藏在一个深不可测的水潭里，无人把它捞出来，也没有鲤鱼把它衔来。萤火虫越来越密集，从蔚蓝水幕爆出来。水幕如一个蒸锅玻璃盖，火在蒸锅下噼里啪啦地烧，水慢慢变热，蒸汽凝结在锅盖上，凝成水珠。水沸腾，水珠密密麻麻，一滴一滴落回蒸锅里。玻璃锅盖上的水珠，透明、纯洁、朴素。星星就是水幕中的水珠。如果我把手捂在锅盖上，手会很快发热，热量沿着我的毛细血管网，进入经脉，传遍全身。如果我伸出手，可以掬满手的星星，我想，也会全身燥热。可星光照下来，冷冷的，霜一样降下来。我把火盆端到院子里，依偎着火。炭火微弱的红光扑在脸上，有热泪滑落之感。

皂角树高大，树腰之下，爬满了藤条。皂角树是落叶乔木，在晚秋，它太空落了，只适合挂星星。星星在光溜溜的树梢上，亮晃晃。两棵银杏树发出簌簌之声，叶子纷落。

有些冷，我坐不住。我躺在床上，听万涛节奏有致的鼾声。"怎么这样安静呢？什么声音也没有。"万涛说。他并没熟睡。我说，夜声是很难察觉的，到户外就可以听见。

迷迷糊糊地，我们都入睡了。我们暂时忘记了这里是茫茫大山。

"你听到叫声了吗?这是什么声音?"万涛坐了起来。我说,没听到,我正在做梦,梦见一个高高的山崖,我坠了下去,一只鸟飞来,把我驮走了。我穿起了衣服,打开略显破旧的木板门,一阵冷风涌了进来,随风一起涌进来的还有星光。我裹紧了衣服,站在屋檐下。我看了看时间,是凌晨二时十分。

星星大朵大朵地开在苍穹的崖壁上。那是一些白灿灿的毛茸茸的花,歌谣一般的花。我知道,那是一群天鹅,飞往天庭,越飞越远,影迹杳杳,留下一粒发光的背影,但不会彻底离我而去。南边山梁下的山谷,发出了噢哦噢哦的声音。声音很震人,清脆柔和,有一股爆发力。我对万涛说,这是山麂在叫。山麂四季都会求偶,有胎不离身之说。山麂生了崽,很快会求偶。山麂的觅食范围一般在六平方公里以内,可雄麂在求偶期,会去三十公里外会"情人"。雄麂发出的求偶声,可传三公里之外。这是一个叫驼子的猎人告诉我的。

"要不要去田垄看看?那里肯定有野兔在吃草籽。"万涛说。

"这一带,野鸡非常多,说不定野鸡藏在田里。"

我们打起了小手电,起身去田垄,忍了忍,还是没去——露水太重了。地上湿湿的,屋檐台阶湿湿的,我的额头湿湿的。露水不知不觉湿透了草木。我摸摸竹篱笆上的竹竿,水吧嗒吧嗒落下来。

露水在凝结时，顺带把星光也凝结了。每一滴露水，都闪烁着光。聚集又分散的星星，像冻在高空的雪花。

"月圆之夜，在盖竹洋看星空，可能会更美。"我说。万涛不说话，仰着头看天空。

"月太明了，星光会弱一些。"我自嘲自答。

我站在皂角树下，望望四野，素美而清冷。四野都是树冠。山是树冠堆叠的地方。树冠遮蔽了庞大的山体。比山体更壮阔的，是树冠。上午走山谷，我和万涛从古道而下，穿过一片芦苇茂密的山地，下到了山坞。这是一个极少有人深入的山坞。溪涧湍急。我们很难看到大块的天空——树冠屏蔽了阳光。我们走走停停。枫树、栲树、冬青、鹅掌楸、苦槠、水杉、杉松、大叶栎……它们都有着高大的树冠，或如圆盖或如卷席或如草垛或如阳伞。

星夜之下，树冠支撑起了大地的高度。

夜寒。我们又继续睡。可我怎么也入睡不了。我眼睁睁地看着木窗。木窗半开，风冷扑扑。也可能是沉默的群星，在不停地唤人。山中冷夜，我们可以听见星星的呼喊声。声声慢的呼喊声，溪水般的呼喊声。星星是一群白鹭，在树冠夜宿。树冠是它的帐篷。天亮了，它们悄然离去，随夜色离去。它们在离去时有着长调式的鸣啼。在夜宿时，它们以风发声，以树叶发声。

凌晨五时十五分，我起床了。睁着眼睡觉，比梦魇还让人难

　　　　　　　　　　蟋蟀入我床下

熬。我倒了一杯热水，抱在手上。天深灰色。天光一丝丝渗出来。远山朦朦胧胧，一只鸟在涧边枫树上叫。我不知道是什么鸟在叫。它的叫声像敲钹。鸟鸣声惊散了群星。星星藏在深海万米之下的海底，水光漾了出来。落下的星星不是消亡，而是退隐。星星不会死亡。在亘古的大海中，一颗星星就是一座岛屿。岛屿不会沉没，而是不露峥嵘。失散的人在岛屿上重逢。

以露水为马，驮着星星，穿过了长夜。

与露水相遇的人，也与星星相遇，追随大海，浪来涛去。

树林里的隐匿者

咯咯，咯咯。嘘嗕嗕，嘘嗕嗕。涧溪边灌木林有鸟鸣，太阳还没跳上山，我就听到了。鸟鸣距我约六百米。我是被鸟鸣唤醒的。我慌乱地穿好衣服，站在梨树下，望着灌木林。陈冯春的爱人在洗番薯，准备熬番薯小米粥。我喊了一声陈冯春："陈师傅，东边树林有野鸡和竹鸡，叫得好早啊。"

"这一带，野鸡和竹鸡多得狠。"陈冯春说。"狠"就是无比多。他在打水，准备给菜园浇水。

梨树飘着几片稀稀拉拉的树叶。太阳还没上山，虚白的天光有些迷蒙——空气湿湿的，似乎刚捞出水来。我从歪歪扭扭的田埂走去涧溪。涧溪的水流近乎衰竭，听不到流水声。这里是源头，水还没发育出一条山涧，更何况是干旱了的深秋。矮土包上，一棵三角枫与一棵乌桕树，肩并肩生长，三角枫红如赤焰，乌桕树黄如金箔。涧溪与山田之间，有一条宽阔的黄土路，矮土包留在了黄土路与山田交错的角上。两只棕脸鹟莺站在乌桕树上，歪着脸，神气活现地看我。"啾啾啾啾。"我抵着舌根，呼了两声。它们飞走了，喊喊喊,叫着,飞进灌木林。

嘘嘚嘚,嘘嘚嘚。竹鸡一直在叫。在灌木林中,有一小蓬翠竹林,有十余株竹子,竹梢向涧溪边低垂。竹鸡在竹林叫。我想下到涧溪去,找了几个入林的口子,都下不了。山体太陡了,无处踏脚。我站在芒草地(一块废弃的番薯地)边的一棵乌饭树下,目光深探涧溪。涧溪干涸、潮湿,石块上裹着苔藓。杂木林遮蔽了整条涧溪。

黄土路上烂着几根木头。木头一半埋在泥下,一半斜横在路边。木头黑黑,结着一朵朵木耳。木耳从树的疤结上长出来,白白的,没有杂色。一个疤结长四朵木耳,耳朵一般大。我摸了摸木耳,软软的。我剥开树皮,看了看木质,是一截栲树。栲树坚硬,木质较为粗糙,木色粗黄,树皮之下有一层黑黄。

走了百余米,我发现,黄土路上有很多木耳。让我惊讶的是,有些木耳从土里长出来。其中有一种木耳,是我第一次见到:深深的银灰色,形状如杯盏,一个杯盏叠一个杯盏,每一个杯盏由四片花瓣组成,杯盏的边沿是一圈由黄色渐变而成的白色。我数了一下,一朵大木耳由五朵小木耳叠出来,看起来,像一座木耳搭起的木楼。木耳为什么会从土里长呢? 我折了一根苦竹,掏木耳下的土层,掏出土下一团木屑粉——原来,土下有木头腐烂了,裹着新泥。

黄土路在一座矮山边消失了。一条水泥浇筑的引水渠从洞溪边引过来。水渠约二十厘米宽，贴着山边转过来。我这才知道，洞溪没有水，是因为水被引到荒田了。我翻过矮山，傻眼了，下面是一个黄泥土坡，坡很陡。我拉起一根油茶树的枝丫，吊起来，跳了下去——对面一块草地，枯草茂密，草地边上有两棵苦槠树，两只红嘴蓝鹊环绕着树飞，叽叽叽地叫。我要去苦槠下，看它们飞。我跳下去的时候，红嘴山鹊惊飞，呼呼呼，飞到后面的竹林。

竹林无边际。山延绵，竹林也延绵。据陈冯春说，竹林有非常多的土豚。当然，陈冯春说的土豚不是土猪（食蚁兽），而是竹鼠。土猪生活在丘陵或草原地带，以食蚂蚁、白蚁为主，又称蚁熊，属于管齿目土豚科动物，有猪一样长长的拱鼻。我也只是在纪录片中见过它憨厚但又蛮横的形象。竹鼠则在竹林生活，以食竹鞭、竹笋和嫩竹为主，又称芒狸、猪鼠、竹狸，属于啮齿目竹鼠科动物。竹鼠是常见的，穴居，白天贪睡晚上吃食，和兔子、黄鼠狼一样可以站起来，察看四周动静。竹鼠喜欢和同伴打架，在洞穴里，相爱相"杀"，一边咬一边吱吱吱叫。我翻过一道高高的草坡，去竹林。我找了一根竹棍，往竹林钻。

竹叶厚厚的，铺在地上。竹叶发白，有密密的黑斑点。我找土穴。土穴一般在竹子底下，或在短短的竖坡上。我走了半个斜缓的山坳竹林，也没找到一个土穴。竹林里倒着横七竖八的竹子。冬天，是竹子受难的季节。零下一摄氏度，山雨落在竹叶上，被冻住，慢慢凝结，挂下冰凌。冰凌不会在短时间内融化，山雨也不会很快停歇，有时会下几天几夜，雨顺着冰凌，冻成倒圆锥形冰柱。冰柱如小支节能灯，挂在竹叶上。竹梢往下弯，砰砰砰，竹子爆裂，倒了下来。在寒冷的绵雨天，进竹山，竹子爆裂声不绝于耳，如鞭炮炸响。鞭炮又称爆竹，可能也是这个意思吧。假如是大雪天，雪一层层地堆在树梢上，竹子也会爆裂。

爆裂了的竹子，只能当柴火烧，或围篱笆。在大洋、盖竹洋、下洋，我看到很多竹篱笆，围菜地，围鸡鸭，围水塘，围院子。爆裂的竹子太多了，哪用得完呢？当地人任凭它横在竹林里，自生自灭。其实，只有灭。爆裂的竹子很快枯黄，叶子落尽，过了来年雨季，竹子变成了没有光泽的浅黄色，再过夏季，竹子彻底变成了白麻色——糖分被雨水泡尽，只留下纤维。竹膜最先腐烂，手摸一下竹管，乌黑黑。用脚踩，整根竹子爆开。竹子是多么有韧性。篾匠把鲜竹破开，拉篾丝、编竹篮、编圆匾、编簸箕、编箩筐、编摇篮，它们是居家不可或缺的器具。被雨水泡去了糖分的裂竹，和一根火麻秆差不多。

没找到土穴，但我找到了一个鸟窝。鸟窝藏在竹筒里。不知是谁，把裂竹剁了头（可能是取竹梢扎扫把），一截竹筒外露了。鸟窝是用芦苇叶织的，内室垫着软软的野棉花。我知道，有很多鸟喜欢在树洞、竹洞营巢，如红头咬鹃、领角鸮、黄腿渔鸮、灰头绿啄木鸟、黄腹山雀、绿背山雀、冠纹柳莺等。鸟窝呈小碗状，编织绵密。我猜想，可能是冠纹柳莺的巢。冠纹柳莺以昆虫为食，营巢在高山地带的树洞或竹洞，很难被天敌发现。竹林是昆虫非常多的地方，到处被蜘蛛拉了网。我不得不边走边撩蜘蛛网。

在上盖竹洋之前，万涛对我说，山上有一棵百年老枫树，枫树上有一个脸盆大的鹰巢，一只老鹰住在上面，有十几年了，鹰翅张开有两米宽。这只老鹰给了我很多向往。我已经有十几年没看到过这么大的老鹰了。在2008年，我去新疆北部，才看到过。我问了两次陈冯春："陈师傅，是哪棵枫树有老鹰呢？"他有些莫名其妙地看着我："哪有呢？我没见过。"

但我还是信万涛的话。虽然万涛也是听说的。我走每一座山，便远远留意山上是否有高大的树，尤其是高大的枫树。下洋，有六棵高大的枫树，一棵在一户山民的院子里，两棵在村边的菜地边，三棵在最低处的山垄。我一棵棵走近，仰着头看，除了绛红的树叶，和树叶缝里的阳光，啥也没看到。在盖竹洋，有三棵高大的枫树，一棵在山湾口，另两棵在最高的山岭路边。也没鸟巢。从山岭再进山垄，便是上洋。

山岭侧转，是一个弧形的山坳。山坳幽闭，阳光照不进来。两棵高大的枫树和一棵含笑，直条条地耸出两边山梁。树太高了，树梢上，阳光稀薄而红润。"阳光也这么好看。少有的好看。"万涛说。高树之下，是一片密匝匝的灌木林。林下有一片野田。野田有六七亩，五条山梁在这里汇合，如五马共槽。

咯，咯，咯，咯。声音很低，低得难以听见。我停下脚步，往野田边的灌木林望。"是野鸡。"万涛说。我晃晃手势，示意不要作声。可树林里再也没有了声响。

"不是野鸡，是山鸡。"陈冯春说。

"山鸡也是野鸡。"我说。

"野鸡是野鸡，山鸡是山鸡。"陈冯春说。

"山鸡是野鸡的一种。"我说。

"野鸡体型更大，在草棚里过夜。山鸡体型更小，站在树上过夜。晚上，用手电照山鸡，树上站好几只，看到手电，山鸡不动，可以直接抱下来。"陈冯春说。他的语气不容任何人质疑。山鸡属于雉科雉属雉鸡种，也叫雉鸡，美如翩翩少年，又叫凰。野鸡是雉科鸟类的统称。雉科中的红腹角雉、白鹇、环颈雉、白颈长尾雉、白冠长尾雉、红腹角雉，在不同的地域，我都看过野外活体。山鸡就是环颈雉。

上洋有一个半边漏斗形的草坞。在十几年前，草坞是山田。四户上洋人下迁五公里外的山下之后，田长满了荒草，荒草齐腰。草坞有八十余亩，弥眼赤黄色。我问陈冯春："陈师傅，这一片荒田是不是有很多泡泉？"

"你怎么看出来的？很多田都是烂田，竹棍插下去，有几米深。"陈冯春说。

"这些草，有很多是灯芯草。灯芯草长在水泽里。"我说。入秋，灯芯草并不像其他草一样枯黄，直至发白，而是赤黄、浅赤黄、发白。虽是旱秋，荒田也板结，但水汽还没散尽。

"这么大片的草坞，在山中不多见。这一带，野鸡和野兔非常多。它们有口福了。"我说。

"傍晚前，野鸡回到水边喝水。山麂和野猪也会到水边喝水。"陈冯春说。

"傍晚的时候，我们躲起来，看它们来喝水。"我说。

抄过一个椭圆形的山丘，到了废弃的旧屋。三栋旧屋呈一个"品"字形，排在山脚下。一棵枣树倒在荒草地上。枣树是自然死亡，树皮结了白霜般的苔藓，树叶白白而不落。我发现，屋前的梨树、柚子树、橘子树、柿子树，都结着白霜般的苔藓。记得一个月前，万涛问我，为什么盖竹洋、上洋一带，很多树都会长薄薄的苔藓。我答：湿气太重。看了这些白苔藓，我觉得自己的判断是对的。这是一些失水的苔藓。白霜一样的白，不是苔藓死亡，而是失水过多，只要一场雨，白会慢慢转色，入春，又将返青。它们顺应了自然，也需要自然的造化。

果树前边的一块荒地，两棵高大的枫树让我感到惊心动魄，不是因为它们古老，而是树上有一个脸盆大的鸟巢。鸟巢在最高的树梢上。树枝交错，形成一个"井"字，鸟营巢在"井"里。我估算了一下，鸟巢距地面至少二十米。外巢是以粗粗的干树枝搭建的。我看不出是什么鸟巢。难道是万涛说的老鹰巢？老鹰去了哪里呢？十几个山坞，也没看到老鹰盘旋。

"那个是什么？挂在树上，那么高。"万涛惊呼了几下。我才注意到另一棵略矮的枫树上，挂着一个米白色的蒲袋状的东西。我说：鸟巢。

"不是鸟巢，是蚂蚁窝。"陈冯春说。

"哪有这么高的蚂蚁窝？"万涛说。

"这么高的蚂蚁窝是有，我看过的蚂蚁窝都是黑褐色或黄褐色的，哪有米白色的？"我有些不解。但我信陈冯春的说法。鸟窝没有那么精美。窝像个古人装米的米袋子，瓠瓜形，密密麻麻的细孔很有序。整个窝没有一点杂色。蚂蚁是用什么材料筑窝的呢？

树上却没见到蚂蚁爬动。可能是一个空窝。陈冯春说，做这种窝的蚂蚁很毒很毒，被咬上一口，皮肤起大疙瘩。有很多野兽，喜欢吃蚂蚁，如穿山甲、黑熊、土豚、野猪等。对它们来说，蚂蚁是上等佳肴。它们会把整个蚂蚁窝掀开，吃得干干净净。蚂蚁窝筑在高树上，除了鸟，谁也打不了蚂蚁的主意。这让人不能不喟叹蚂蚁的智慧。

在这一带，有两种蚂蚁的群落非常大。一种是大头蚁，一种是黑草蚁。大头蚁乌黑发亮，身体分三个肢节，如三个黑豆。陈冯春屋前的台阶，是石砌的。我坐在石阶上，大头蚁张着铁钳般的口器，爬来了。它们有十分灵敏的嗅觉，昆虫、鱼肉、饭、豆腐等，它们无所不吃。它们嗅出了人的气息，来到石阶，看看是否有皮屑落下，饱食一餐。我拿一片银杏叶，摁住大头蚁，轻轻拖一下。大头蚁如一粒死虫，卷起来，足肢僵硬。我以为它们会被我摁死。可过不了几分钟，它们翻过身，又爬动。几次三番，它们都不会死。我点燃一枝枯草，堵在石阶上，它们退缩向后，但不逃跑。我去种柚籽的时候，在一个石缝，无意挖出了大头蚁的窝。我一锄头挖下去，翻上来，黑黑的一窝。我连滚带爬地跳下田埂。我有些懊悔，干吗去挖石堆缝呢？吃一个甜蜜蜜的土柚子，几十粒柚籽也舍不得扔，害得蚂蚁窝被挖了。

　　还有一种是黑草蚁，拣草叶、树叶吃。我去山下村，从陈冯春门前狭窄的山道下去。山道树木茂盛，以乔木居多。在一个簸箕形的山坳，我伫立溪边，仰头望枫树冠，一棵一棵地望，一个蚂蚁窝如鱼篓挂在树上。蚂蚁窝黑黑的，如同马蜂窝的颜色。那是黑草蚁的窝。我估计那一窝蚂蚁，至少有二十斤。

　　我们在大洋，转了大半天，也没看见老鹰。这让我有些失望。回来的路上，我们又听见野鸡在一丛被割干净了山蕨的油茶林咕咕叫。我撩起一根韧度很大的细枝，想去油茶林。"别动，你抓在手上的是野山枣。"陈冯春说。我扭头看了看细枝，结满了鲜红欲滴的浆果。我摘起来，塞进嘴巴里，嚼起来。味道又甜又酸，浆水充沛。

在一个叫铜锣的土丘上，我们四处眺望，也没看到老鹰。

临近中午，我又去盖竹洋右边的山垄，一个人走。我像一匹野驴，在田边乱走。这么一大块荒田，没有看到一只野兔或者一只野鸡，我有些不甘心。我站在一块巨石上，往前眺望"U"字形山谷口时，我听到树枝咔嚓的声音。我侧脸北望，一只鹞子从山湾口高大的枫树飞出，往山谷口飞。它几乎不扇动翅膀，凭着气流的飘浮，弯过半圆弧的山腰，飞去，一会儿就不见了。

鹞子可能是安慰我吧——没有看到老鹰，看到鹞子也是好的。它们都是空中的自由之神。我们看它飞翔的英姿就知道了——不慌不忙，顺着气流之河，像一个冲浪者。在晌午之后，又有一只鹞子来了，在盖竹洋环绕着飞。陈冯春说，鹞子和鹰一样好看，但比鹰好，鹞子不吃鸡，鹰要吃鸡。鹞子在高树上筑巢，很少会鸣叫，但它一旦鸣叫，四野震动，呜啊呜啊，呜啊呜啊，很是吓人。狗听到鹞子的叫声，也会躲进屋子里。野兔四处乱跑，小鸟惊飞。鹞子会抓魂，凡在地面跑路的游走的，魂都会被它抓走，包括人的魂。这是陈冯春说的。

很有趣的是，走了方圆十几平方公里的山，没看到一个坟。万涛对我说了两次：山上老去的人，埋在哪儿呢？荒坟野坟，也没看到一个。在山顶的横道上，我看到两处，有墓碑竖在路边斜坡上。墓道从斜坡横挖洞进去，再把棺材横塞进去，夯实洞口，连个坟头也没露出来。棺材横着，"穴居"在里面。魂藏在黄土里，安歇。这也是一种安息的智慧。

陈冯春屋前右侧，即皂角树旁边，有一棵大梨树。据说，鹬子以前常在老梨树上营巢。前两年，老梨树老死了。老梨树结碗大的雪梨，梨熟了，来很多鸟，有长尾巴鹊，有乌鸦，有松鸦。果子狸也在夜间上树，摘雪梨吃。梨熟，正是涧溪慢慢赢弱之时，山下有人来到涧溪边，钓山龟。四周有好几条涧溪，都有山龟。偷钓山龟的人，一天可以钓好几只，偷卖到外面的饭馆。偷钓山龟的人，也摘梨吃。老梨树死了，可偷钓山龟的人，还在偷钓。

我和万涛沿着涧溪，走了一个下午，想看看是否真有山龟，即使没有山龟，娃娃鱼也应该是有的。涧溪走完，啥也没看到，除了石块和石块上的一丛丛菖蒲。"没有道理啊，这么好的山涧没有娃娃鱼，我难以理解。"万涛说。回头问了陈冯春，陈冯春说，几十年了，也没人看过娃娃鱼。我说，没看到山龟和娃娃鱼，可看到菖蒲也是好的，光溜溜的石块上，那菖蒲长得多油绿啊。这是自我安慰吧。也不算自我安慰。说真的，水日日漂洗的石块，菖蒲怎么长啊，

蟋蟀入我床下

蟋蟀入我床下

蟋蟀入我床下

凭什么长那么油绿啊？随便端一个石块回家，摆在案几上，都是绝佳盆景。

一座山，我们四处望望，似乎除了树木、竹林、荒草，便是空空的。其实不是这样的。更多的自然公民，隐匿其中。它们世世代代守在山里。它们就是我们所说的山神。

茫茫大山。隐匿着山神的茫茫大山。

兔说

"雄兔脚扑朔,雌兔眼迷离;双兔傍地走,安能辨我是雄雌?"这是《木兰辞》中我们耳熟能详的比喻句。从动物行为学角度考察,雄兔体型比雌兔小,身体圆长,肌肉更结实,喜欢奔跑;雌兔肥壮,腹部臃肿,扑在地面观察四周天敌的动静。追逐,是野兔的恋爱行为之一。雌兔"相中"了雄兔,会在野地快速奔跑,雄兔撒开四腿追逐,撒欢、嬉闹。

兔科动物分兔亚科、古兔亚科,兔亚科兔类俗称野兔,古兔亚科兔类俗称穴兔。家兔从穴兔驯养而来。穴兔与野兔主要区别在于:穴兔会打洞,穴居,幼崽出生时通体无毛,无听觉,七天后睁眼;野兔在地炕或草窝安家,幼崽出生时有体毛,有听觉和视觉。野兔胆小谨慎,后肢比前肢长,耳朵如卷筒,唇纵裂,鼻孔椭圆,天生憨态可掬。

乡谚说:上山野兔下山豺。野兔后肢长,适合往山坡上跑;豺前肢长,适合往山坡下跑。野兔的耳朵竖立,像一朵喇叭花,有利于收集旷野中的各类声音,以确定天敌的位置,一旦发现天敌,快速逃跑。野兔习惯昼伏夜出。雄兔藏在草窝安身不动，做随时奔跑的姿势，警惕地观察周围动静，一旦天敌或人靠近，忽地跑得无影无踪，奔跑的时速可达六十至七十二公里。它不停地跳跃，拐着弯跑，急速转弯，它短而毛茸茸的尾巴忽左忽右地摆动，像舵，掌控身体的平衡。野兔脊背毛色有灰褐色、棕黄色、土黄色、雪色，易于在裸岩、草丛、岩缝、雪地、矮灌丛隐身，即使人走到兔窝旁边，也难以发现野兔。而雌兔见了天敌或人，大多选择藏身，钻进草窝。

野兔一般在有水源的山坡、河滩的稀草处栖息，在地势较高的平坦之地筑窝，一年可繁殖三至四窝，每窝五至六只，早成性，五个月后即可独立生活、繁殖。野兔食性复杂，喜食豆苗、白菜、红薯叶，也食秧苗、玉米苗、油菜苗，在冬季，还吃灌木幼叶、草根和萝卜等。在离村舍较为僻远的菜地、农田、庄稼地，常见野兔出没，在食物匮乏时，野兔还会到农家小院啃食青菜。它的觅食范围一般在半径五百米内。而它外出觅食所走的路，每次相同，在草丛留下依稀可辨的路径。假如是在下雪的冬天，它脚部的肉垫如花瓣一样印在雪地上。深深浅浅的脚印，如花朵开在季节的尽头。

野兔栖息的地方，也是黄鼬栖息的地方。黄鼬是野兔的主要天敌之一。黄鼬善奔跑，善打洞，有非常灵敏的嗅觉、听觉，尖利如锥的牙齿和倒钩状的爪，是它的捕食利器。在山林地区，野兔的主要天敌是猛禽、黄喉貂、野灵猫、狐狸、云豹等。

无论天敌多勇猛，也无法灭绝野兔，因为野兔有特殊的繁殖基因。天敌越灭杀，野兔繁殖力越旺盛。在天敌稀少时，野兔的繁殖量递减，当食物越来越稀有时，甚至停止繁殖。

汉乐府《古艳歌》曰：

> 茕茕白兔，东走西顾。
> 衣不如新，人不如故。

这是一首弃妇歌。从动物行为学考察，野兔并非群居动物，也非单配制。雄兔和雌兔并不同窝。野兔是孤独的。但雄兔筑窝的附近，必有雌兔，甚至不止一只。一块草滩，有十数个甚至数十个兔窝，也就不稀罕了。为了取得雌兔"芳心"，雄兔与雄兔不得不"以死相搏"。两只雄兔直起身子，前肢对着前肢互击，前胸撞击前胸，唇撞击唇，直至一方落败罢手。

我曾在长江中游的一个小城生活，居住的地方在一个小山坳。山坳外有一条四米宽的机耕道，两旁是菜地、撂荒的农田。矮灌木茂盛的丘陵，一座座堆在长江边。机耕道无路灯，晚上外出访友，需打手电。每次访友回来，就会遇上野兔在路上跑动。野兔被我脚步惊动，往路上蹿。在这一段六百米长的机耕道，我见过野兔最多的一次，有六只。我走几十米，就会蹿出一只。我还遇见野猫逮着野兔往屋顶上跑。

兔子是离我们生活最近的哺乳动物之一，也是我们很喜欢亲近的动物。它憨厚可爱，一副天生的卡通模样。兔是吉祥、幸福、纯洁的象征。兔是月亮的代称：兔起乌沉，白兔赤乌。月亮也称兔宫。

把馒头、蛋糕做成了兔形，在"兔唇"上贴上红纸，供在除夕的餐桌上，是对新年的美好祝福。

元灯记

晌午，村街排起了扎龙灯的长队。四角方窗的花灯扎在一块两米长的木板上，木板与木板用一根可作把手的木棍穿洞拴实，绑上红布，喜庆映眼。一板接一板的花灯，延绵一百四十余米，犹如一座横跨河面的木桥。龙灯因此又被称作板桥灯。

轰轰轰，三眼铳（土铳的一种）连发三响。大锣敲了起来，当当当。鼓面蹦出激越的擂声，咚咚咚。朝天的唢呐吹了起来，滴答答滴答。带灯人提着灯笼，晃了晃，高声喝彩：龙头起了，迎太阳去了！抬灯人也喝彩一声：抬起来啊，迎吉祥去了！

各家的花窗不一样，有红有绿，有黄有紫。花窗顶上的插花也不一样，有牡丹花、月季花，有芍药花、牵牛花。贴花窗的彩色剪纸图案也不一样，有月照松林，有松鹤延年，有堂前飞燕。一样的是，每盏灯的花窗都精美雅致。

花窗和剪纸出自妇人之手。为这次出灯，村人已准备了三年。2020年正月，村中有年轻人倡议：这样特殊的年辰，需要抬一次平安灯，驱驱污秽之气，给我们保保平安。倡议被全村人响应，开始募集资金，购买灯桥板、电蜡。妇人裁剪花窗纹饰。

花窗存放了一年又一年。否极泰来，万物安生。正月，村子一下子热闹了。带灯人领着龙头，朝社庙走。社叫龙兴社，是祭祀谷神和庆丰收的地方。鞭炮和烟花，沿途炸响。唢呐声震动着耳膜。

到了社庙，龙头朝社庙三点头。锣与鼓，敲得飞沙走石。接灯的人，洋溢着笑脸，给每个人作揖、散烟、道吉祥，大红的蜡烛点起来。这是朝社庙祭谷神的仪式，祈愿风调雨顺。

圆桥灯，则是在夜黑之后。天擦黑，田野还泛着黛色的光，刚刚返青的鲜草散发出粘鼻的气息。那是一种青涩的、带有早春水汽的、若隐若现的气息，混合着晚归的鸟鸣和长河的颤动。圆桥灯就是把长队形的桥灯摆出各种阵，如长蛇形，如圆笼形，如八卦形，如雁阵形。摆什么阵，全凭带灯人的技艺。带灯人是龙灯的灵魂，领着龙头走，低着头，手中的灯笼撩起，说：吉祥啊，平安走起来。

村前有一个阔大的晒场，带灯人沿着晒场外围走，走最长的周长，以逆时针的顺序向内绕。烟花在田畈冲天而起，散出漫天蓝蓝绿绿红红黄黄的焰火。天也全黑，花窗里的灯红彤彤地亮了起来。

带灯人一圈一圈地走，龙灯一圈圈地绕。从屋顶上俯瞰，龙灯已经圆起了圆笼形，一圈圈一层层，龙灯就像一条缠绕起来的火龙。龙头被抬得高高的，龙尾舞动了起来，摆出了龙抬头的阵势。

晒谷场在燃灯的瞬间，化为一片彩灯的汪洋。唢呐声锣鼓声，也被喝彩声淹没。火龙出海，灵动威武，壮丽丰采。我默念辛弃疾的《青玉案·元夕》：

东风夜放花千树。更吹落、星如雨。宝马雕车香满路。凤箫声动，玉壶光转，一夜鱼龙舞。

蛾儿雪柳黄金缕。笑语盈盈暗香去。众里寻他千百度，蓦然回首，那人却在，灯火阑珊处。

龙的传人，膜拜灯。灯领着我们走出至暗时代，领着我们走向至明时代。灯就是我们可以看见的神明。灯，免除了我们的恐惧和长夜。龙以桥的形式，现身于我们的现实世界，被灯通体照亮。

但龙并不轻易现身。据我二姑说，上一次村里抬龙灯，三姑还是一岁大。我二姑背着三姑，爬到树上看。今年，我三姑已经七十六岁了。我早早约了三姑，说："正月，来看龙灯啊，我们自己扎的龙灯。"三姑说："我很想去看，可走不动路了。"我莫名地悲戚。欧阳修在《生查子·元夕》中说："去年元夜时，花市灯如昼。"三姑的"灯如昼"，竟然耗去了一生。

龙头吐出了五彩的龙珠，村人喝彩一声：平安、丰收。

龙是五爪龙，在灯海深处游动。公路上，停了数公里长的过路

　　　　　　　　　　　　蟋蟀入我床下

车。过路的客人临时买来烟花、鞭炮，燃放起来，说：分享吉祥道万福。抬灯人说：人人吉祥家家福。

摆了各种阵，带灯人以顺时针的顺序往外绕，一圈圈绕出来。这个时候，鞭炮和烟花冲天响起。焰火熄灭，天幕缀满了水晶般的星辰，明亮又清澈。

圆灯之夜，通常在元宵之夜。元宵节是年俗的最后一个主要节令，又称上元节、元夕、灯节。"元"是万物伊始，是无限之大，是时间出发的站点。元宵节所圆之灯，又称元灯。元灯即希望之灯，初始之灯。从始至终，就是生命的过程。

建亭记

2021年大年正月初二，旭华在枫林村老家宴请乡贤瑞忠兄，茶热酒酣之际，向在座乡亲表达了自己的想法：2020年在八步岭建了太平亭，但水库边的山道坡度太大，七十多岁的老人登不上去，在水坝底的大坞门建一个亭子更方便老人。在座乡亲说，每天去大坞门散步和干活的人不少于二百人，其中至少有二十多个老人，太需要建一个亭子了。

瑞忠在南昌工作三十余年，每年过年回枫林陪父母，看望乡邻。他问旭华："建一个亭子需要多少钱？"

旭华说："我去勘查了八次，亭子建在大坞门，需要开山四十平方米，垫土平地一百四十平方米，预计地面部分花费三万五千元、石亭子花费四万元、种植绿树花费五千元，有八万块钱就可以初步完工。"

瑞忠说："我出资百分之五十，后续有困难，我也解决。"

茶后，旭华打电话给村支部书记庆东，说："你没有特殊的事情，我们去一下大坞门。"庆东说："你找我，肯定有好事。"

大坞门在枫林水库坝底之下，是两条溪涧汇流之处。溪涧淙淙，徜徉四华里注入饶北河。这是郑坊盆地最深的一条山谷，山谷植被茂盛，松树、杉树、油茶树、板栗树等树蓬勃而起。大坞门之上是水库，库尾有平坦山道深入八步岭，过了八步岭便是太平山。赣东的石人乡、郑坊镇、华坛山镇、望仙乡、临湖镇、樟村镇、绕二镇等地的四乡八邻，平常时日爱去太平山，拜庙、采山茶、看山花、掰野笋、挖草药。枫林村对岸的洲村人，骑上电瓶车，来溪涧打山水回去喝。溪涧水好，可以直饮，无污染。打水的人见了枫林人，会露出羡慕的笑容，说枫林人真有福，天天喝甘泉。进山谷的人，虽说不上络绎不绝，但也可说纷至沓来。尤其在春季，男男女女，老老少少，成群结队看野花。

山中有小气候，雨说来便来了。人跑得再快，也没雨来得快。山道中途有一个内凹的石岩洞，不足十平方米，躲雨的人便挤在洞里。洞门上的藤萝滴滴答答洒下雨滴，淋得人人半身湿。老人爱去山谷散步，路是水泥路，无车辆，鸟语不绝于耳，但出门得看天气预报，防着雨。

村里人便想，在山中有一个亭子多好，躲雨歇脚。想了几十年，但仅仅是想。

2019年正月，中篷自然村三个中年人酒后闲聊，想抬板桥灯。板桥灯是赣东传统灯会。当晚倡议，翌日便筹集了七万余元。余家自然村、全家自然村、官葬山自然村也相跟着发出倡议。九十三岁老人胜利老伯激动，说，枫林村已有七十八年没有抬过板桥灯了，太平盛世了，板桥灯可以游街了。板桥灯虽是乡村文娱活动，但让村人自豪。

2020年春，村里有急功好义者倡议，在八步岭建一个石亭子，名太平亭，既造了风景，又可供人休息。倡议得到村人支持，于2020年秋完工。

在大坞门，旭华和庆东再次勘查了地形。这个地形朝南，两边山垄如金蛇盘踞，双溪如玉带，郑坊盆地尽收眼底，是整条山谷最适合建亭子的地方。庆东说："我们村子叫枫林村，亭子取名得带个'枫'字。"

"那就叫丹枫亭。"旭华说。

"这块地是曹家老四的，用地还得征求他意见。"庆东说。

在返回路上，正好碰见曹家老四放羊。旭华说："老四哥，想在大坞门建一个石亭子，需要用到你家山地，大概四十平方米，需要你支持。"

"建亭子是好事，全村人享用，需要用多少地，我都舍得。"曹家老四说。

翌日，即正月初三，瑞忠摆午宴，请中篷自然村人吃饭，满满六桌。旭华说："我早上六点半就去了大坞门，那是个好地方，我们小时候砍柴，都在那块石头上歇脚，喝溪水，水哺育了枫林人。兄长常年在外，有所不知，兄和干萌兄是村里的第一批大学生，对我及我辈，乃至下一代人的激励非常之大，枫林人读书舍得吃苦，我们村考取二本以上人数已连续八年在全县行政村以人口比计排名第一。"

"枫林村没有任何矿产和产业资源，唯有读书才是我们的出路，年轻人考取大学越多，我们村越兴旺。"瑞忠说。

"我们建亭子，就是积累村文化，激励孩子读书，激发年轻人干事业。"旭华说。

"回报乡梓，我们在外生活的人是必须的。"瑞忠说。

干萌特意从市里赶来，他从事教育投资二十年，心热情厚，他说："修路铺桥，是最好的事，我积极参加。"午宴，大厅里的人都在谈论建亭子的事。

晚上，庆东问旭华："建石亭子还需具体实施的人，哪些人适合？"

旭华说："你爸是退休老师，热心公益，为人正直，适合；易河是退休老师，心细，适合管钱；远十对全村人头熟，适合物色施工人员；义贞老哥是村民组长，由他管账目，适合。我们定一下原则，这四个实施人都是义工，无工资无补贴；实施完工后，筹集的资金和每一笔支出必须张榜公布，支出项由当事人签字，给村民一本明白账。"

正月初四，开山平地。

元宵节，旭华回枫林，见山皮已被挖开，堆了一摊乱石。远十说，这块地还有一部分是光耀叔的，挖开了才知道，还好，他老人家很支持。

旭华说，在碑上，要刻上两个捐地人的名字，出过力出过钱出过地的人，都要刻上，这是对他们的感谢，也是对后人的交代。

2月23日，旭华拟写了一副对联："忠信行盛世世间干功业，瑞雪现灵山山河萌福泽。"旭华给天津的汪先生写信，说，乡贤和村民捐资建山中石亭，恳求您写一幅字，刻在石门柱，以记功德，激励村人。

汪先生是文化名人，个人修养、业绩、品德，皆为人所敬仰。旭华冒昧写信，心中忐忑。汪先生很快回信，说："下周寄出。"

3月8日，旭华收到汪先生墨宝，他欣喜得连夜赶回枫林。远十拍了墨宝照片，发到村里的微信群。干萌发来微信，说："已看过书法之对联传图，心头一热。后续需要资金，随时告知。为家乡做事，我非常乐意。"

旭华去看工地，挡土墙都建上来了。挡土墙由片石砌上来，有五米高，很有古朴雄壮之美。旭华在大坝门站了半个来小时，天下起了毛毛雨。旭华对在场地监工的易河老师说："清明节能把亭子竖起来就好,清明返乡的人就可以来看看了。"

3月23日,在深圳发展多年的其发回乡,旭华请他吃饭,约了在市区创业的枫林人金炉、英华陪他。席间又谈论起建亭子的事。其发说,干这么好的事,我一定要参与。

3月27日,亭子台面完工。庆东、旭华、四个理事人,在村委会开碰头会。易河老师通报账目,说,平地面和铺台面花岗岩合计花费3.0737万元,石亭子造价4.18万元,预计竖亭子所需人工、吊机等费用1.6万元,台阶造价0.3万元,种植绿化树10棵;在县城工作的水金和文科及村民自发捐资1.4万元,加上瑞忠和干萌两位支持,按总造价9万元计,资金没什么缺口了。

"征波很热心,临去金华做生意还说,庆东书记捐资多少他就捐资多少。"易河老师说。

"你,我,金炉,征波,各捐0.3万元,其发稍多一些。你们看看这样可以吧?"庆东对旭华说。

"好,现在就把钱到账,建亭子余下的钱,我们在茅坞门栽几十棵乔木,茅坞门是个水口,没有树就太空了。"旭华说。

"这次先栽茅坞门水口,以栽枫香树为主。枫林村没有高大枫树不行,多栽枫树也是村民的愿望。"庆东说。

旭华说:"具体栽种哪些树,我请林业部门专家拟定个方案,我们不但要栽树,还要推动封山育林,保护水源地。"旭华当即拟了《枫林村封山育林村民公约》给村委会。庆东说，村民理事会通过后，立即实施。

清明，雨水绵绵。早上七点，石亭子运到了大坞门。从清水乡请来的吊车师傅，很羡慕地对易河老师说："我回了村，也要建一个亭子，为后人积福。"

返乡人扫了墓，去大坞门给师傅搭把手。昌荣参观了丹枫亭之后，坐在义兴饭桌上，很感慨地说："村里下一次做这样的公益，要通知我，我要出一份力，我全家的年轻人都不能缺席。"

进山的人入了山谷，便可见丹枫亭，甚是巍峨雄伟，如一匹白马昂首在山壁下，庭前两棵红枫招展。站在丹枫亭，可俯视整条山谷，郑坊盆地如花盘供在眼前。两边的山峦舒缓起伏，溪涧飘忽于斑斓山色之间。

沙湖

湖汊隐约，水光漾起灰霞色。芦苇荡映入天际，芦花雪白，被风掠起。水浪在湖面扑腾，白额燕鸥有三只，站在一个漂浮的短木棍上，随浪逐波，像独木舟上的水手。白额燕鸥穿着灰白色的防水服，神情专注地盯着湖面，一旦有鱼跃出湖面，就扑杀下去。鹗在湖上空盘旋，呈"O"形环飞，翼长有一米多，网状的趾骨、圆形的爪子、等长的脚趾，构成一张坚硬的钢丝网，罩住游鱼。距湖面约三十米，它伸直、并拢双脚，头部垂直而下，翅膀收拢，流星锤一样砸下去，可逆的外趾抓住了胖大的鳙鱼，身子腾出水面，水花四溅，湿淋淋的翅膀举起、拍打、扇动，拖出滑鱼，水珠溅得湖面如沸水，掠空而去。鹗是猛禽中唯一可以扎入深水的鸟类，是鸟类中凶悍的"渔夫"，对湖边的游人视而不见。

凤头䴙䴘孤单单的一只或两只，在芦苇与芦苇之间的空阔水面游荡，摇着蛇头般的凤头，挺着颈脖，悠然自得。灰头麦鸡飞过芦苇荡，咕咚一声，凤头䴙䴘潜入深水，水面翻出一团水涡，一圈圈扩散，半分钟之后，从百米之外的水域冒出来。这是我第一次看见凤头䴙䴘，蓬松的冠羽俊俏、优雅，仪态万方，低调华贵，作为沙湖的夏候鸟，在蒲草或莎草或芦苇等高草丛结巢、育雏。与凤头䴙䴘一起栖息的，还有白骨顶和黑水鸡。

白骨顶是游禽，戏水如梭。冬季的南方，在宽阔的河流、湖泊及山塘，常见白骨顶。白骨顶全体灰黑色，具白色额甲，边游边咔咔咔叫，体重四百至六百克。在沙湖，我看到的白骨顶，体重六百至八百克，令我惊讶。数量之多，也让我惊愕不已。在沙湖水质自动监测站大门前，有一片约二十五亩的空荡荡小湖，我细细地数了数，游在湖面的白骨顶有九十六只。在睡莲、荷花、茭白等水生植物密布的湖面，白骨顶如葫芦一样浮在水面，密密麻麻。它们在不高的密草丛营巢，三至五月是繁殖季，八月，雏鸟长成了浑身乌黑黑的亚成体。

八月，荷花渐败，仍有荷花如炬，映照着荷叶。睡莲一茎独白。浅滩上，黑水鸡七八只，在芦苇根下，啄淤泥下的根、茎块和水虫、螺蛳。黑水鸡属涉禽，脚略长，身姿挺拔，头具（红色）额甲，嘴和额甲色彩鲜艳，又名红骨顶、红冠水鸡。

䴙䴘科鸟类脚趾柔弱似无骨，不善地面活动。秧鸡科鸟类脚趾坚硬、细长，善于泥地奔走。沙湖丰富的鱼类、水生植物，使得䴙䴘科与秧鸡科鸟类，相安相生。

沙湖，是临沙丘（面积22.52平方公里）的碟形湖泊，绿白相映，处于银川市以北42公里处，是宁夏的主要湿地之一。沙漠面积22.52平方公里，中心湖泊面积21平方公里，湿地沼泽面积12.58平方公里，西依贺兰山，东濒黄河。贺兰山似苍龙，黄河如雄狮，镇守着北疆。沙是坚硬的、粗粝的、飞走的，水是柔软的、细腻的、静流的。沙与水，两种不同的物质，呈现了截然不同的两种物理、物性。沙是死亡之水，水是沙的复活。在沙湖，沙与水紧紧地拥抱在一起，滋生出鲜活的生命，丰富且生动。

沙丘在流动，被风推着。沙来自黄河。黄河水夹裹的泥沙沉积以后，在这个银川平原北部凹陷处，形成河湖相沉积，湖水退却之后，在风的侵蚀、搬运、堆积之下，有了广漠的沙丘。由于贺兰山的屏障作用，沙湖地区以东北风居多，北风、西北风次之，两组风向不同的风，产生了绞合力，上风向形成风蚀坑，下风向形成流动沙丘。

时间在催化，自然在造化。黄河河道东徙，沙征服了广袤的绿色平原，湖水蒸发，泥被风刮走，土地在盐碱化、白僵化。时间是恩慈的，让万物以平等的姿态接受生与死。时间也是残忍的，让大地千疮百孔，沧为沧海也沦为桑田。作为时间的见证者，自然也会面目全非。这就是时间的伟大之处。沙湖，满眼风沙，灰绿的是怪柳、盐爪爪、碱蓬、梭梭、柠条等盐生植物。

1952年，第一代农垦人来到一个叫西大滩的贺兰山边陲，垦荒造田。荒蛮之地，渺无人烟，望不尽的风沙，吹了一年又一年。当地流传着乡谚：风吹石头跑，遍地是蒿草。农垦人筑沙窝、扎草窝为房，驱狼逐豹，改良土壤，种树种草，挖渠引流，养鱼养鸭养羊养牛。风沙线下，有了村户。西大滩的碟形洼地终年蓄起了水，有了小岛与湖泊，长了泽泻、睡莲、水蓼、海乳草、鹤虱、山苦荬、羽叶千里光、旱熟禾、苦豆子等植物，麝鼠、褐家鼠、小家鼠、虎鼬、猪獾、狗獾等哺乳动物来到了这里。鹛鹛科、秧鸡科、鹤科、鹭科、鸭科、鹬科、鸥科、䴙䴘科等南渡北归的鸟类，也在此栖息。

水给予洼地以新生，焕发出湖的盎然生机。1990年，被当地人称作前进湖的垦区，被命名为沙湖。

沙湖是一个封闭湖，湖水不循环，降雨量小、蒸发量大，因固体垃圾、生活污水的污染，以及鸟粪、鱼粪与腐殖物的沉积，湖水渐渐退去了碧色，发黑，有了腐臭之气。1997年1月，沙湖自然保护区成立，开始清淤、植树，建垃圾处理厂、污水处理厂，种植荷花两千亩、芦苇千亩。2016年，种植芦苇、香蒲、水葱等水生植物千亩。2018年，又种植水生植物近两千亩。在湖东湿地养鱼，在渔村养鸭、鹅、珍珠鸡、欧洲雁，在环湖堤岸、水渠边、隔离沟、人行道边、码头等地，种植红柳、沙枣、榆树、垂柳、刺槐、油松、桧柏、云杉、旱柳、侧柏、白蜡、木槿、榆叶梅、连翘、丁香等乔灌木十数万株，播草植草十余万平方米。2018年10月闭园，实施生态综合治理和修复，对中心湖底污染物彻底清淤，淤泥运到隔离沟外用于植树，引黄河水补水入湖，居民外迁，污水外迁。

2023年8月，如同苍鹭，我深入沙湖万亩芦苇荡。芦苇是一种烂贱的禾本科植物，被人轻视，易被秋风倒伏，像断了脊梁骨。芦花有白有紫，随风而去，哀哀而令人老。而眼际的芦苇亭亭而立如弯，依风摇曳。它发达的根系紧紧抱在一起，无节制地分蘖，秆粗壮如竹棍，秆衣浅棕黄，如伫立在舟上的蓑笠翁。芦苇与菖蒲、水葱、千屈菜、香蒲、黄菖蒲、长苞香蒲、水莎草、剑苞藨草等水生植物一样，涵养了水，又净化了水质。密密的、潮湿的、阴凉的草丛，还是鸟类的家。

每年十月，芦苇哀黄，沙湖人开始割芦苇。芦苇沉于水中在来年即腐烂，化为腐殖沉淀。每年都要来鸟岛上割芦苇的马师傅，长着一张圆脸，俊黑，手又大又硬又粗。他对我说：每一丛芦苇都有鸟窝，有油鸭（鸊鷉）窝，有秧鸡窝，斑嘴鸭也在芦苇筑巢，芦叶上还挂着好多小鸟窝。马师傅虽已年过花甲之年，仍有孩童似的野趣与天真。马师傅说，水獭、娃娃鱼也来到了沙湖，很神秘，这是外人不知道的。

马师傅又说，麝鼠啃烂了芦苇秆，和上泥浆，垒成一个圆形的泥壁，一层垒叠一层，像个泥盆。麝鼠窝在泥盆里睡大觉、生养小鼠。马师傅边说边作麝鼠睡觉状。

我见过麝鼠。麝鼠体型大，绒毛细密，背部棕黑或栗黄，腹棕灰，尾长呈棕黑色，有鳞质的片皮，头浮在水面游泳。芦苇荡庇佑着以水为生的野生动物。芦苇是它们的神。

芦苇割一部分，留一部分。未割的芦苇供白鹤鸰、灰伯劳、贺兰山岩鹨、北椋鸟、山鹛、贺兰山红尾鸲、小蝗莺、大苇莺、灰头鹀、田鹀、苇鹀、树麻雀、白头鹎等留鸟过冬，也留给来年的夏候鸟筑巢、育雏。三月水暖，野鸢尾、马蔺、马塘草、圆叶牵牛、蒲公英、艾蒿、刺儿菜、花花柴、隐花草、黄花菜、藜、泽泻、龙须眼子菜等植物，萌了早芽，羞答答，娇嫩。湖中的鲫鱼、鳊、赤眼鳟、高体鳑鲏、团头鲂、黄河鮈、麦穗鱼、圆尾斗鱼等鱼类，游到了浅水区，落草结窝。小天鹅、大雁、赤麻鸭、普通秋沙鸭、青头潜鸭、白额雁、须浮鸥、鸬鹚、小䴙䴘、普通秧鸡、白骨顶、凤头麦鸡、草鹭、大鸨、扇尾沙锥、普通燕鸥等夏候鸟来了，有的在此繁殖，有的在此逗留。湿地是涉禽、游禽的生命线，也是唯一的归属地。三至六月，超百万候鸟栖息在沙湖，湖面、沼泽地、荷花池和芦苇荡，鸣声四起，引颈交欢。沙湖人摇船入湖汊，防偷猎，守候一年一度来此安歇的"客人"。

金雕是终年在湖面上盘旋的。它捕食小家鼠、兔，捕食鱼或叼食腐鱼。在冬天，它以坚硬的喙，铁锤一样敲碎冰面，钩起上浮的鲢鳙。领角鸮、红角鸮、短耳鸮、长耳鸮、纵纹腹小鸮、雕鸮等鸮鸦科鸟类，一直潜伏在稀疏林、附近村子、养殖区、种植区、半荒漠区，捕捉小鸟、蜥蜴、蛙类、鼠类、鱼类。这里是它们亘古未变的家园。高高的榆树上、白杨树上，脸盆大鸟窝属于喜鹊。喜鹊最多，四季出没。

一片湖，一片沙丘，是自然的造化，也是生命的造化。自然所接受的，也是人所接受的。这就是万法的妙境。

池湖

院中有一个圆形池湖，约一千二百平方米。水池砌了青灰色大理石栏杆，池中堆了十余块太湖石（假山）。池湖养了一百二十余条红鲤鱼。闲余，我来观鱼。

鲤鱼喜欢集群，几十条游在一起。一条稍大的鲤鱼游在前面，尾巴后跟着一大群。它们有自己的阵列：一、二、二、三、三、三、四、四、四、四、三、三、三、二、二、一。这是我常见到的纵队阵列。它们通常在觅食时，以曲线形，穿过太湖石，从池湖中央游到池边（喂食处）。假如这个时候，投食下去，鱼群会迅速散乱，再合拢起来。

每天，我投食一次，一次投三个馒头或两个面包。我撮一小撮下去，鱼没发现，优游着；再撮下去，其中的一条摆动尾巴，跳起来，水面哗啦一声，鱼群散开，争抢食物。鱼浮游着，张开嘴巴，像一群领餐的孩子。食投完了，鱼在水底觅面包屑，翕动着腮，慢慢游往别处。鱼群零乱，各自游去。似乎是饥饿，让它们聚集在一起，饱食之后，各奔东西。

　　　　　　　　　　　　　蟋蟀入我床下

池湖里的鱼在什么时间"起床"？我很认真地想过这个问题。我知道鱼在什么时候沉底。暮色完全消失了，鱼在池湖不见了。暮色是黄昏之色，有稀白朦胧的天光，鱼还在闲游。暮色之后是晚色，天光隐去，黑魆魆的，鱼沉入泥浆。我投食下去，两个馒头撮完了，没一条鱼出来。而无论我起床有多早，我去池湖，鱼已经"出游"了。鱼视觉很弱，但它感光很敏感，光线调节着它"睡觉"和"起床"的节点。当然这是我的猜想。

我在房间坐得久了，或在野外走得累了，便来到池边。它们多自在啊，游来游去。它们一直在游，鳍翼闪闪。似乎这里是它们的天堂。

我和祖明说了两次，池湖仅有鲤鱼，太单一了，还可以放养其他鱼类，量少一些。他把头摇得像个拨浪鼓，说："又不是养鱼吃，观赏鱼养眼。"过了几天，我们去小平家吃饭，我见他养了六条白鲫，便捞了上来，放养在池湖。

每天傍晚，我们给池湖放一次水。水从管道流出来，嘟嘟嘟，冲入水池。鱼只有在这个时候，才聚集在一起。在泻水口，上百条鱼摆着尾巴，跃出水面。它们在欢腾。水的冲泻声和流动，让它们感知到池湖也有不平静的时候。鱼喜欢水的大起大落。大起大落是一种境界。一次，我在观鱼，一个扫清院子的妇人问我，鱼在池里养了一年，怎么没见到小鱼呢？

红鲤鱼在池湖繁殖不了，是因为没有草丛孵卵。鲤鱼、草鱼、鲫鱼等鱼类三至五月在草丛产卵。这是桃花汛季节，鱼贴着岸边，卵一团团结在草丛，黄黄的透明。草就是鱼的产床。

我便去峡口溪挖菖蒲。菖蒲是多年生草本，长于溪边、湖边、稻田。它是烂贱之物，春夏青油，秋冬枯黄。峡口溪有很多水菖蒲，根系抓着沙土，叶片梳洗般洁净，这是所有的菖蒲种类中，最清洁最青翠的一种。挖上菖蒲套进塑料袋包好，带回来，栽在池湖的假山上，让它落水生长。太湖石形态各异，或如卧虎，或如苍松，或如老人，或如马鞍，但每一块石头，有骷髅眼窝一样的洞。一个洞栽一丛菖蒲，洞连通湖水。菖蒲根系粗壮，鱼藏在洞中孵卵。

我栽菖蒲，有人问我："你养菖蒲啊？"我哦哦哦地应着。这些年，菖蒲和铜钱草被草本爱好者养在家里，用土陶器、石臼养着，摆在案桌上。我没养草本的嗜好。它们属于野外，饮露吟风。没有接受四季风雨的草本，算什么草本呢？再烂贱的草本被养着，都会娇贵起来。娇贵是蚀骨的病。是草，就得枯黄。

鱼给予水活态生命，水因此生动。翌年初夏，池湖有了很多小鱼，大鱼腆着肚腩，肥肥壮壮，游起来很笨拙。鲤鱼贪食，不节制食欲。我捞上胖鱼，投入河中。河才是鱼的理想天堂。

我又在池湖中沉下六个大水缸，装泥栽荷。荷被水滋养，抽枝散叶，荷叶田田。鱼戏荷叶东，鱼戏荷叶西。荷叶圆圆盖盖，蛙在荷叶上蹲坐,卷食飞虫。晚上,蛙声如鼓,悦耳有致。白鹡鸰也栖落在荷叶上,叽里叽里地鸣叫。

在未栽菖蒲与荷之前,鱼易长鱼虱。虱叮在鱼鳞、鱼鳃、鱼眼、鱼唇,鱼因此患鱼虱炎,全身发痒。鱼找石块磨蹭除痒,却解除不了炎症,久而久之,便死去。菖蒲与荷是水生植物,具有除污、净化水质的作用,鱼再也不长鱼虱了。鱼再也不会无辜死去了。

第三年夏,菖蒲深扎下草须,郁郁葱葱,草叶铺满了石洞和石臼槽,开出了小蝶形的黄花。花扁圆球形球茎,花瓣有皱褶,带有紫色花斑。看上去,太湖石像花石。花开到九月,花瓣凋谢,被风吹进水里,被鱼吞食。我也不再给鱼喂食。我买来一簸箕螺蛳,倒入池湖。螺蛳吃淤泥里的污浊之物(鱼的排泄物),红鲤鱼吃螺蛳。

荷花开得更早一些,在六月末,花茎头上打起了花骨朵,经过日晒,花苞徐徐绽开。荷花是太阳催开的。在盛花时期,花苞随太阳暴晒而炸裂,花瓣红红似火。花瓣多数嵌生在花托穴内,有红、粉红、白、紫等色,或有彩纹、镶边,形成花座。荷花又名菡萏、芙蓉、芙蕖、莲花,在池湖,如出水美人。

夏天,是池湖的喧闹之季。花招来了蜜蜂、蜻、螟。它们在荷叶上产卵,吃花蕊里的虫。伯劳也来了,叼食昆虫。早晨或傍晚,村里的妇人也来赏花。一枝两枝,花冲出水面,亭亭玉立。她们拍照,摆拍短视频。

鱼在荷花下嬉游，偶尔跃出水面，哗啦一声，溅起水波。它们在翻腾在跳跃。鲫鱼落在荷叶上，荷叶塌软下去，鲫鱼滑入水中。

　　我想起，初来这里之时，池湖仅仅有湖水，水中仅仅有红鲤鱼，显得有些单调。现在，太湖石上自然生长了很多青苔，和不多的几株一年蓬、蒿草，雨水和太阳，塑造了天然之美。

　　每天傍晚，我也会在池湖前驻足。

油桐树下

浙江有两个地名，是我入迷的。一个叫桐乡，一个叫桐庐。这两个地方，离杭州都很近。桐的故乡，桐花烟雨，迷蒙迷离。桐下结庐，寒鸦啼鸣，雪落山巅。桐乡有乌镇和木心，桐庐有富春江和郁达夫。我都去过。

"带湖吾甚爱，千丈翠奁开。先生杖屦无事，一日走千回。"这是辛弃疾词《水调歌头·盟鸥》中的美句。带湖就在我窗外，柳色褪尽，湖水轻浅，鸥鸟翩翩，油桐凋碧。带湖四周低矮的山冈，在五月，开满了油桐花。在辛弃疾的年代，带湖也是如此的——任凭世事如何沧桑，故生的植物不会变。

油桐是大戟科落叶乔木，在南方分布极广，一般在海拔千米以下山地、丘陵地带生长，生命力极强。我在福建浦城工作时，单位围墙外有一处护坡，百米长，每年的雨季，护坡会倒塌，泥土流失很严重。护坡只有两样植物可以常态化生长，一种是芭茅，一种是油桐。油桐长了一年，高过了围墙，肥大宽厚的叶子伞盖一样。油桐五月开花，纯白色花瓣，有淡红色花纹。油桐花开在山坡上，皑皑白雪一般,因此油桐花又称五月雪。

粉粉的桐花,有莹莹的油脂,花筒状。开筒花的树叫桐树。花开月余,花色转成暗黄,山风吹来,纷纷掉落。花落在水里,被水送走,飘零而去。不要去看桐花凋落,太残忍。草丛里,岩石上,都是零落的花瓣,枯黄色。我们站在树下,桐花啪嗒啪嗒地萎谢下来,落在我们的头发上,落在我们的衣服上,落花的声音会震动山谷。山涧在窄窄的河道激越奔流,桐花翻个跟斗,落在水面上,转眼不见了。

我听过一夜桐花零落声,在县城的一个荒坡上。我第一次和女朋友在房间里约会。雨从黄昏时分,滴滴答答地下,绵绵如酥。荒坡有三五户人烟,油桐树蓊蓊郁郁。荒坡下,水浪滔滔的罗桥河直涌信江。荒坡像一块面包,油桐树像面包上的肉松。我们坐在床沿说话,月光的白落在油桐叶上。月光和桐雨,蒙蒙的玉白色相互浸透交织。桐花在低低的雨声中,一朵一朵地落在窗前的屋檐下。我一会儿看她的脸,一会儿看落花,我恍惚,盛开的脸和飘落的花在我眼里交替。一年后,我们分手。八年后,我和她在街头偶遇,我竟然认不出她。她站在商场门前的台阶上,手上拿着一把收拢了的太阳伞,穿一条蓝色长裙。我过红绿灯的时候,感觉到有一双眼睛在看我,眼神热切。我看见了台阶上的女人,羞赧地微笑。我走过去,说,我几乎都不认识你了。她低着头,低低地说,你怎么会认得我呢? 你认识的那个人早已死了。

在十余年前, 我去寻找县城的教堂, 又去了一次荒坡。坡上盖了很多房子, 油桐树林还在, 和绿黑的杉树林, 间杂地长在一起。我站在旧年的院子里, 桐花像繁星, 在枝头堆积。不知道谁家的音箱, 开得震耳欲聋, 在播放卢冠廷的《一生所爱》:

苦海

泛起爱恨

在世间

难逃避命运

相亲

竟不可接近

或我应该

相信是缘分

……

迷惑间, 我似乎听到了桐花簌簌飘落, 而月光皎洁如海。不尽的雨声, 歌声时远时近, 飘飘忽忽, 天边遥遥。

横峰县新篁, 有一个自然村, 叫乌石头, 在一个狭长幽绿的山谷里，有我喜爱的一个村子，我去过七八次。村舍里有竹林和古枫树，秋日妍妍，溪涧敞亮。我也喜欢吃村子里的菜，地道农家风味。吃了饭，在溪涧中的河石上坐一会儿，赤足入水，览阅山色。村舍的对面山梁，是弥眼可望的油桐树。山势由北向南，由高到低地延绵，溪涧蜿蜒。油桐依山势横亘了山谷。油桐花开，山野寂寂，冈翠披霞，风吹来，桐花窸窸窣窣地摇曳。

古人有井桐之说。挖井的时候，在井边栽一株油桐树。油桐树皮灰色，枝条粗壮，叶片卵圆形。生长三五年，油桐树树冠可以把井院全盖住，妇人在井边洗衣淘米，可以避阳，下雨了，还不会淋湿身子。孩子在井边玩耍，打陀螺，唱歌，玩累了，靠在母亲怀里香甜地睡去，树荫撒落清凉，像梦中的一叶帆。帆把人带往远方，也把乡愁带往远方。当离家多年的孩子，在某一天回到故地，看见井边的油桐树，树叶纷落，秋风鼓起芦絮的翅膀，在屋顶上飞，他会怎么想呢？贾至说："忆昨别离日，桐花覆井栏。"

桐花雌雄同体，八九月结果。果子叫桐子。发育的桐子像青皮梨。桐子熟了，皮色由青转黑紫色，果壳慢慢开裂。桐树根须色泽形状如木薯，有毒。从外观上，一般人难以分辨。也因此传出乡间趣闻。在饥荒年代，生产队割稻子，十几个社员在一起，会相互取乐嬉戏。村里有一木匠，叫毛精，和打草绳的五盐，在一块田里割稻子。木匠对打草绳的说："你和我换一个事做，你挑谷子，我割稻

蟋蟀入我床下

子，你同意换，我把两根大木薯给你。"五盐力气小，矮个子，看看满满一担谷子，看看两根大木薯，不知道怎么说。边上十几个人起哄，说："两根大木薯，可以够一家人吃一天了，你还不换，我来换了，你别眼红。"五盐弓起身子，挑了一天的谷子。一担谷子将近两百斤，一天挑八担。五盐一家人，到了晚上，个个提着裤子争抢着上厕所。毛精给的不是木薯，是油桐根须，吃了，泻肚。

桐子落了，寒霜也即将到来。村里山冈多桐树，我们挑着扁篓去捡桐子。桐子有小饭碗大。我们抱着树，唰唰唰唰唰唰地摇。桐子落下来，在地上滚来滚去。桐子可以榨油，桐油不能吃，卖给油漆匠，刷家具。

我们把捡来的桐子，堆在院子的角落里，盖上茅草，泼两担水浇湿，过半个月，桐子壳开裂，散发腐烂后的油香。扒开茅草，桐子长出白白的菌毛。把果肉掏出来，送到榨油坊里，用水碓咿呀咿呀地舂烂，成了粉末。把粉末舀到大木桶里，烧起旺火，蒸一个时辰，桐子末便熟了。蒸汽在房间里，白白的，像一团晨雾。

趁热团饼，可是一件功夫活。稻草编织在一个铁环里，热粉末压在稻草上，用脚踩。团饼的人，边踩边跳边喊："哎哟……烫脚烫脚。"一木桶的粉末，团十几块饼，团好了饼，团饼的人脚板成了一块熟南瓜。把团饼拼在榨油的木槽里，开始榨油了。榨油的人打赤脚，打赤膊，拉起木杠杆，撞击槽，桐油从槽口汩汩地流出来。榨油的人，食量好，用钵头盛饭吃，吃两钵头。桐油色泽金黄，盛在大木桶里。一木槽，可以拼二十四块饼，哪个人家会有这么多桐子呢？便三五家拼槽，你五块我八块他十块地拼，油量按团饼比例分回家。

做油漆的师傅，早在油榨坊里候着，一斤三块钱，用板车拉回家。油漆师傅有一口大铁锅，把新油放在锅里煮半个时辰，油突突地冒泡，变浓，成了浆稀，成了坯油，漆大门漆水桶漆筐箩漆摇篮。桐油漆了的家具，不生蛀虫，也不霉变。油漆师傅煮油不给外人看，怕别人偷艺。在煮油的时候，他会放坨生（氧化铝），成了光油。光油漆丝绸漆金器。油漆师傅不轻易把煮光油的手艺，传给自己的徒弟。

秋燥，便秘的人多，土方法用尽了，也解决不了难忍之事。小孩误吞硬币，吃韭菜，吃了一碗，硬币还在肠胃里，父母急死。吃了毒蘑菇，误食的人口吐白沫，两眼翻白，手脚哆嗦，土郎中狗跳圈一样在原地打转，无计可施。榨油的师傅，从家里端一碗桐油来，说，喝了桐油，大事化了。桐油厉害，肠胃里的不洁之物短时间里排得干干净净。脚上腿上，生痈疽，三白草杠板归，都敷了两三个月，还是肿胀，溃烂，疼得让人浑身乏力，整天冒虚汗。痈疽会并发其他恶疾，高烧不退，也因此有人丧生。长时间患痈疽的人会慢慢绝望，坐在门槛上，痴痴呆呆地看着太阳升起，落下。在最绝望的时候，桐油出现了。桐油灯点起来，烟熏疮口，熏得整条腿发黄发黑，疮口开始滴毒水，一天滴十几滴，滴了三五天，消肿了不痛了，可以走路了。乡村户户都有一盏桐油灯，用一个竹筒做灯挂，筒口安一个灯碟，碟里的灯芯在夜里发光，光晕一圈一圈像佛光般美丽。

油桐树容易栽植，把油桐子埋在地穴里，第二年即可发芽。油桐树木质疏松，木色雪白。古人制木筏，用它。用故土之木，造去往异乡之舟，似乎有着某种隐喻。春繁冬简，落木萧萧。前几日回老家，见油桐树已经开始落叶，浅黄色透出几分麻白。树底下落满了桐子。现在乡村，油桐已经无人捡了，油榨房在二十年前就关闭了。稀稀的雨，从稀稀的树叶间落下来，落在我头上。我摸摸自己的头发，也是稀稀的，想想，离开故地，已经三十年有余了。油桐树上有一个空空的鸟巢，脸盆一样大。我也看不出是什么鸟的巢。

人是一层一层长的，每一层里，都有特殊的物质。这些物质包含：田埂上的野花，屋脊上的月亮，鸟嬉戏的油桐，石板路上轻轻飘落的雨，河边低沉的号子，羞涩的眼神，暗暗的灯光在黉夜孤独地跳动……所谓苍山远去，就是长出来的，又一层一层脱去。油桐兀立在可以眺望的地方，是他乡也是故乡。如辛弃疾一日走千回的带湖。油桐树下，千百年来，人来来回回地走，每一个人，都是陌生人。我也是其中的一个。

采采

卷耳

嘉绒峡谷

1

他们每一个人，我都想紧紧抱住，当我远远瞭望深秋山巅的薄雪。雪是凝固的云纱。雪灰白色，灰蒿枯死的那种灰白。雪白出了一圈，如一顶白帽子戴在山尖上。雪积在山顶相同的等高线上，形成一条浅白浅黄的雪带。雪昨夜初落，山中骤冷。阳光飘落，也骤冷，黄如素笺。

山延绵，山峰如一顶顶斗笠。雪带慢慢往上收缩，露出麻褐色的变质岩。这是贫瘠的山体，草已枯萎，不多的灌木棘藤杂生，一丛丛。草深灰色，一副哀荣无动于衷的样子。灌木或棘藤却婆娑低矮，它们的根须扎入龟纹石的缝隙。石岩如一个个"石瘤"，在峭立的山壁隆起。山壁挂满了"石瘤"，让人觉得，山不再是山，而是一棵棵壮硕的石榴树。龟纹石是一种很容易风化的石头。风把巨大的石头或石岩吹裂，石缝纵横交错，雨水渗入，石体慢慢开裂，成了碎石。多雨季节，石体下塌，碎石纷纷散落，雨水汇集而成的山洪卷入山下。大风来临，碎石被风掀起，形成抛石，飞落山下，若牲畜被击中，当即毙命。

马尔康，我沿着梭磨河走，看见皲裂而散的石头横陈在河岸两边，密密麻麻。河滩成了石碛滩。碛砾或如棒槌，或如瓠瓜，或如锥铁。更小的碛粒，成了沙石。梭磨河，是石碛之河，汤汤浊浊如畲粉之浆。河水是深深的灰青色，浪涌着浪，滔滔而不绝。

在南方，我从没见过如此的山体。因亿万年的雨水冲刷和大风的撕裂，石岩不断下塌，时间把山塑造出了岁月的雕像：每一座山都有一条或几条纵深斜长的沟壑，如山体被刀砍伤的伤口；山上的林草地给人苍莽、悠远之感，于是我们不免慨叹人之于世，如畲粉之微小；石岩上的灌木，格外跳眼，树叶或红如胭脂或绿如墨荷，它们生得越艰难，越显苍劲。

我一遍一遍地摩挲淤积的泥沙。梭磨河在松岗以半弧形向西南流去，在百公里外，汇入大渡河。河在开阔地形成一个滩涂，松岗人垒石筑墙，围出一块块可耕种的土地。他们种菜蔬，种玉米，种青稞。峡谷深长而逼仄，山高且陡峭，山下可耕种的土地，十分稀少，他们便四季耕种。沙地被他们种成了肥沃的黑土地，白菜结着厚实的叶苞，菜叶翠青菜茎雪白。一棵白菜，如一座暮春雪山。跳入我眼际的，不是一棵棵白菜，而是一座座耸立的雪山，朴素、纯洁、盎然、生动。梭磨河在滩涂淤积出一层层的泥沙。粉细的泥沙一圈圈，有了花纹，一圈深灰色，一圈深青色，一圈浅赭色，如海螺的斑纹。泥沙把大海带到了我眼前。我翻出泥沙，在手上细致地摩挲，软软的，糙糙的。我似乎听到了大海的呼啸。一万年前的大海在我手上死寂般呼啸。

2

红嘴鸦在河谷上空盘旋。大约有二十只。河谷约三百米宽，北岸是松岗和柯盘天街，南岸是直波村。北岸为山之阴，南岸为山之阳。山阴斜缓，郁郁葱葱，有大片的冷杉和箭竹，村舍四周长有高大树木，以核桃、白杨居多。山阳高峭，草伏地而生，瑟瑟枯黄，鲜有灌木，更无高大乔木，但见山如叠高的草垛。我仰着头看红嘴鸦。红嘴鸦飞得并不高，略高于核桃树，喊喊喊地叫，叫得欢快而轻盈。它全身乌黑，乌铁一样黑，黑得发出青蓝的金属光泽。

"这是什么鸟呢？"有人问。

"小红嘴。"有人说。

"红嘴山鸦。"我说。我看见鸟喙红脚赤。

"小红嘴就是红嘴鸦。红嘴鸦就是红嘴山鸦。它们一对一对生活，终生不离不弃。它们在藏族同胞的石屋里筑巢。"还有人说。

"还有白嘴鸦。"我看到了，一对栖落在苹果树上的鸦，喙白脚黑。白嘴鸦和红嘴鸦混杂在这一条河谷生活。

我还没见过这么多山鸦，出现在同一个狭小的河谷。山谷小溪穿过村子，湍湍奔泻。急流把山中的石块冲了下来，溪床堆满了碛砾，深灰色。挖掘机在清理溪中乱石，挖出狭窄的溪床。一对红嘴鸦站在西边的白杨树上，看着挖掘机在突突突地挖石渣。红嘴鸦是忠贞的鸟，刚烈、性猛，却柔情万分，一生坚守配偶，若配偶死了，另一只会消失。它和加拉帕戈斯信天翁一样，对爱至死不渝。

在松岗村子里，有两座高达三十余米的石碉楼，已有数百年历史。我在看碉楼时，数只红嘴鸦落在碉楼旁的核桃树上鸣叫。"喊喊喊，喊喊喊。"它们抖着乌黑的翅膀，翘着舵形的脑袋，看着来来往往的人。它们似乎在警示我们："这是我的家园，你们别来捣乱。"或者在说："欢迎来到松岗，这里四季鸟语花香。"

有好几栋古藏式民居，红嘴鸦栖落屋顶，其中有一对红嘴鸦飞进了三楼窗台。松岗处于梭磨河下游，在嘉绒藏语中，意为"峡谷上的官寨"，民居也是石砌房。红嘴鸦藏身窗台或墙洞安家。红嘴鸦是当地传说中的吉祥鸟，一栋民居既住人又住鸟，人鸟共屋檐。松岗人说，红嘴鸦一生在一个屋檐下筑巢、安家，从不挪窝。

处于松岗镇最高处的柯盘天街，可以俯视梭磨河两岸。梭磨河如一张弓，环绕村前。在这里，我看到了更大的红嘴鸦群。从山脚狭长的山谷，掠过白杨树林，飞向古碉楼。山谷是另一种林相：白杨落尽了树叶，高大树干灰白，树梢灰黑，从溪边突兀而出，栎树依白杨林侧边蓬勃而起，有几株树叶飘红的树（我辨认不出是什么树）在低山地带，烈火一样招展。鸟适合在这里筑巢、觅食：山谷两边的高山遮挡了大风，溪边林地食物丰富，高大树木和茂密树林可躲避天敌。或许是，红嘴鸦觅食之后，飞回古碉楼嬉闹去了。

3

即使同一条河流，在不同的河谷，鸟的分布也不尽相同，甚至差异很大。梭磨乡在梭磨河上游，河道曲折且狭窄，地势险峻高拔。山中高大树木呈多样化，山体被森林覆盖。梭磨，嘉绒藏语意为"岗哨"。岗哨之地，必可远眺、关隘重重、地形复杂，颇具"一夫当关万夫莫开"之势。事实也是如此，河谷较宽处只有三十余米，山坳突转，片石嶙峋。梭磨河上游一带，山体以煤石、龟纹石为主体，石层上覆盖了并不厚的泥土、腐殖层、地衣。地衣如一张严实的地网，罩住了泥土。树木在土层上长了出来。

已是深秋与初冬交替之季，最显眼的树木是红桦树。山坡斜垂而下，最后的零星的树叶在红桦树梢孤寂地飘摇，叶斑褐色，已失去了水泽，山风吹过，哗哗哗，又落几片。褐红色树皮慢慢翻卷，卷出巴掌大一块，又慢慢脱落，露出浅红浅灰的木质。红桦树笔直挺立，比水杉、高山柳、含笑、栎、乌桕等乔木更高，无论我们往哪个山坡看，红桦齐刷刷地耸立在密密的乔木林中。它饱受风霜鞭打的模样，令人印象深刻。它像遭受了无数际遇的人，和善仁慈，又不得不默默忍受伤痛。

林相和海拔高度，决定了鸟类的生活状态。在梭磨河源头的山谷，我并没有看到红嘴鸦。当我走入林边草径时，我没有看到别的鸟，而是听到了咕咕咕咯咯、咕咕咕咯咯的鸟叫声。鸟叫声来自半山腰的一丛高山柳树林。这是雉科鸟在打鸣。高山勺鸡在叫。我可以想象勺鸡憨厚笨拙的样子，在树林草地，一边觅食，一边抖开翅膀在叫。它习惯于针阔叶混交林、密生灌丛多岩坡地生活，吃植物的嫩芽、嫩叶、花、根、果实及种子，一雄一雌出没。勺鸡栖息在海拔一千至四千米之间。梭磨河源头在红原县查真梁子，海拔约三千三百米，是一条季节河，在丰水期，河水充盈又丰沛。梭磨河上游多岩林密，是勺鸡理想的家园。我在林边站了一根烟的工夫，听到另一只勺鸡也咕咕咕咯咯、咕咕咕咯咯应和地叫。我问一个收菜老哥："这一带是不是有很多勺鸡呢？"收菜老哥露出满口白牙，说："你怎么知道的？"

"叫声从树林冒出来了。我猜的。"

"勺鸡很多。早上、中午、傍晚，勺鸡四处活动。它们经常来到村子菜地吃食。"

收菜老哥的话，让我很受用。其实我没有走入林中。菜园边的林子太密，人很难钻进林子。树杈交叉，树枝与树枝交错。树有小叶白杨、高山柳、青冈栎、川滇高山栎、地锦槭、乐山含笑、鹅耳枥、高山松等。高山柳和鹅耳枥的根部及下部树干上，长出了很多地衣。这些地衣如地耳，浅青浅绿，失水时蜕变为灰白色。我抓了一把，地衣灰末状。春夏时节，湿气太重，树干才有了地衣。

抓地衣时，摇动了树枝，树枝碰着树枝，沙沙沙作响。一群红胁蓝尾鸲和树莺，在林中四飞。我惶惶然——一群小鸟怎么藏身在这里呢？我又惊喜万分。

其实，当我看到一个藏胞大姐在炒青稞时，我就知道这一带有数量惊人的小鸟。藏胞大姐在屋边，架了一口平底大铁锅，一边添柴火一边炒青稞。青稞是大麦属经济农作物，是藏区居民的主要粮食之一，可酿酒可煮粥，秆子可作燃料和牲畜饲料。在村子里，除了麻雀，我没看到别的鸟。有青稞的地方，就有蔚为大观的鸟群，只是青稞已收仓，鸟入了山林。

梭磨河在翻滚。"生活是泥沙俱下的"，梭磨河也是。龟纹石每年会崩塌，山体也会崩塌，只要多雨，泥石流不可避免地危害当地人生活，甚至威胁生命。我看到有些山沟，整体往下塌陷，形成巨大的凹槽，杂草丛生。泥沙淤积而成的土地，却十分肥沃。在这样的地方生活，人有了乐观、坚忍的气质。动物和植物，也是一样的。

4

马尔康，嘉绒藏语意为"火苗旺盛的地方"。在我眼里，确实也是如此。河水是火苗，青稞是火苗，地锦槭是火苗，可耕种的稀少土地是火苗，红桦是火苗，勺鸡是火苗，雪是火苗。还有更多的火苗，藏在山中，藏在河中，藏在边走边唱的人心里。

高高的山长长的河，那是火苗诞生的地方。以火苗为马，我们一起去溯源一条河流。一条纯洁如处子的河。

梭磨乡还孕育了另一条河，源头为大青坪，名茶堡河，由东向西而流。茶堡在嘉绒藏语中意为"阳光普照的地方"。茶堡河是马尔康北部主要河流之一。沙尔宗镇米亚足村是茶堡河源头之一。面对延绵无际的群山，大多数人是幼稚、无知的，因为，没有深入其中的人，永远无法想象群山。我是其中之一。去米亚足的路上，我想，茶堡河与梭磨河，应该没有差别，汤汤浊浊，青白色。

峡谷弯转，路有些颠簸。车中有人晕眩，昏昏欲睡。我却目不转睛地看着车窗外。在脚木足河的龙头滩，过一座公路桥，有悠长斜伸的峡谷，被两边屏障一样的高山夹住。山林色彩纷呈，大红大绿大黄，如画布上的颜料板结。公路依河而行。河水清澈如碧珠如蓝玉。这就是茶堡河。它把我从近似于"蒙昧"的状态中唤醒。我的眼睛"忙碌"了起来。这一带的山体，和梭磨河两岸的山体，有了很大的区别。

眼前的山高大巍峨，山峰千转，如银河的星斗。阔叶乔木和肥叶灌木，把山全盖住了。河边，即使是嶙峋的岩石上，也长着耸入高峡的白桦、乌桕、麻栎、荆条、冷杉、水松。白桦赤条条，如大山里的男人一样高拔壮实。岩石不再是龟纹石，而是石灰石。石灰石硬度大，石体大，任凭风雨雪霜，难以摧毁。

米亚足是沙尔宗最僻远的一个村，海拔已达三千米。雪山在望。斜缓的山坡上有大片的地锦槭和三角枫、乌桕，这类高大树木都是落叶乔木，树叶翻红，赤焰般从森林中喷薄而出，涌起热浪。清早出门时，几点稀稀冷雨，给人恍若隔世之感。太阳跨过了马背一样的山梁，阳光鲜艳欲滴，如坠在枝丫的砂糖橘，汁液丰沛，色泽饱满。畚斗形的山谷渐渐收拢，慢慢收缩，只剩下一条羊肠小道。潺潺的溪流代替了奔涌的茶堡河。

看不见溪，溪声叮叮咚咚，银铃般不绝于耳。溪边蓬勃的森林墨绿。雪山罩着淡雾。淡雾不飘散，歌谣一样漫漶，但遮挡不了雪光。雪光莹白。雪是薄雪，如白纱巾披在山巅。

这是人迹罕至之处。四野寂静。人的声音、呼吸、气息，会被森林吸得干干净净。人如同兔子、山鼠、地锦槭、水滴，成为毫不起眼的山野之物。寂静是风暴止歇之后的那种寂静，是大雪初融、阳光浇灌的那种寂静——一种脱离凡尘的境界。我问藏胞大哥："山上有狼吗？"

"有很多狼。狼在山上活动，很少下山。我们经常在夜里听到狼嚎。黑熊来过村里，吃黑猪吃牛羊。"藏胞大哥说。他脸黝黑清瘦，双眼炯炯。

坚固的山体，茂密的林木，给予茶堡河干净的灵魂。在山下的哈休村，茶堡河缓缓而流。水青蓝。阳山被灌木和草覆盖。一蓬蓬形似灌木的，是黄连。黄连是多年生草本植物。黄连和莲心是苦中至味。莲是水生植物中的贵族，婀娜多韵。黄连却生于苦寒，蓬头垢面。阴山之巅，有两栋石屋，已有两百余年。村人，一个见过世面的年轻货车司机，指着山头对我说："从这里上山，我们要爬两个多小时。石屋无人居住，那一带有狼群和黑熊。"

"在石屋，可以住上一个月，该多好。"我说。

"太高了，只有野兽出没。"

"可以看见猛兽，住一个月也是值得的。"

"你看见了猛兽，估计你会浑身发抖。你是个书生，猛兽会让你恐惧。"

我相信他的话。我没有自己想象中那么勇敢。恐惧与好奇皆与生俱来。而我们对恐惧的体验，非常之少。现在我才想起，在梭磨乡毛木初村，我见到当地一位大哥，他脸部肌肉坍塌式萎缩，如晒干的柚子皮——在他年轻时，狼啃食了他的脸。

一棵四人合围的白杨在哈休村前，如一个时间老人。茶堡河与马尔康其他百余条河流一样，属于冷水河。峡谷开阔，收割了的玉米地素白素黄，翻卷着暖阳的气息。

年轻货车司机说，夏天河水上涨，水獭逐浪上来，弓着身子游泳，很会捕鱼。我故作惊讶地看着他，问："你看过河狸吗？"

"小时候看过。水獭经常看见，每年都会看见好几次。"他笑起来，两撇胡子翘起来，像动画中的阿凡提。

茶堡河有水獭，是我意料之中的。茶堡河是哲罗鲑在川西的主要栖息地之一。哲罗鲑属于冷水鱼，是鱼中"猛禽"，以鸟、蛙、鱼、蛇、蜥蜴等动物为食。在新疆喀纳斯湖，我见过它，扁长厚实的体型，牙齿如钢锯，青黝黑。水獭以鱼为主食，也吃鸟、蛙、蛇，鲜吃植物性食物。水獭是一种分布十分广泛的哺乳动物，但对水质有着严苛的要求，且要食物丰富。凡水獭生活的河流，必无任何污染。

水獭是穴居动物，昼伏夜行，反应灵敏，四季交配，栖息于河流、湖泊、溪流，善游泳和潜水，捕食技术精湛。巢穴藏在河边灌木丛或芦苇丛中，洞口在水面底下，难以被天敌发觉。在我七八岁时，我见过水獭。村前河流多鱼，密林丛生。涨水了，水獭竖起身子，踩着水，左摇右摆，嬉戏玩耍。因为早年森林被大量砍伐，河水污染，在江西，已很少有水獭了。

也只有这样在马尔康流淌的河，给了水獭欢乐家园。

在陌生山野之地，遇上一个健谈的人，是一种福缘。年轻货车司机很是健谈，吸着鼻子，说，感冒了，鼻子抽得厉害。但丝毫不影响他说话时快速的语调，弹簧颤动起来的那种语调。"你看见那棵树冠黑成一团的树吗？"他指了指公路边的阴山山脚，说，"你知道那是什么树吗？"

一团墨绿，树腰粗糙，树叶婆娑，树冠如大圆盖。我说，千年柏树。他竖起指头，晃了晃，说，是柏树，但还不准确。我与树相隔了百余米，看不真切。即使看真切了，我也说不清树名——于一座山而言，我的知识十分匮乏；或者说，面对一座高山，没有人可以狂妄，必须谦卑。

"岷江柏，一百多里长的茶堡河，两边的山，只有这一棵岷江柏。你说，奇怪不奇怪？"

我一时无言。岷江柏生长在川西、川北、甘肃南部一带的高山（海拔一千二至两千九百米）干燥阳坡，叶鳞形，细枝斜长，交叉对生。让我惊讶的是，如他所言，百里群山，只有这一棵树，为什么？我想，很可能是在百年前，这一带有很多这样的树，现在只留下了一棵，已无法繁殖了（分雌雄如香榧），成了茶堡河流域岷江

蟋蟀入我床下

柏的活化石。事后，我了解得知，在川西，马尔康梭磨河下游、茶堡河及大渡河上游，是岷江柏保护区，岷江柏保护得特别好。

白桦树和杉树、小叶杨树、竹子，占领了山阴。山苍郁，如一张美丽的屏风。山高林密，人已根本无法上山了。山中野狼野熊常跑下山，偷袭家畜。

在大藏乡春口村，有一位藏胞大姐，于2019年夏，目睹了狼群猎杀家牛。春口村是大藏寺所在地，海拔三千五百米。这是一个高山草甸，坡上有几株水杉，郁郁葱葱，树叶积着残雪。路边柴垛上也堆着积雪，约五厘米厚。雪在消融，水珠滴答滴答。站在山巅之上，看见嘉绒峡谷如一架水车，卧在群山之间。草伏地而生，根须交错。小檗结出鲜红的小浆果。在朝阳开阔的坡上，长了很多一蓬蓬的小檗（至好的肠炎中药）。松鼠在树丛拱着嘴巴。无论哪一座山，松鼠都很多，索索而动。红嘴鸦在坳谷、草地、屋舍之间飞来飞去，三五成群。

大藏寺门口，有藏胞大姐开了一间杂货店。她穿着棉袄，脸上有阳光的釉色，靠着门框，和两个穿藏袍的中年男人说话。我问藏胞大姐："这里有狼吗？"她领着我，指着山巅之侧一片白雪覆盖的杉树林说："那里有很多狼，去年有狼群，吃了我家的牛。来的狼群，有十三头狼，这么大的狼群，很少见。平常都是三五头狼下来，吃鸡吃羊。"

她说，她家牛羊放牧在草地上，吃了午饭，她去看看，走下林子，去草地，她看见一群狼在吃牛。一头牛被吃得干干净净，剩下一堆血肉模糊的白骨。她说起这件事，一点也不吃惊，很平静，似乎这是一件司空见惯的狼吃家畜事件。

春口村，只有不多的几户人家，我也只看见了几个居民。山脊如牛背。向北而望，是莽莽青山，山巅披着薄雪，黑黄黑黄的树林在雪覆之下，变得斑斑点点。向东遥望，是更高延绵的雪山，白雪皑皑。雪山，一座比一座高耸。雪山叠着雪山，最高的雪峰隐匿在白云之中。阳光变成了白闪闪的金色。那是无人之境，是雪豹和狼的祖居之地。

我从来没有看过这样的山形。藏胞大姐杂货店背后，是千仞之高的陡峭山坡——山体也不是塌陷，而是整体凹下去，形成一个十余平方公里的高山盆地。山坡如壁，森林墨绿。积雪在树梢沙沙沙抖落的声响，震彻山谷，让人震撼。这是人无法行走的山坡。

在下山时，车避让着骑摩托车下山的藏胞，在弯道口子停了下来。我抬头望着迎面的山坡，被眼前的景象意外地震惊了。那不是山坡，而是一幅壁画：红桦落尽了树叶，树皮赭红，白雪盖在地面的树叶上；水杉墨绿，剪出一帧帧挺拔的侧影，如一群穿蓝衫默诵经文的人；风吹翻乌桕黄叶，欲飞欲落；矩鳞铁杉呈塔状，苍翠浓郁，像高山最后的贵族；白桦伫立，静默地仰望着群山……层染的山，一座毗连一座，蜿蜒、逶迤、幽深的峡谷是一个被珍藏的神秘世界。群山如大地隆起的肌肉，峡谷如纵横交错的经脉，河流在经脉里奔流。而嘉绒峡谷，横亘马尔康南北，延绵无际，令人景仰。

大雪夜

2013年元月2日，我在宁波。大雪已纷飞了一天一夜，城市成了童话世界，到处都是厚厚的积雪。下午雪霁。入夜，雪又纷纷扬扬。街上清寂，很少有人在行走。我就餐出来，和朋友在街头告别。我站在街角，看着朋友打着绛红色的伞，脚步蹒跚地远去，背影在逐渐缩小、隐没，被雪花匆匆笼罩。在此时，酒店播放着《人生何处不相逢》，陈慧娴舒缓、低沉的歌声，随雪花一起落得我满身。旋律奢华、质朴、潺湲、伤感，如冬雪初融。我怔怔地听得恍惚，歌声戛然而止。我有些失魂落魄。我给朋友打了一个电话："你等等我，我再送送你。"

我朝朋友家楼下小跑而去。朋友站在楼道铁门内，正在锁门。我看着朋友，一时无言。我一只手握住了朋友的手，一只手拉着铁门，对朋友说："不知什么时候，我们还会再见面。"朋友看着我，说："我去安徽看你。雪这么大，你快回去吧。"

朋友上了楼，我还站在楼下。街灯昏黄，雪扑簌簌而下。雪片如一只只飞蛾扑向灯光。我踏雪沿街游荡，头上、衣服上，落满了

蟋蟀入我床下

雪。转了两条街，我都没遇上行人。雪在飘，飘着落寞和凄清。回到酒店，我坐在大堂沙发上，看着门外盈盈白雪，在旋飞在狂舞。寒风一阵阵地灌入我衣领。酒店客人很少，落地音箱在循环播放《人生何处不相逢》（陈慧娴演唱）、《黄昏》（周传雄演唱）、《一场游戏一场梦》（王杰演唱）、《鬼迷心窍》（李宗盛演唱）、《当爱已成往事》（李宗盛、林忆莲合唱）。这几首歌，堪称经典永流传，我都很喜欢。

翌日下午一时十五分，我坐火车回安庆。火车是绿皮火车，走得很慢，路绕得远，到了金华，已黄昏。卧铺车厢里的乘客大多入睡了。火车哐当哐当，车窗外飘着雪花。村舍向后慢慢退去、消失。大雪依然喷涌。在金华站，火车停靠时间比较长，我下了火车抽烟。站台冷冷清清，阴阴沉沉。站台响起了熟悉的旋律：

随浪随风飘荡

随着一生里的浪

你我在重叠那一刹

顷刻各在一方

缘分随风飘荡

缘尽此生也守望

你我在凝望那一刹

心中有泪飘降

……

　　火车和站台一般播放的歌曲是《祝你一路顺风》《回家》，我不知道站台为什么播放这首歌，有些出乎我预料，但一下子击中我内心。站台之外是黑乎乎的山野，被雪花微弱地映照。黑茫茫的冬夜，让我惘然。

　　回到卧铺车厢（包厢只有我一个人），我有些亢奋。我不饿也不困。火车继续向西行驶。雪花落在车窗玻璃上，被风刮下来。雪花在变形、散开、刮走。玻璃上印有星星点点的雪点，"千疮百孔"。我惘然，是因为我对生命有了恍惚之感，忘记了火车从哪个站点始发，去往的终点在哪儿，途经哪些站点。这种感觉瞬间抓住了我，如一把钢叉，插进了我心脏。火车像一条疲倦的河流，飘忽不定，行踪不明。

　　在火车上，我安坐了一夜。一夜无眠。我一直在想与生命有关的问题。我翻开笔记本，写下：

　　　　多少年后，你已经不在人世，假如我还活着，我要去你生活过的院子里，探寻你停留的影迹，在树下，在摇椅上，在衣柜前，在书架边，我会久久伫立，感受你当年的气息：

空气里残留的咳嗽声，始终没有消费完的梦境，窗台上晾晒的旧皮鞋，阅读了一半的诗集，不再滴水的筷子，压在屋檐上的薄雪……我会把你吸过的尚未腐烂的烟头捡起来，把你的破围巾包起来，把你的蜂蜜罐存放起来。可能那时我已无法走路，只能坐在轮椅上，用你喝过的杯子喝水，用你的旧脸巾洗脸。我要在树下打盹，独自度过一个黄昏，等月亮慢慢升上来，从水井里爬到树梢，摇摇晃晃。那样，我可以看见一张脸，月亮一样圆润，葡萄一样多汁；那样，黑暗的旧时光会喷涌而来，像一列迎面而来的火车，带着呼啸、大地的痉挛、空气撕裂时发出的焦味、钢铁尖利的磨牙声、一千里路的阴霾。

这段文字，用在我散文《脸》的开篇。在长达三个月的时间里，陈慧娴的歌声在我内心游荡，像个孤魂。我摆脱不了这个孤魂：何谓生命？何去何从？

从20世纪90年代初期，我就十分喜欢陈慧娴演唱的《人生何处不相逢》《千千阙歌》《飘雪》《红茶馆》等歌曲，尤其喜欢《人生何处不相逢》。这首歌由罗大佑编曲、简宁作词，主题是"分手的年代"。这个主题适合所有年代与成年人。只不过，中年人会有更多感怀，套用一句俗语：所有的离别都是下一次重逢的开始。

晏殊（991—1055）是北宋政治家、文学家，江西临川人，十四岁以神童入试，赐同进士出身，以词著于文坛，尤擅小令。临川衙府后，有一个花园，名"金柅园"。晏殊既是文坛领袖，政治地位又显赫，他为官十五年回乡省亲，老乡友在金柅园以乡情相待，推杯换盏，莺歌燕舞。晏殊信笔写下《金柅园》：

临川楼上柅园中，

十五年前此会同。

一曲清歌满樽酒，

人生何处不相逢。

那时他尚年轻，烟花堆柳，尚且不知"昨夜西风凋碧树，独上高楼，望尽天涯路"（晏殊《蝶恋花》），人生哪有什么生离死别。

词作者简宁给歌词取意"相逢"，实写"别离"，写一代人的别离（出走）。陈慧娴于1988年10月发行的专辑《秋色》，辑录《人生何处不相逢》。1989年8月底至9月初，在香港红磡体育馆举行六场"几时再见演唱会"，并宣告暂别歌坛，去美国留学。我在1995年，才看到这场演唱会的音乐碟，再也没有忘记这首《人生何处不相逢》。我正当丰茂之年，相信有别离就有相逢，相信别离只是人生的一个插曲，相信未来可期。

　　　　　　　　　　　　　蟋蟀入我床下

我买了音乐碟，送给一个很爱音乐的异性朋友。我们每每相谈甚欢。但最终我们也如歌曲般，戛然而止。人生有很多东西，放弃是最好的选择。我们生活在同一个城市，终究再也没有见过面。也或许，我们从来就谈不上分别。人活一辈子，走着走着，就遇上岔路，走着走着，在岔路上不见了。

　　在单身时，我住单位家属宿舍（一百四十多平方米大房），房子里只有一张写字桌、一张床、一个书架、一张茶桌。书架上、床上、桌上堆满了书刊。书架留有一格，存放音乐碟。睡前看两小时书，边看书边听音乐。陈慧娴、张学友、罗大佑、童安格的歌，我听得最多。《人生何处不相逢》陪我度过青春的夜晚，对我而言，这是我的青春圆舞曲。

　　但我没有思索过这首歌，或者说，我还没学会思索。人生的有些况味，需要到了相应的年龄，在某个特定的环境，被某些东西（如一支歌、一首诗、一个眼神、一次落日等）撩拨出来，弹奏起了心弦。在宁波的雪夜会友，陈慧娴的歌声突然拉响了我内心的汽笛，令我沉浸在万分伤感的情境。

　　当火车在雪夜奔驰、停靠，陈慧娴的歌声再一次把我埋在生命之中的疼痛唤醒。我思考与生命有关的一切：疾病、死亡、告别、相逢、思念、孤独……我从未有过这么强烈的生命意识。我全身心地投入，去书写电光石火般的生命一瞬。

这就是我写作散文集《我们忧伤的身体》的缘起，如歌所唱：

　　　随浪随风飘荡

　　　随着一生里的浪

　　　你我在重叠那一刹

　　　顷刻各在一方

　　人活一生，在大多数时候，如何活，活成怎样，并不由自己。我年过四十之后，才渐渐明白歌词中的"随"字。随风随浪，如萍如蛾如尘。哪由得了自己做主呢？我因此有了一份从容淡定，没有了痴妄心。"重叠"是一刹，"各在一方"才是人生常态，有什么人什么事，不可以放下呢？人活着，不纠结就好。

　　人在何处相逢？说是相逢，不如说是偶遇。偶遇是生命至美的礼花。

　　　　　　　　　　　　　　　　　　蟋蟀入我床下

黑暗中的耳语

　　黑暗是在人群散去之后，从隐秘的甬道里漫溢出来的。从草坡旁的紫竹丛中，从合欢葳蕤的树冠上，从小山冈的枫树林里，夜色呈黏稠的滴液状，扩散在每一个角落。像一滴墨水，滴落在一杯清水中，氤氲开来。

　　在学校大门前有池塘，右边是菜地。我从塘坝弯向菜地，穿过一片樟树林，到了山坳的洼地。整个郊区的夜晚已无人声。校园里的灯光悬浮在半空中，像汪洋中星散的灯塔。夜晚是从池塘开始的，天还没暗下来，鱼群在水面上划起啵啵啵的声浪，野鸭从芦苇丛里，呼地低飞，再没入水中。蜻蜓在荷叶上，忽停忽飞，一只鲤鱼跳起来，把蜻蜓吞食。鲤鱼，是一只蜕变的月亮，淡黄色。

　　这是一个县城的郊区。我的故乡在千里之外。县城犹如一只乌龟，静静地趴在长江的右岸。僻远的近似于乡间的县城，街上早已人迹寥寥。晚饭后，我在校园里走一圈，约半小时，再往池塘漫步。这是闲适时的功课之一。植物的气息遍布全身。四季的时蔬，矮墙上的苦竹，扎成篱笆的狗骨树，和干燥的泥土味，在半凹陷的迷蒙的星空下，混合交错，形成郊区静谧的安详。不远处，是一座低矮的山冈，灌木和阔叶乔木错落丛生，小村庄沿山边而建，隐隐约约的灯火在唰——唰——唰——唰的林间私语中，多出一份古朴，生出一份安好。

如果把半径拓展成一条直径，我会从村前的斜坡往废弃的砖瓦厂走。有一条羊肠小道，路边匍匐着杂草，苍耳茂密地扭结，形成窝棚。废弃的取土之处，在小道下面，衍变为鲫鱼跳跃的湖泊。人烟淡去，在树梢上与湖边雾气融为一体，渺渺，稀薄，最后的一笔写意在山梁隐没。我常去走访山边的人家。在月下的院子里，散一圈圈的纸烟，喝清苦的山茶，和邻坊人家像睽违已久的故人一样，说一些芝麻一样的陈年旧事。院子一般种有木槿、枇杷、板栗，或芭蕉、杏树、桂花，屋后是密密的桂竹或柿子树。水井里，有潮湿的意蕴，井边的指甲花幽幽地开。随风涌来的，是长江湿润的青涩味道。

两只麻雀，从窗外飞了进来。叽叽喳喳，一蹦一跳。我的办公室有四扇窗户，窗户上方有一扇小叶窗，麻雀从小叶窗钻了进来，愣头愣脑，在书橱上，在空调柜机上，在花架上，跳来跳去。我的办公室外是一条走廊，走廊墙壁上方的三角形夹角处，有一条管缝，麻雀在管缝两端，各垒了窝，细细的干茅草露出来。每年的四月，几只雏鸟从巢穴口，探出尖尖嫩黄的嘴，唧——唧——然而麻雀飞进我办公室，却鲜有。前天下午，我去卫生间的间隙，麻雀乘机进来啄食，在地板上，忽而东忽而西，忽而觅食忽而回望，似惊恐似惊喜。我转身进来，把门和小叶窗关上，麻雀在几个窗棂蹦来蹦去，偏歪着脑袋。我要把它们关几天，看看它们怎么办。第二天早上，麻雀不见了，怎么出去的呢，我百思不得其解。今天晚上，又进来两只。夜晚到了，鸟投林归巢，时间相对是准点的，可它们来我办公室干什么呢？是不是昨天那两只呢？

地上并无东西可吃。麻雀站在空调柜机上，啾啾啾。办公室有两钵兰花，是做绿化的朋友送的。我半个月浇一次水，放在走廊晒两天阳光，半年施小半碗油菜枯饼肥，兰花叶阔根粗，很是悦目。一钵放在书架上，一钵放在空调柜机上。麻雀就在花钵上，栖下来。

鸟有一定的趋光性，但晚上了，还来我办公室，是不曾见过的。十点钟，我准备回宿舍休息，站起身，麻雀噗噗噗，飞起来。可无出口可逃。我把灯关了，坐在沙发上，想看看鸟儿如何逃生。漆黑的房间里，我的走动已经使它们不安，朝窗户飞，嘣，撞下来，又飞。四个窗户，成了逃生出口的四个假象。麻雀看不到窗户有玻璃，透明的玻璃实施了障眼法。

校园里，有许多树，香樟、桂花、李子、板栗、梨、枇杷、桃、柳、栾、枫、松、梅、含笑、合欢、忍冬、樱花、紫荆、银杏,鸟儿四处可见,尤以鹧鸪、乌春、麻雀、白头翁居多。也有野兔和黄鼬,在竹林里出没。秋冬季节,草结籽树结果,墙头上,树丫上,屋檐上,到处都是鸟儿,扑棱棱地飞来飞去,啄食嬉闹。第二食堂,差不多每天有鹧鸪进来,在地上啄食遗落的饭粒。三只五只,趴在学生的脚底下,吃一下,看一下人,深绿的眼吧嗒吧嗒地翻动眼睑。甚至还站在桌子上,冷不丁地从学生碗里叼食。有几只鸟,常年都在食堂,赶也赶不走,在户外晃悠一会儿,又回来。在食堂边的小山冈上,有好几个鸟巢,建在野柿子树上,或灌木丛里。误入我办公室的麻雀是迷途还是想另行打窝呢?事实上,我这儿除了开水,什么吃的也没有,打窝的洞穴更没有。或许是窗外气温低些,我这儿较为温暖。它们不知道,我这儿反倒成了囚室。天空的使者,成了迷途者。我把门打开,它们忽地飞出,啾——啾——啾——不知它们会在哪儿过夜。我怔怔地看着窗外,学生已经安睡,淡淡的灯光在草地上铺上鹅黄色的光晕,露水悄悄地在草尖上凝结。

四月、五月,九月、十月,这里的气候是非常宜人的,气温一般在二十摄氏度。谷雨过后,围墙下上百株的蔷薇全开花了,大朵大朵的殷红娇艳,小朵小朵的粉白羞涩,一层一层往上举起夏季的凉帽。毗邻的茶花,哇的一声,覆盖了昨夜的小雨声。山冈上,连片的

蟋蟀入我床下

一百株桃树和一百株梨树，成团的香气抱在一起，它们像一群穿花衣的小学生，坐在地头无忧无虑地唱歌。可我还是偏爱深秋多一些，色彩斑驳一些，空气里的青涩不那么黏糊糊。草枯黄，枫叶晚霞一般飘动，落叶的竹子更显遒劲刚硬，看起来有点魏碑体。夜晚也更澄明，月光有些寒凉。

　　和城里的月光不一样。我会想起长江，在圆月的时候。长江绕城而过，阔大的圆弧像圆月。它的下游是我的故土。长江进入鄱阳湖之际，与我母亲饮水的河流相汇合。有好几个夜晚，大家都安睡了，我披衣下楼，坐在草地上，静静地看头上的月亮。苍穹有淡淡的云翳，絮状，金黄色的月亮在游弋。我沿着校园的小道，在一圈圈地走。冷涩的，清寂的，犹如水底下的幽深之夜，不远处的山峦有稠密的黛黑。我拿起手机，翻看号码，号码有一千多个，但我不知道要把电话打给谁。分享一个黉夜的圆月，除了婆婆的影子，可能很难找出更适合的对象，假如还有的话，那么就是栾树底下的池塘。我在废旧的台阶上，写下《月亮》：

多年，你守身如玉

多年，湖水在疲倦的时间里囤积

你是留给我的。你和我有着相同的皱纹，霜色的旧事

寒凉的露水一遍又一遍说出南方……

噢，你照耀的南方，我所剩的青春屈指可数

在最后的岁月里，你会照耀我辽阔的故园

照耀我小小的心房，痛和温暖在此交织

你是知道的，我日渐枯败，而你圆润如初

　　苍穹，在这寒凉的深夜里，我无数次地举目凝望，越发深邃无比，星光透明。仿佛是自己无法掌控的内心。在操场上，在山冈上，随便从哪个角度哪个高度去遥望星空，它的高远无法更改。千万亿年前，与我现在看到的星空有区别吗？千万亿年以后，星空又会在哪儿呢？亘古的河流在头顶上静默地流淌，一秒一秒，孱弱得使我们毫无知觉，直至把我们悄悄淹没，把万物销毁，推着四季的车轮碾过，隐没在时间的滑道上。

　　枯草遮盖的小道，适合一个被月光惊醒的人，轻轻漫步。

　　在异乡，呼呼呼的狂风会让一个敏感的人彻夜难眠。深冬或早春，雨水不知疲倦地造访。坡地上，操场上，淌细细的水流。学校处于县城的最高处，在两个山冈的夹坳里，风横穿而过，磕碰到树枝，发出惊骇的声音：呜——呜——呜——我坐在办公室，风声尖利地刺进来。高高的合欢树，茂密的香樟树，枝条柔软的枫树，已成了风声的制造机。

在晚上，我的生活是慢节奏的，吃过晚饭，散步半小时，回办公室办公至十点，巡查学生宿舍半小时，回自己的蜗居洗刷看电视至十二点睡觉，第二天六点起床，复始一天。而一场大雨把这些秩序打乱。我站在走廊上，雨水噼噼啪啪击打在玻璃上，呜呜呜的风声一阵紧似一阵。风声像是从地下咆哮出来的，开山裂石；也像是洪水浩浩荡荡而过，带来横扫千军如卷席的茫茫气象。听着听着，觉得自己的肺腑已经被淘洗多次，被反复搓揉。而我故土的风声是轻轻慢慢的，送来南方稠密湿润的青草味，雨斜斜飘着，鸟儿匆匆。而这里，天空的阴霾早早地铺满了视野，厚厚的，沉重的，有窒息感——像泥石流。

把办公室的前门关上，后门打开。有人找我，敲敲门，我从后门把人叫进来。来人说："你怎么把办公室换了？"我说，没有啊。来人说，怎么看起来不像之前的。我说，开门的位置不一样，给人的空间也不一样，有魔幻主义。其实，我开后门，是便于风声早一秒涌进来。初来这里上班的人，都会惊惧如此悲怆的风声。雨把人赶进了宿舍。我却不知所措。

当然，深冬早春，美妙之夜是曼舞雪天。树梢上，屋顶上，草地上，廊檐上，到处都是慢慢淤积的雪。漆黑的夜里，淡淡的灯光给雪花变幻了色泽，是红白黄糅合的杂色。花圃里的茶梅，今夜又将抽出花朵。天越寒，茶梅花越盛大。

夜的长度和孤独的长度有关。我日渐陷于失语。在校园里，每一个夜晚，每一条大路小道，我都要踱步一次。我已很少和外界联系，大部分时间处于失听和至盲的状态。而有几个人，每每至天黑时，我都会默念他们的名字。我举头仰望天空，他们和星星没区别，那么邈远又那么亲切，朗朗地照彻。或许，他们看见南飞的大雁，也会默念我。而我只能把夜晚一分一秒捏成齑粉，沉默无语。

溪声

在郑坊盆地野外观察两年之后，我以为，自然之声最美妙的序章是：四季的溪声，夏晨的布谷声，夏夜的油蛉声，秋日山冈上的风声，冬夜的暴雨声。

秋风肃杀，风声如弯刀在空中飞旋，呼呼呼呼，席卷并收割万物，最令人敬畏，也最令人悲伤。初夏的清晨第一声啼亮的鸟，是布谷，噶咕——噶咕——两声长两声短，叫得多么亲切，拖着露水一样晶莹剔透的尾音。"噶"在我的方言里，与"家"同音，于是在我听起来，就是"家姑，家姑"地叫，说有多亲昵就有多亲昵了。布谷叫了，黄豆黄瓜下种了，它也求偶孵卵育雏了。布谷的每一声啼鸣，都催出种子微笑的生机。油蛉对着月亮拉竖琴，把田畈当作自己的露天舞台，它们坐在田埂上，蒙着草影的面纱，悠扬地拉起路易斯·施波尔的《幻想曲》，拉起杜塞克的《C小调奏鸣曲》，田野散发抒情的腔调。冬夜的暴雨声激越凌厉，给大地强烈的碾压感。暴雨下，树木瑟瑟发抖，屋顶晃动着倾斜，大地像一张泪水横流的脸。雨声坚硬，沙子一样堵塞了我们的发声系统。

溪声婉转，以一种声调周而复始：咕咚咚，咕咚咚；或叮叮咚咚，叮叮咚咚。溪声永不止歇。假如它止歇，那么溪已死亡，以水的消逝而终结。

溪是最小的河，是流速变化多端的河，是大河的最上游。大河辽阔，浪声滔滔，浑圆的落日照耀每一个人的黄昏。舟横于野，鸟翔于天际，鱼群浪游。溪却狭窄，出于山中，溪边芭茅、芦苇、藤萝、灌木丛生。溪是藏在幽谷的叶笛。溪声，是我们一生的童谣。

一种曲调，却有无穷的韵律。2020年谷雨前后几天，不知什么原因，我在凌晨两点，会准时醒来，醒来之后，很难入睡。我似乎被一种暖暖的东西，烘烤着。窗外的溪声咕咚咚，咕咚咚，显得更清脆，更柔美，更明亮。像一道暗盒里玉质的光。我夜夜听得入神。每次听，我觉得溪声与《生佛不二》协奏曲非常相似。《生佛不二》是钢琴与长笛的协奏曲，以轻缓柔曼的钢琴演奏序曲，继而长笛渐渐悠扬，再而合奏，钢琴曲收尾。长曲如春日雨霁，雨水漫溢大地，太阳菊蒿花色，光晕白白。雨水漫过之处，草尖抽芽。溪声潺潺，一连串的音节从水波翻卷出来。溪水撞击小块鹅卵石，水声如钢琴弹奏而出，音阶忽而高忽而低。溪浪推着溪浪，连绵不绝，水声如长笛幽怨。

窗外半扇形的田野。即便是黑魆魆的深夜，仍有微淡的天光析出来，光如水色荡漾。我靠在床上读《圣经》。短道速滑运动员萨拉丹丹送给我两本《圣经》，一本黑皮，一本红皮。我把黑皮版带回了枫林。在失眠的深夜，读《圣经》，可能是最好的辰光了。溪声，像是给我一个人的阅读伴奏。假如是明月之夜，远山会清晰地呈现，像一块巨大的屏风，雕琢着青松、月色和夜的倒影。我便感觉到，此刻的人世间，等待天亮的人有三个：月色、溪声和我。而我是虚拟的一个，虽有人的形体，却随时可以被清风吹向田野。月色和溪声，塑出了人的魂魄。月色苍远，溪声绵绵。这样静谧的夜晚，会有人来到我的窗前，与我相见。与我相见的人，都是多年未见的人，或者无法相见的人。有时，来人穿着麻色短袍，掉光了牙齿，他把我抱在胸前，轻轻抚摸我的头。我忍不住轻轻唤一声："我的祖父，你为什么又从大地深处返身回来？"有时，来人围着灰黑色淡黄条纹的围巾，眼神低低地看着我，一言不发，慵倦的样子像淋了细雨，急欲发芽。我伸出手臂，想揽住她的腰，可揽住的是一截远去的流水。我神往遥远的星空，那里定居着与我遥遥相望的人。

是的，我们都是溪水的客人。溪水迎接我们，又送走我们。把我们从哪里接来，溪水不知道；把我们送到哪里去，我们不知道。

谷雨时节，我在峡谷里，看见了三只白颈鸦。它们沿着九曲的溪涧飞，栖落在香椿树上，栖落在柳树上，栖落在木荷树上。它们的尾羽像一束黑蓝色火焰。"叽儿喊——叽儿喊——叽儿喊——"它们的叫声湿漉漉，被水泡涨了一样。白颈鸦的发声器，如两块空空的老檵木合击在一起。这是一种独一无二的叫声,如啄木鸟在啄高高的树洞。白颈鸦在峡谷出现了五天。它们不是呼朋唤友,而是欢欢求偶。夜里一点半,白颈鸦的叫声,会在田野某一棵树上,孤零零地响起,约在三点结束。这是我第一次发现,白颈鸦在深夜会按时啼叫。夜鹰也会在深夜巡游时啼叫,哇哇哇,婴孩恐惧时啼哭一样。可盆地里,已多年没有夜鹰巡游了。白颈鸦在深夜啼叫了十余天,便不叫了。我不知道它为什么在深夜啼叫。它深夜的叫声,很悠长,也急促。它既像不死之鸟,又像末日之鸟。

溪声应和了白颈鸦啼鸣。这是两种不一样的原声,韵律和节奏差别都很大。奇妙的是,交织的声调产生了巨大邈远的和声。我站在窗前看田野,除了虚虚的白和飘浮的黑,我什么也看不到。溪流就在窗下,蛰伏在堂弄与田野之间。

在晚上九点之前,早上五点之后,溪声并不真切。行人来来往往,嘈杂声声如瓦罐破碎。家禽与土狗也多。溪仅仅剩下流水,声音消失在繁杂的人世间。即使在无人的峡谷里,溪声也不响亮。我沿溪边往峡谷,走了十余次,也没听到一次如晚间透亮的溪声。鸟声沸腾,尤其是松鸦,十余只成群,在溪边的杂木上,撒欢嬉戏逗趣。它们在争偶。它们棕衣一样的羽毛,往往被同伴啄了下来。但它们乐此不疲。其实,鸟叫声不影响我对溪声的聆听。而这样的现象确实存在:任何声音,在白昼的传送,变得更稀薄。溪声也是如此，软软的，糊糊的。无疑，众多动物的繁杂声对声音的传播有影响。因为鸟作为大自然重要的成员，它们需要在白昼尽情表演。声音对声音有了干扰。

在峡谷的尽头，是枫林水库。大坝底下，是深壑。筑大坝时砸碎的岩石，也堆在这里。深壑两边的山，如两个巨型的草垛。山把峡谷收拢，形成一个风口。碎岩石堆，已被葛、七节芒、络石、箬帚茅、檵木、野麻、金樱子、刺藤、覆盆子、蓬蘽、构树、野山茶等繁殖力很强的植物覆盖了。大坝泻下的水，在藤叶草丛之下，发出咕咚咚的溪声。壑中碎岩石比较大，水声在石块与石块之间，形成水声的回音壁。溪水声有了轰隆隆的音效，听起来，很激越。每次去水库，我得在坝底下站一站。激越的溪声，让我激动。

在雨天，溪汇集了山体流下的雨水。雨遮蔽了天空，雨线密得看不见。雨吸走了天空中的光，吸走了大地上最后一丝热气。天空如一个水球，爆裂了，水哗哗哗哗，以一滴集结一滴、一滴拉扯一滴的形式，赶赴大地。峡谷像声音的魔盒，被雨打开了。雨打树叶草叶声，雨打岩石声，雨打水面声，雨滴打雨滴声，雨水在山体的流泻声，它们合奏在一起，吞没了溪声。让我想起在古代乱世，逃亡途中的马群，在峡谷马蹄翻飞，蹄声踏踏。雨停止了，溪流才爆发出振聋发聩的咆哮，让人惊骇。

在少年时，有一次我被溪浪的咆哮吓坏了。仲夏的暴雨如水枪直射，山溪一下子上涨了。我在拱桥底下躲雨。拱桥下，有一道石头砌的矮石墙，溪在墙下翻涌。黄浊的水浪高高翻起，又落下，水轰击着石墙。我感到石墙在剧烈晃动。溪声轰轰作响，有强烈的吞噬感。石墙侧边有一棵斜长的老柳树。我紧紧地抱着柳树根。我祖父冒雨，找到我，拉我走。我还不敢松开手，我的牙齿狠狠地咬着嘴唇，嘴唇血糊糊。上了溪岸，我的双腿还在打抖。山溪暴涨，曾发生过淹死小孩的事件。

门前溪流源自太平山的一口泡泉，与斗坞的山泉水，形成了两米宽的溪涧。二十年前，村人每日清晨挑水桶，到拱桥下的石埠挑水喝。一担水桶，约百升容量。大人提一个水桶，叉开脚，从水潭掬水上来。水潭约一米深，潭口有两个，一个供饮水一个供洗衣洗菜。潭边嵌着长条青石板。也有小孩来抬水，一高一矮，水桶摇摇晃晃，晃到家里剩下半桶水，裤脚被水溅湿。早餐之后，妇人在埠头洗菜，说说笑笑。也有妇人把摇篮摆在水潭边，嘴巴哼着催眠曲哄孩子睡，手里浆洗衣服。溪通过村前公路涵道，涌入饶北河。

涵道是圆筒形，溪水流过去，音质变了，呜呜呜。像一股风在涵道里打旋。我跳下溪，把头伸进涵道，一个圆形的亮光罩住阴寒的另一端洞口，耳鼓有轰轰轰的噪音，溪水却是哗哗哗哗。人站在涵道外不同的位置，音色不一，音量也不一。涵道成了溪水的共鸣腔。鱼喜欢聚集在这里觅食。往涵道扔一个石块，鱼啪啪啪啪击打水面，但不逃跑。溪入河口，也是鱼聚集的地方。溪水把饭粒、米粒和菜叶等，带入了河里。宽鳍鬣、白条、鲫鱼，爱吃。与饶北河交接处，是厚厚的淤泥，面上沉着细沙，河水在这里回旋，淤泥外便是一个潭。潭下有大鲤鱼。

与穿过村子的平缓溪流不同的，是出自白山篷的溪涧，一路湍急。穿过村子的溪流在山之阳，白山溪在山之阴。山巅以西，有略矮山峰，石白色，名白山。在民国时期，这里是原始森林地带，老树参天。守山人姓吴，在山中很小的深坞搭篷而居。山坞遂取名白山篷。吴氏在20世纪60年代下山移居，森林也日渐减少，直至森林消失，灌木、地衣、茅草等依势而生。山坞呈筲箕形，地势北高南低，溪流出约一华里，突现一个断崖，断崖高百尺，且崖壁内凹如瓮壁。

崖下深潭，有多深？我不知道。也从无人下去，水太冷。崖瀑飞溅，如白练当空舞。瀑是跳崖的溪。百米之外，我们就能听到溪瀑奔泻的哗哗哗声。水花飞溅。崖壁黝黑，长着厚厚的水苔和地衣。有一种形如雨燕的鸟，四月来到盆地。它斜倾着身子上上下下翻飞，叽叽叽，叽叽叽，亲切得像是叫亲人回家一样。它斜身穿过溪瀑，在崖壁上筑巢育雏。落水声喧哗不息。溪终年长流，百年也未见断流。

而穿过村子的溪，到了农历七月，便无水可流了。水被引到田畈去灌溉农作物。溪成了死溪。冬雨来了，溪又活了过来。活过来的溪，让村野有了魂，唱着野曲的魂。在严冬和寒春，是酥雨最盛的季节，下得不知疲倦，溪日日盈满。有了琅琅溪声，我便舍不得在寂寂的夜深睡去。整个巷子里的人都入睡了，屋舍漆黑。巷子里没有了跫然的脚步声，没有了咳嗽声，没有犬吠，溪声是我的所有与唯一。无边无际的寂静如蓝色的湖泊，假如有残月或碎星，湖泊便有了更为广阔的哲学意蕴——大地上所有的一切，等待寂静慢慢唤醒。溪声是寂静的一种异形，是另一种更为深邃的寂静。溪声是浮在湖泊上的一层幽蓝之光。

世界分批次来到我面前——田野渐渐明亮，山峦浮了出来，麻雀钻出隐藏在瓦缝的巢，田畈开阔了起来，石榴树摇动树枝的影子像一张漂白的帆，门闩拉开的响动有些笨拙……大路终于朝天。世界上最伟大的艺术，永远在野外。以声乐来说，溪声便派生出了鲁契亚诺·帕瓦罗蒂、莎拉·布莱曼、迈克尔·杰克逊，派生出了《图兰朵》《天鹅湖》《雪狼湖》，派生出了《信天游》《茉莉花》《送别》。我发现，大自然的高贵之处在于：天籁凝聚了人最美好的品格，即使是平凡之物，也散发光辉，慰藉心灵。

其实，溪不迎接人，溪把每一个人送到河埠。人在河埠上船去往远方，溪声在血液里回荡。人世间的路，不会比一条溪更长。无论是生活，还是生命，面对未来，我都不觉得灰暗可怕，即使什么都没有，溪声还是有的。溪声是自然的原声，是大自然赐予的神韵。我们不要去辜负所爱的人，不要去辜负生活，也不要去辜负溪声。

沙湖山

沙湖山并非一座山,而是庐山脚下一片28.8平方公里的鄱阳湖湿地。八月初,三千亩早稻已收割,泱泱田水荡着晚稻禾苗。禾苗稀疏而有致,行距如阡陌,如一张巨大的绿网。河汊是大地上最细密的动脉血管,循着血液系统密布在农田、藕田、草滩、水塘之间,以最古老的方式哺育一年又一年的万像之物。四通八达的机耕道被柳树、白杨、樟树、刺槐、枫杨所掩藏。少量的一季稻尚未成熟,稻叶青青,穗头黄黄,沉沉低垂。站在圩堤上远望,黄稻田如一朵向日葵盛开在田畴。湿地平原就那么一览无遗地袒露着,毫无保留,带着原始的赤诚、忠厚、桀骜。

耕田机在耖秧田,突突突,泥浆泛起,田泥哗啦啦翻倒。这是最后几块秧田,要赶在立秋之前栽下稻秧。立了秋,栽下的稻秧很难分蘖,稻秆也不粗壮,穗头也小。耕田人戴着草帽,卷起裤脚,沉默着,紧紧握住扶把,推着走。二十多只白鹭追着耕田机,啄食随田泥翻上来的鳅、黄鳝、小鱼、水蟋蟀、泥蛇、蜥蜴。白鹭有大白鹭、小白鹭,时而站在泥浆水里,时而跃飞,仰着喙吞食。求偶期过了，白鹭已很少大声、长声啼鸣，偶有鸣叫，嘎嘎嘎，也不能破灭旷野的沉寂。这是白鹭亚成鸟练飞、独立完成觅食的季节。依依柳树上，浮着麦秸草帽一样的白鹭。

白鹭是另一种野花，白白的，低飞的，或簇拥，或离散。它们开在树梢，开在浅滩、田间、草泽，开在空中。那是一种云白、雪白。"白鹭行时散飞去，又如雪点青山云。"（李白《泾溪东亭寄郑少府谔》）作为一种涉禽，白鹭既是写实，也是写意，自有高阔与灵动，数行点点，翔于白水绿草之上，起于朝阳，落于晚霞。

2019年9月，我对鄱阳湖区的鄱阳县、余干县、进贤县、南昌县、都昌县等地的候鸟保护和湿地生态保护情况，进行深入的实地调查，在湖区走了约半个月，去了南矶山、三江口、矶山湖、康山大明湖、莲湖，却疏漏了沙湖山。沙湖山原是庐山市辖下的一个偏远乡镇，饱受洪涝灾害，2003年撤乡并镇，处耕地区内由12.08公里的圩堤围垦而成，保护面积10500亩，变更为沙湖山鄱阳湖湿地生态保护管理处，实行单退（退人不退耕），实施圩堤安澜百姓安居工程，建设移民新村、推行移民进城，保护湿地生态。2023年8月，我踏上沙湖山，如鸟入林。鄱阳湖浩浩渺渺，镜泊般倒映蓝天，船帆高悬，须浮鸥鼓起翅膀，在湖面掠飞。沙湖山人在清理水道，给稻田抽水灌溉。

是的。鄱阳湖在6月已进入枯水期。在庐山市星湖湾湿地，我看到湖水下降、湖水后退，千余亩湖床裸露，长出了水莎草、纸莎草、荇草、水葱、荻、蘸草、慈姑、荸荠等挺水植物，水洼里浮着大藻、水葫芦、水芹菜、李氏禾、浮萍、水蕹菜、豆瓣菜等浮水植物。都昌县多宝乡通往庐山市的千眼桥，"原形毕露"。这座古桥长2930米、泄水孔948个，由崇祯四年（1631年）在都昌为官的钱启忠捐俸领倡建造，历时五年完成，乡人念钱启忠恩德，故名钱公桥。湖底石桥只有在枯水期露出湖床，此时，湖床演变为草青草长的湿地。桥是互达，是迎接与送别，是出发与远方。

据"江西水文"消息，7月20日11时，鄱阳湖星子站水位退至11.99米，为1951年有记录以来同期最低水位，处于枯水位（12米）以下，至第二年4月23日才重回12米。2023年成为有记录以来最早进入枯水期的年份。

沙湖山的部分湖床，也开始长草。没有水，水稻无法灌浆，冬候鸟也不会来。以鄱阳湖为生的人，在旧时代，世世代代饱受水患水灾，家园被冲毁，农作物绝收，赤贫无屋，茅草结庐，或以船为家。沙湖山是个低洼地，也是洪区，2003年，改为湿地生态保护管理处，稳固圩堤，修复水坝，池塘改造，挖沟引渠，2022年汛期之后，征收房屋668栋，完成单退全耕，移民安居。近年，流转耕地农田六千余亩，种稻种棉种油。近年，鄱阳湖提前百余天进入枯水期，面临长时间缺水。沙湖山人既要防洪，也要防旱。他们提前给

　　　　　　　　　　　　　　蟋蟀入我床下

580余亩水塘、池塘、小湖泊灌水，清渠引水。

候鸟对自己的栖息地，是很挑剔的。越是珍稀的候鸟，对栖息地的要求越严苛。在沙湖山栖息的鹭鸟就有大白鹭、中白鹭、小白鹭、绿鹭、池鹭、苍鹭，还有白骨顶、须浮鸥、斑嘴鸭、水雉、董鸡等其他游禽、涉禽。在沙湖山长湖，野塘长满了野荷，荷叶田田。站在浮水荷叶上，绿鹭静观水面动静，姿势很是闲雅。殊不知，绿鹭是一种凶狠的鸟，啄水蛇、啄水老鼠、啄鱼蛙。它的喙尖长，如一把尖嘴火钳。

绿鹭可以吞下比喙宽的鱼。鸬鹚吞鱼，先入喉囊，再入胃。绿鹭与其他鹭鸟一样，无喉囊，下颌却非常有力，吞咽能力非常强，隅骨和上隅骨交汇的关节能变动，推进推出，变宽变大或变窄变紧。所以它可以吞进比喙更宽的食物，如大鱼、水老鼠、泥蛇等。绿鹭有一种"隐身"的"特异功能"，借助水草、菱荷等绿叶，隐藏自己。荷塘多鱼蛙，也多水蛇，是绿鹭最喜欢出没的地方。也常有涉禽、游禽在荷叶、芡实叶孵卵，一窝三五枚。但绿鹭甚少，其喜单独活动。而白鹭更显目，也更多。"高台聊望清秋色，片水堪留白鹭鸶。"（贾岛《投元郎中》）在南方，有水就有白鹭。

沙湖山是鄱阳湖主要湿地之一。因枯水期提前，不少湿地沙化，无法长草，大量的鱼被晒死。鱼死得毫无征兆，死得毫无尊严，死得无比痛苦。死神降临之前，鱼儿自由地潜泳，自由地翻跳，自由地追逐。往日的湖滩如荒漠，飞沙漫漫。生活在湖边的人，开始想念青葱的草滩，想念漫天飞舞的候鸟。黄沙，黄沙，失却了生灵。沙湖山面临汛期洪水、秋冬干旱的双重威胁。保护沙湖山湿地，科学管理水利，如同一场旷日持久的战役。

鄱阳湖是我国最大的淡水湖，是世界最大的冬候鸟越冬地之一，也是我国淡水鱼类最丰富的地区之一。鄱阳湖既是人类的家园，也是生灵的家园。无数的小湖泊，如珍珠般镶嵌在鄱阳湖四周，银光闪闪，如夜空繁星璀璨。10月下旬，候鸟从北方迁徙而来，来到各处湿地越冬。沙湖山是候鸟在鄱阳湖的主要越冬地之一。来此栖息的冬候鸟有白鹤、黑鹳、灰鹤、白枕鹤、白头鹤、东方白鹳、小天鹅、白额雁、鸿雁、豆雁、白骨顶、大鸨、斑嘴鸭、绿翅鸭、灰头麦鸡、普通鸬鹚、扇尾沙锥等四十多种。它们来到藕田、水塘和草地，觅食、嬉戏，自由地翔舞，鸣声响彻天空。

2023年8月，进入枯水期的沙湖山，清淤引水，确保六千余亩晚稻丰收，也确保冬候鸟赖以生存的湿地不沙化。沙湖山人信守这样的理念：鸟是自然的重要组成部分，人类完全可以和鸟友好相处；人类不可能独立于自然，人类与鸟类在自然面前，在生命面前，是平等关系；人类作为强势一方，有权利有责任有能力去爱护弱势一方的鸟类。每一个沙湖山人，都有自己的保护湿地故事。每一个故事都是动人的。

碧泉湖

隐隐约约可以听到马踏荒野的声音。马信步闲走，从山坡缓缓而下，踏在雪草上，瑟瑟作响。山梁自东而西斜缓，山脊线勾勒出天空的轮廓。疏密有致的落叶乔木林，幕布一样从山峦垂挂，林下积雪反衬着灰褐色的森林，构成了冬日肃穆的质地。雪在刮，碎碎的，无声而凌厉，扑在脸上，有厚重的刮蹭感。雪不是飞舞，是被风刮，刀片一样刮，刮过树梢，刮过湖面，刮过低头走路的人。

其实，并没有马。山林之寂是有声响的。碎雪摩擦树梢，沙沙沙。枯草舔舐着河水，唑唑唑。小鸊鷉扎入湖水，咕咚咚。风搓揉风。寂静之声在内心会引起鸣响，窸窸窣窣。恍然间，我便觉得有马在森林里兀自踏雪而行。抬眼而望，山峦似乎也随着马慢走，在碧泉湖旁偃卧下来。

碧泉湖浮着一层雾气，与雪光辉映。说是雾，不如说是湖的蒸汽。碧泉湖是长白山西北麓唯一不结冰的湖，常年水温在六至八摄氏度。这是一个奇特的湖。抚松县露水河镇有多处温泉，泉流不止，四季常涌，积水成河，流着流着就不见了，素称半截河。不见了，不是消失了，而是与莫崖泉汇流在一起，注入洼谷，水碧如洗，烟波浩渺，无风而漾，于是有了碧泉湖。

湖中栖息着虹鳟。虹鳟是鲑科、太平洋鲑属的一种鲑鱼，头部无鳞，其他部位鳞小如斑，灰黑色，对水质的要求非常高，一般栖息在冷而清澈的溪流源头或高山湖中，水需弱碱性，以贝类、甲壳类、鱼类、昆虫、鱼卵，以及水生植物的叶子为食。这是我第一次见到虹鳟。虹鳟结群，在水底潜游，斑纹似的鱼鳞闪闪发亮，如水中开出的杜若花。湖面上，浮着数十只小鸊鷉和绿翅鸭。鸭科鸟类具有迁徙的习性，在南方过冬，春季在北方繁殖。

绿翅鸭怎么会在碧泉湖过冬呢？在迁徙季而不迁徙，一般是因为"老弱病残"而无力长途飞行，留在栖息地。留下的鸟，也大多是孤鸟，一只或几只，结不了群，生命很脆弱，极易被猛禽、黄鼬、野山猫等"猎手"捕获。绿翅鸭在碧泉湖过冬，成了留鸟，是因为水暖、食物丰富。

雪飘了一会儿就停了。阳光雏菊一样盛开。雾气散去，山谷露出了明净的形态。天空倒扣在湖面，绿翅鸭在低飞，发出嘎嘎嘎的叫声。小鸊鷉在浮游。岸边是密集的白桦林。白桦树落尽了树叶，白白的树干露出节疤。乔木是一边生长一边脱枝的。脱下的枝节会留下乌黑的节疤，等待日经月久的树皮缝合。所有的生命体，在受伤后都会留下疤痕，有的可以被看见，有的却藏在皮缝内层。植物在伤口处流汁液，脊椎动物在伤口处流血，菌类则直接腐烂。树与藤会留节疤，白桦的节疤却十分有意思，像一双乌黑黑的眼睛。于是，白桦树有了许许多多的"眼睛"。白桦林是"眼睛"的树林。积雪压得太深，没了脚踝，最深处没膝，白得耀眼。一只白鸟站在白桦树上，也不叫，缩着身子，俯视湖面。除了积雪，地面什么也没有。

一只鸟站在一枝枯藤上

望着湖面

不叫，也不抖动翅膀

湖面被风吹起一层皱纹

鸟全身白色

眼睛乌黑，炯炯有神

它眨着眼睑

把里面的风挤出来

我坐在湖边一棵白桦树下

有一个上午了

天开始下雪

我望着鸟，眼睛发酸

在记事簿，我信笔留下鸟的踪迹。

四角翘檐的雨亭，坐落在湖中央，如一枝巨大的莲荷。瓦顶上铺着雪，白白的一层。檐角如鹿角，四根柱子如鹿脚。远远看过去，雨亭酷似一头银鹿。一个穿红色袍状衣服的女性坐在亭廊下，面朝远山，缄默不语。她是谁呢？是冬雪的一个隐喻，是碧泉湖的一个表征。她站了起来，支起了一把红色的伞。她并没有走动，只娴静地伫立。我明显感觉到湖在晃动，映在湖中的天空在倾斜，树枝低垂下去，小鹎鹛贴着水面飞，溅起的水花扬起了水线。沉寂的湖，被一个红衣女性惊动，瞬间生动无比。

距雨亭不远的湖里，有一叶轻舟。舟上无人，也没系缆绳，舟不漂也不静止，而是在移动。移动的速度等同风与水流的叠加速度。舟移动得缓慢而坚定，自北向南，水浪不惊，水鸟不飞。舟上也覆盖着雪。这是一叶野舟，也是一叶荒舟。或许被人遗忘了，也或许舟本身就是湖的一部分。舟上的人，已上岸了。谁会在舟上过日子呢？人不会在舟上一直坐下去。坐下去的人，必然上岸。雪，暂时代替了人，乘舟动湖兴。我有些伤感，想起了1101年5月，苏东坡从海南岛回到中原，在金山龙游寺看见自己的画像，写下《自题金山画像》：

心似已灰之木，身如不系之舟。

问汝平生功业，黄州惠州儋州。

几度漂泊，他已放下了一切，与自己彻底和解。两个月后，他病逝。

向东而望，湖岸线是一条阔大的半弧形。山影、树影，倒映在湖中。湖岸线也倒映在湖中，墨线一样饱满、柔韧，富有弹性。厚厚的积雪覆盖了山体，森林显得格外疏朗、冷涩。浅灰色的树，银白色的树，黄褐色的树，土棕色的树，在视觉中，它们都是等高的，它们都是默然的。

出水处，架了宽宽的木桥。站在木桥上，可以眺望邈远的湖景。这时，我才发现湖被山峦环绕。山峦是环形的，坡缓而不兀立。山峦东出，形成一条蜿蜒绵长的山谷。木桥下，是一个约三米高、二十米长的湖坝。坝口飞泻出湖水，轰隆隆轰隆隆，振聋发聩。坝顶悬下厚厚的冰崖。湖水几乎是冲出冰崖的窟窿口跑出来的。冰崖嶙峋，倒挂着，结出一堵冰墙。

泻出的水，挨着白桦林而下，始称碧泉河。其实，它是露水河的一部分。

河三至五米宽、一至二米深。河水翻腾，溅起一股冷冽的山寒之气。我乘气垫船而下。我掬水而饮，却不觉得水寒。木桨划着水，啪嗒啪嗒，水珠飞扬。河床上，都是黑色或黑褐色或深灰色的砾石。水撞击着砾石，冲击出水花，回旋，有了巨大的旋涡。船随时在旋涡打转。缺乏水上生活的人，如我者，无法顺应水的流速和节奏，水路成了茫途。虹鳟在水下搏击激流，摆动着尾鳍，逆水而上。虹鳟顺应着水流的变速而击水。船颠簸得厉害，被水浪抛起又落下。我深深感到人在自然之中，与动物相比，应对自然的能力显著退化。不知道这是人的悲哀还是人的幸运。在自然中生活的年代，离我们太久远了。我们甚至忘记了，在自然中生活，才是正常的生活，而非寄身于高楼。但一切都回不去了。回去，是另一种退化。没有一条路，属于归途。

河岸是石岸。石块上裹满了苔藓。冬季过于干涩，苔藓枯黄了。岸上的白茅或者芦苇，被雪压得严严实实。河水舔着石块，雪消融于水。雪消融了下层，上层薄薄一片，结出了雪冰，隔空悬在河上。作为南方人，我从没见过这样薄如白纸的雪冰，被一根苔衣悬空托举。雪粒或说雪的晶体，粒粒可见，透明，闪射出白光。雪冰上，放一个鸡蛋大的石头，也不碎裂。

坐在船上，如果不仰视，那么眼中所见的森林，是一片密密麻麻的树干。树干有的粗如圆桶，有的细如竹竿，树皮粗糙而皲裂。它们是白桦、水曲柳、鱼鳞云杉、山丁子、核桃树、柳树、榆树、樟子松、红松、沙松、山里红、椴树、红皮云杉、山槐、白牛子、大青杨、枫桦、杏树等。只有针叶树还墨绿，其他树都落尽了树叶。即使没有落叶，叶也枯黄，连风也不屑于抚弄。比如椴树，泛红泛黄的树叶，手链一样串在树丫上。让人觉得那不是树叶，而是一群被冻僵了的枯叶蝶。据白山市当地人说，长白山的蘑菇驰名世界，尤以露水河一带为佳。吉林人称野生菌为蘑，称人工菌为菇。可见吉林人对蘑菇的讲究。我确信当地人的说法。因为河岸两边，倒下非常多的野生树。它们属于自然死亡，或因暴雪，或因老死，它们死而不朽，腐熟期非常漫长，易于生长蘑菇。

南方气候潮湿，适合植物生长，大多数木本科植物属于速长树种，数年便长出十数米之高。北方气候干燥，植物生长不容易，大多数木本科植物属于缓生树种，数十年才长成数米。越速长的树，树死之后，越易腐烂，三两年完成了腐熟期。反之亦然。生长期与腐熟期，是截然相反。这也是一种自然法则。漫长的腐熟期，需要漫长的生命去熬出来。

倒在河岸的树，我并不识得。它们都被雪覆盖了，露出了年轮（树的冠部被锯断）。年轮密密匝匝，那是时间的象形符号。

碧泉河谈不上宽阔，却足够湍急，越往下游，流量越大。顺河而下，我发现有十数处泡泉从岸边涌出。当我回到碧泉湖，回望碧泉河，惊讶无比——湖是一个母体，河是一条长长的脐带。

长白山既是一座森林之塔，也是一座水塔。丰茂的森林和长年的积雪，因特殊的地质构造，密布着数不胜数的温泉，发育了无数的河流，是鸭绿江、松花江和图们江的发源地。碧泉湖是独一无二的森林之湖。站在湖边，我仰望天际，搜寻长白山之巅。山之所以雄伟，是因为要哺育山巅之下的万物众生，给予水源给予山风。在雪季，我登上过长白山之巅。风雪塑造了壁立万仞的裸岩，塑造了稀草地带，也塑造了眺望千里的视野。从山巅往下俯视，是广袤的褐色森林和皑皑白雪。南北纵横东西交错的山脊，如大地上一根根暴突的根须。这些根须，把群山盘结在一起。

见识了碧泉湖，就见识了长白山。碧泉湖是长白山纯净的眼睛。大地之眼。

从碧泉湖带回了一块圆扁的砾石和一根白桦树枝回南方。砾石是普通的黑色石块，被河水冲洗了千万年，被水磨得溜光发亮。树枝只有半截，树皮脱落了半边。不知道以后我是否还会去碧泉湖泛舟、沐雪。当然，可以去钓虹鳟，那无疑是最幸福的事。选一处疏林边，握着路亚，拉起嘶嘶作响的鱼线，迎着夕阳将坠未坠的煦光，抛得远远的，饵坠轻轻滑入河中。我将转起转轴，拽着鱼线贴着水面滑，慢跑着追逐水流。虹鳟跃起，吞食饵料，又沉入水中。耳边响起穿过白桦林的落山风，嘘嘘嘘，如哨音缓落。想起这些，就让我无比向往。

更让我向往的，是碧泉湖的暮晚。我见证过。暮色将合，山峦

　　　　　　　　　　　蟋蟀入我床下

却露出了灰黛之色，森林只现出一层树冠。疏疏朗朗的树冠，如隐身在山坡的野山羊轻轻晃动羊角。雪无处藏身，雪亮雪亮。天空也是白的，略带浅灰色的白。路在森林里无际地延伸，不知所终。天很快黑魆魆了，天幕绽开了星星的花朵。那是繁星点点的小花朵，白色。是我眼中的蛇床花。碧泉湖落满了蛇床花。我的头上和衣服上也落满了蛇床花。和蛇床花一起落下的，是纷纷扬扬的大雪。

雪似鹅绒，只需一阵微风，就忽上忽下、忽东忽西，随风而舞。雨亭上的雪厚了又厚。四野幽寂。雨亭不见了，小舟不见了，湖不见了，森林不见了。雪与夜色融为一体，白与黑互相溶解。我也不见我。雪茫茫，夜茫茫。无关来路，无关归途。雪落在湖面，寂然。碧泉湖容纳了所有落在湖面上的雪。

雪最终化为湖水，被碧泉湖带走。一切的雪，一切的水。

遇见黄檫花

一群高中生在凤凰湖拽着风筝奔跑、欢叫。风筝越飞越高，凭风而荡。这是城郊之湖，坐落在船形的山谷中。山岭呈环形，高低有致。新绿尚未披上枝头，栾树、油桐、香枫、鹅掌楸、山乌桕、七裂槭等落叶树，还是枯瑟，远远望去，落叶树林像是山坡的旧年补丁。野山樱在山腰开起了莹白色的花。莹白色是视觉上的，其实是淡淡的粉红色。山坳有大片大片的野山樱树林。在湖边，一棵高大的黄檫，开出了满枝的米黄色花。高中生绕着湖放风筝。水在湖中放浪形骸。站在黄檫下，举目四望，数十只风筝罩了湖面上空。

我放不来风筝。在他们这个年龄，我在上饶县城的一所师范学校日夜苦读。县城是新建的，学校坐落在罗桥河边。县城的地貌属于丘陵地带，赭红的山冈如波浪漫卷。岩石结构的丘陵，很少有树木生长，长稀稀的白茅和菝葜、粉团蔷薇、胡颓子。秋天，菝葜和胡颓子结甜甜酸酸的浆果，鲜红欲滴。远眺而去，显得格外荒凉和静穆。山冈与山冈之间的小夹沟，杉木和松木郁郁葱葱，给大地平添了一抹亮色，给我们以慰藉。山冈贫瘠，野花零星，但特别摇曳。

在早晨和傍晚，我就选一个僻静的山冈，阅读外国文学。学校只有一个图书室（兼收发室），藏书非常少。我所读的外国文学作品，来自县图书馆和我的语文老师皮晓瑶。其实，在读师范学校之前，我并不热爱文学，所读文学作品非常有限，只读过《钢铁是怎样炼成的》《人生》《第二次握手》。人的一生，是呈曲线状的。就像河流。河流为什么会九曲？是因为水在流动的过程中产生了外向力，同时遇到了河岸的作用力。皮晓瑶老师相当于河岸。

皮晓瑶老师给我讲授语基和文选。她是个年轻教师，音质带有山泉的甜味，知识广博。她讲授文选，与别的老师不一样。她注重讲授作家的生平、作品的特色、作品对后世的影响。我非常爱听她的课，心想，假如每节课都是她讲文选，该是一件多么美好的事情。

皮老师介绍的作家和重点讲授的作品，我必须找来读。皮老师讲巴金，我就找《家》《春》《秋》《寒夜》《随想录》。找遍了县城各个学校的图书馆，也找不到《寒夜》《随想录》。一次，去市区找同学玩，在新华书店看到了《寒夜》，在书架前，决定买一本，但我犹豫了很久。我只有一块五毛钱，买了书，没钱坐公交车，还得饿一餐，走二十里路回学校。但我决定买下。这是我人生中第一次购买小说。回到学校，我把买书的事告诉了皮老师。她很温和地对我说："我家里有很多书，你要读的话，可以去我家里拿。"

她的家是一栋独立的小院房。小院种了菊花和月季。她领着我上了木结构的阁楼，抱出一个大纸箱，给我打开，说："你自己选选，看看有什么需要带回学校读的。"她有许多个装着书的纸箱。我选了《战争与和平》《安娜·卡列尼娜》。她的书都包着洁白的书衣。我心生奢望：以后，我要买很多很多的书，列在书架上，一本一本地读完。

　　读完了，我就和皮老师谈自己的阅读心得。我有写阅读札记的习惯，读完一本，就写三五千字的札记。毕业回家，我生活用品也没带回去，就带了十数本自己写的日记、札记和抄写的新诗。

　　在师范学校第二年，我开始系统化阅读。每个星期，我阅读的书目，都要和皮老师交流。读什么书，怎么读，其实是一门很大的学问。但我当时并不懂。她会给我悉心指导。也在那个时候，我开始了写作。我每天安排自己的作息时间，安排自己的阅读和写作时间，不分节假日。这个习惯，一直保持到毕业后的第八年。

　　毕业后，我被分配在老家的一所中学教书。我给皮老师写信，谈及自己的写作和苦闷。她及时回信，给我鼓励：一直坚持下去，就会有成果。翌年，我调往县城工作，皮老师也前往省城深造。

　　之后，我多次变动工作地点，也从事不同的工作。但我一直没有耽搁下来的是阅读。即使在外地工作，我也始终保持着和皮老师的联系。于我而言，皮老师打开了一扇窗口，让我看到了辽阔的

　　　　　　　　　　　　　　　　　　　　蟋蟀入我床下

世界。我透过这个窗口，看到了雪国、阿尔卑斯山的苍鹰、西伯利亚的流放者。世界，需要我们深度去感知、认识；生命，也需要我们深度去体悟、刻写。她就是一个教会我去感知和刻写的人。

散文集《河边生起炊烟》出版后，我做了一次三十年创作回顾的分享会。我请来了皮老师。她是我文学的启蒙者、写作的见证者。在分享会上，皮老师并没说很多，而是温情脉脉地看着我。这种眼神，是温热的，充满了赞许、鼓励、自豪。她是老师，也如姐姐。

曾设想，假如当年不是皮晓瑶当我文选老师，我是否会爱上文学，并以写作为业。我想，我不会的。好老师不但传授专业知识，更是生命价值观的传导者。价值观传导者会改变他人。我热爱自己被文学滋养的人生。

几年前，她在万年县工作时，我去看望她。她在烤火。她边给我泡茶，边问我写作的事。每次见了我，她春风满面，不会掩饰内心的愉悦。她坐在火炉旁，我陪着她说话。虽然后来的几年，我数次去看望她，但印象始终停留在火炉的那一刻。炭火映照她圆润的脸，映照她身边的一钵兰花。火星绽开她的笑容。

在凤凰湖，看到放风筝的高中生，看到黄檫花，我就想起了皮晓瑶老师。在风筝一样的年龄，遇上了黄檫花一样的文选老师。黄檫花开，春天就到了。

稻米恩慈

每一粒大米，都住着我们的双亲。

从一碗白米饭抬起头，看见窗外的田畴盈绿，斜阳朗照，白鹭在柳滩之上低飞。四月的河，吐出泱泱之水。一个戴着斗笠的中年人，赤脚扶犁，吆喝着牛，在耕田。牛是大水牛，深一脚浅一脚地踩着泥浆，哞哞，叫得低沉、滞缓，给人以沉重之感。牛轭摩擦着肩胛骨，呃呃作响。犁尖穿入泥团，泥团往两边翻倒，露出黑淤的泥质。泥质裹着草须、蚯蚓、泥鳅、死去的蟋蟀。耕田人抖着犁把手，对牛说，也是自言自语："谁叫你是牛呢? 是牛就要耕田。"

耕了半块田，牛被放到田埂吃草。牛低着头，撩起长舌头，把草撩进宽阔的嘴巴。草蒙着春露，鲜嫩、多汁。初春的风，带有新泥的气息，走遍大地，日夜不息，一遍遍唤醒那些要发芽的种子、草根，唤醒蛰伏在洞穴里的虫卵、冬眠的两栖动物，也唤醒河里的游鱼。鱼开始斗水，哗啦啦哗啦啦，从深湖里，往支流斗水，越过堤坝，越过浅滩，往河的最上游追逐水浪，择水草产卵。

新草覆盖了田埂，豌豆抽出了丝蔓，开出了花。花是红蕾、粉

蟋蟀入我床下

蟋蟀入我床下

红花瓣、白色花萼，如一只只彩蝶，迎阳绽放，迎风而舞。田已耕耖，灌满了水，白白亮亮，如天空之镜。塑料秧蓬里，谷种生出根须。根须细白，如蚯蚓的幼虫，往泥层里扎。暖阳熏七天，谷尖冒出芽叶。乡人称谷笃芽。小鸡破壳，轻轻啄，素称笃。谷的芽坯似乎带有喙，啄破谷壳。

芽叶太嫩，似有似无，不着色，芽须一根根浮起。泥层尚未退尽寒气，暖阳又熏三日，芽须浮出了一层稀稀薄薄的绿意。这个时候，若是多雨，谷种将烂根而死。谷种下田之前，翻晒一日，用石灰水冲洗，去腐蚀去虫卵，再入箩筐，以温水浸泡三两日，催发须与芽。须与芽，是植物的生命两极。须，深深往下扎，与泥土深度纠缠，融为一体；芽，积攒所有的拼劲往上探，开枝散叶，去迎接阳光，也去临风沐雨。没有深扎的须，就没有遒劲的枝叶。

秧苗油绿了，已过了谷雨。第一次拔秧，称作开秧门。开秧门有淳朴、庄重的仪式：簸箕摆在田头，鞋子摆在田埂中央，拔秧人对着上苍作揖、对着秧苗作揖。祈求上苍，赐予我们风调雨顺；感谢秧苗，赐予我们粮食。

一根根的秧苗，在指间拔起、收拢。在我青少年时期，对拔秧心生恐惧。我怕蚂蟥。秧熟时节，正值蚂蟥旺盛繁殖之季。蚂蟥对水声敏感，水有动静，就游过来，叮在小腿上。见了蚂蟥，我吓得惊跳起来，号啕大哭。这个时候，父亲抬起他的小腿，指着叮在小腿上的十数条蚂蟥，取笑我说，蚂蟥叮人，不痛不痒，手一拍就掉下来。每次去秧田，我都硬着头皮，浑身起鸡皮疙瘩。我无法克服内心的恐惧。

一亩田，差不多需要拔四担秧苗。秧苗结结实实压在簸箕上。父亲挑着秧苗，扁担咔嚓咔嚓，吃脆饼一样。秧须沿路滴着水，水线弯弯扭扭。我跟在父亲身后，望着自己家里的水田。那块水田有二亩二分，呈不规则长四边形。一家子的口粮来自这里。田肥沃，泥黑且厚实。泥已烂浆，荡着没入脚踝的水。泥鳅、鲫鱼、白鲦，一群群，掀起微小的水波。我和父亲并排插秧。父亲移动着手指，蜻蜓点水一般，秧苗就稳稳地插进泥里。我也飞快地移动手指，可插下去的秧苗，又很快地浮了上来。父亲拢紧手指，抄紧秧苗，示范给我看，秧是手指带进泥的，而不是浮皮潦草地堆在泥上。

插秧的时候，他很有话说。他还背五代梁时的契此和尚的《插秧诗》：

手把青秧插满田，低头便见水中天。
六根清净方为道，退步原来是向前。

平时，他是个寡言的人。插秧了，他就和我谈农事，谈他青年时期的生活。回家的路上，他还不忘告诫我：不认真，田也很难种好，产量就低。凡事怕认真，一旦认真了，难事就不难了，所以不要畏难。

夏风从河面涌来，一阵阵，夹裹着蝉声。吱呀吱呀，蝉声又亮又脆，从田野中央的柳树林滚过来，聒噪，凸显了田野无边的沉寂和阔大。稻花扬起，一浪浪。咚咚咚，董鸡在田垄叫。它抖起的尾羽拂起稻禾，像一个旋涡。白胸苦恶鸟探出灰黑的头部，苦恶苦恶地叫着。茵绿色的蜻蜓，追着花逐着风，起起伏伏地飞。

水在稻禾最需要时，短缺了。很多事物都这样：最需要什么就短缺什么。当我进入中年，很多事情需要去完成，可每一天的时间都不够用。时间是无休止的，对于个人，却十分有限。稻禾日日在灌浆在发胀，如饥似渴。水在根部咕咕叫。山坳中的大山塘灌溉整畈稻田。水渠分水入沟，引入各块水田。山塘缺水了，就用水车从河里车水上来。

水车通身杉木制作，由一个长水槽、转动轴、转叶片和链条构成。人踩在转动轴上，压动转叶片，拉起链条，把水从低处运往高处，运入水槽，泻入水渠。水呼噜噜从河里运上来，哗哗哗吐入绿油油的水田。水花从水槽溅起，如龙腾空而飞。水车因此也叫水龙车。数十架水车架在数米高的河岸，车水。水一寸一寸地淹，淹入稻田，漾动稻禾，惊起一阵阵的白鹤鸰。

抬头望一眼太阳，白花花。车水的人踏着转轴，浑身淌汗。远远看过去,他们不像是车水的人,而是大鸟,贴着大地飞翔。

入了小暑,溽热而躁动。空气翻滚着热浪,狗尾草被晒得卷曲和发白,菟丝子盘踞在矮柳冠上,蛇信子一样忽闪、抽动。田野泛起了一层浅青黄。青的是稻叶,黄的是谷穗。谷子还没饱满,谷穗还没完全低垂下去,而是呈半弧形弯曲而下,像姑娘抛在后肩的毛线辫子。在早晨,在傍晚,父亲就站在稻田边,望着稻子。父亲沉默地站着,偶尔摘一粒谷子,塞在牙床,细细、轻轻地咀嚼。他的唇边溢出了谷子的白浆。那是一种微甜的味道,散发出田野和炊烟的气息。他的脸色露出了一丝不易察觉的笑容。

我熟悉这种气息,带有浓烈汗渍、粗盐的气息。一眼望不到边的田野,朝露已坠,晨雾已散,青黄相杂的色彩扑面。白鹭从大山塘边的樟树飞起,三五成群,呱呱呱,边飞边叫,斜入上空,沿着河湾飞去,落在浅浅的河滩。

冗繁的夏季,突然来了几场雨。雨是阵雨,雨势却猛烈,从山巅俯冲而下。哦,大暑无约而至。太阳恩慈,照拂万物生灵。田野黄熟。父亲早早把打谷机背到田里,收割稻子。他是一个气力比较小的人,背百余米,就歇一下脚。他的双脚稳稳叉开,打谷机撑在地上,扣住了他整个身子。在身后,看不到他。只见打谷机在走动,稻田在走动,山峦在走动。

新谷出新米。新米煮粥,也许是世界上最好喝的粥。至少,我是这样认为的。水烧沸，米入锅，猛火舔着灶膛，水翻出白泡，也翻腾新米。米白白，如雪粒散在荷叶。沸水腾起的蒸汽，萦绕了房梁。火是那么贪婪，画眉在梨树上叫得热烈。水化为白色，慢慢变得浓稠，变成了米汤。粥盛在蓝边碗里，一下子安静了。粥散发出浓烈的阳光之气、清新的田野之气、南方的野草之气。喝一碗粥，如同吸进了田野的精气。即使是冷粥，也自有无穷妙处。无论多燥热的暑天，喝一碗冷粥下去，浑身清凉。

20世纪末，南方种植水稻，一年两季。早稻米叫早籼米，也叫早米。晚稻米叫长米，也叫仙米。南方以南的亚热带，一年可种植三季水稻：早稻、中稻、晚稻。早米熬粥，晚米煮饭。我们日常食用的大米，是籼米，不常食用的大米还有粳米、糯米。

晚稻在霜降之后收割。谷子还没入仓廪，我父亲就挑起一担谷子，去酒坊。即使在物资贫乏的年代，我母亲也不会责怪我父亲酿谷酒。我母亲说：一份酒一份力，没气力种不了田。霜降和清明这两个时节，是酿酒最佳季节。气温在十八至二十二摄氏度，粮食发酵均匀，出酒率高，口感更绵柔。父亲是舍不得浪费酒的人，酒滴在桌上，他也要吸。他说，酒是粮食造，浪费了酒就是浪费粮食，浪费粮食就是造孽。

三十多年了，父亲坚持喝自己的谷酒，一餐喝个小半杯。酒杯喝空了，摸起碗，盛大碗饭，吃得津津有味。他说，白米饭好，满口饭香，百吃不厌。

有一天，我陪我父亲喝酒。他问我："你知道什么是世界上最重的东西吗？"

他常常问我一些奇怪的问题。我当然不会按照金属元素密度回答他。这类似于脑筋急转弯的问题，其实没有标准答案，答案因人而异。他问的每一个问题，也是他对生活的一个回答。我笑着看着他。他说："你回答不来了吧？"

"其实，答案很简单。世界上最重的东西，是米。"父亲说。

我佯装很惊讶，说："为什么是米啊？钱也重，钱多压死人。"

父亲开怀大笑，笑得像个孩子，说："你看看啊，从一粒稻种开始，变为一粒米，要经过两季，要保育、抚育，要收割、翻晒，要耕耖、灭虫，要车水、除稗，不是日晒就是雨淋。米缸假如缺了米的话，全家人心慌。一个国家也是这样。米，就是根本。"

我母亲就笑父亲，说，一粒米也讲出这么多道理。

父亲已八十七岁，那块田也还种着。在新世纪初，他就改种一季稻了，收出来的谷子怎么吃也吃不完。他请人翻耕、插秧，请收割机收割。他下不了田。他舍不得荒了那块田。他说，可以亏待自己，也不能亏待养活了一家人的田，不能让自己的田长草。

现在是晚春，在异乡，毛茛花开遍了田埂，野樱花开白了矮山冈。我望着泱泱水田，望着那个抛撒谷种的育秧人，我的眼睛一下

　　　　　　　　　　蟋蟀入我床下

子迷蒙了。似乎育秧人就是我的父亲，也是你的父亲。

没有什么东西比米更珍贵，没有什么东西比米更淳朴。如同双亲。

夏日星空

云勾画出了黄昏的肖像。云是桃花色的,薄薄的一层,自东向西飘浮。太阳是一个穿着红袍的醉汉,晃着脚,下了山梁,天色被水洗涤。厚一些的云层出现了紫黑色,镶着金边。原野静穆了下来。

红光消失,云絮散开,雪绒花一样飘着。山峦有了虚影,青黛色。天空更加高阔,呈拱形,罩了下来。风凉飕飕,吹得草叶簌簌作响。云絮被风纺织,一缕缕的线纱再一次被漂洗,洗得更白,水淋淋,一滴滴地滴下来,凝结在草叶上,晶莹剔透。遇见晚露的人也将遇见星辰。天空完全空了,只剩下无边无际的瓦蓝色。

西边山梁之上,爆出了第一颗星星,白光四射,银辉闪闪。那是金星,也叫长庚星。浩渺的穹宇,长庚星如孤鱼。它像一个披雪晚祷的人,在唤醒沉睡中的星群,唤醒虫鸣。

夏日傍晚,我一个人走到田畈与河边,在空阔无人的地方,坐在路边石头上,抬头望着天——我不能错过湖泊塑造的过程——星群簇拥的湖泊,沉默如谜。

赭灰色、白灰色、蓝灰色、浅蓝色、深蓝色，我看到灵山在暮色降临和退去之时，如一块巨大的屏风竖立在盆地的南边。屏风是花岗岩石的群雕，耸立高悬的峰顶如美人仰卧。缓缓下斜的山坡如马壮硕的腹部。马仡立在河畔，打着响鼻，轻轻刨着蹄子，磨着空空的牙床，流着混浊的口液。马在等待骑手。盆地以南的平野，是它的马厩。这是一匹青骢马，它的鬃毛是漫山遍野的杉木林。

但我更愿意说，整个盆地是一个空空的野庙：苍穹是蓝色的屋顶，灵山是石砌的颓垣，田畈是庙殿，初升的月亮是挂在檐角的一顶斗笠，北部峡谷割出的天空（不规则的方形）是窗户。野庙沉没在湖泊之下，湖水静谧，没有波澜也没有鱼群。星光穿过深不可测的湖水，射了下来。无数的星光射了下来。星光荡漾。星光彼此交融，万古不息。

人是透明的。原野是透明的。饶北河是透明的。

世界上有两样东西，人无法揣摩透彻：苍穹和人心。苍穹令人敬畏，人心令人齿寒。苍穹令人敬畏，不仅仅因为它太浩渺太远古，穷尽我们的想象，也无法想象它的空间边界在哪里，时间边界在哪里，更因为它可以洗去我们浑身的尘埃。

月亮从古城山游出水面，带着冷冷的清辉。"它从哪里来，去往哪里？"这是人生出来的想法。我坐在河滩柳树下，仰着脸望天。后山峭立，岩崖突兀，山脊上的松树黑魆魆。而山体一片银白。

山鹰呜呀呜呀地啼叫。繁星闪闪，河汉迢迢。

饶北河是一只身披鳞片的动物，从深处的峡谷爬过来，鳞片发出幽冷的光。它时不时空翻着身子，跃得高高的，又落下来。它藏在树林里，藏在草洲里。它空空的腹部，吞吐着哗哗的流水。它泛起了银光。它粗壮的尾巴甩打树木、河石，在旷野发出冗长寂寥的回声。树木响起沙沙沙、沙沙沙的颤抖声，河风卷起，挟裹着馥郁的气息，四处奔跑。其中一缕河风，摇着梨树，似乎在说：花开有时，花落也有时。

回到院子，我坐下来，沐浴星辉。

"一个人坐在这里，像坐在寺庙里一样。"邻居见我一个人在院子里，拉过一把椅子坐下，说，"知道享受清静了，人开始慢慢衰老了。人回到了本我。"我开始烧茶。打开水缸的盖板，我怔怔地站了一会儿。

"你看什么？看得出神了。"邻居说。

"水缸里落满了星星。"我说。

水缸浓缩了圆形的天空。天空静止在水里，漂着星星。密密麻麻的星星，如一粒粒白米，泡得发涨。我把水勺伸进水里，搲水上来，缸里的水轻晃。天空也轻晃，星星也轻晃。我发现，星星是一层层分布的，错落有致。

"人是等老了的。"邻居说。

"怎么这样说？"

"天麻麻亮，我等太阳上山。太阳上山了，天太热，热得让人受不了。我躲在地下室打瞌睡，等太阳下山，去水库游泳。游泳回来，我等月亮上山，睡个凉快觉。等着等着，一天过去了，一个夏天过去了，一年过去了。月亮上山一次，就切走了一天。月亮切走了的，不再属于我们，找也找不回来。"邻居说，"这个问题想清楚了，也就没什么事让我急躁了。"

"这就是缸里的水，喝了一缸，又注满一缸。"

院子的矮墙下，油蛉在叽叽叽叫。虫鸣加深了夜晚的寂静，如星光加深了夜晚的黑暗。黑暗飘浮在星光之中。邻居走了。我还坐在院子里，仰着脸。月光落在我脸上，星光也落在我脸上。天空没有了虚遮的幕布，星星暴露无遗。我看见的星空，和我童年的星空是一样的。星空离我只隔一层视网膜的距离。石榴树的叶子，像一只只熟睡中的黑斑蝴蝶。我听不到蝴蝶的呼吸，也看不到蝴蝶美丽的斑纹。月亮倒像一只受伤的白鸽子，抖动着翅膀，树枝摇晃，落下纷纷的羽毛。似乎我伸出手，就可以把白鸽子捧在手上。我觉得我依然处于童年，和山峦一样生机勃发。

想起一次夜行的经历。那时我还是个十三岁的少年，去郑坊中学读书，因家中没有时钟，也不知道夜深几点。我看见窗外亮得如同白昼。我背着书包，走沙石公路去学校。正值棉花盛开。白棉花缀满了棉树，棉田连绵。我是个胆小的人，从不敢走夜路。但那个夜晚，我丝毫不害怕。白白的沙石路，笔直地把田野分出两半，路边的绿化林是两排小白杨。小白杨高高扬起，树叶半黄半绿，被夜风吹得唰唰唰响。棉花开，大地也蒙霜。田埂上的草叶，被白霜蒙得厚厚的。月亮一直在中天，水汪汪的，淡黄色。山峦清晰可见。

一路上，我没遇见一个人。田畈里，也没看见一个人。我一个人在走，沙子在脚下，沙沙沙地响。走了四公里，到了学校，操场上没有一个人。这是我见过的最安静、最白亮的夜晚。我也一直没有忘记过这个夜晚。白，覆盖了所有的色彩。星星，一颗比一颗更硕大，更饱满，更剔透。那么多的星星，比人间的人还多，比沉睡的人更沉默。它们繁杂有序，它们只顾着发光，交相辉映。

无论是月光，还是星光，从天上来到地面，怎么下来的呢？不是照下来，不是射下来，也不是泼下来的，而是罩下来。地面上的光，多么匀细，如细雨般浇洒。光来到地面，不是一束束，而是整个光圈罩下来。年少时，我以为星星是没有重量的，月亮也没有重量，它们是天空虚拟出来的。星宿停留在天上，停留在空无一物的地方，为什么不掉下来呢？它们没有翅膀不会飞，它们没有鱼鳍不会游，它们只有一团光。

当然，不是所有的晚上，都会有星光。有时天空黑得如同地窖，盖了厚厚的云层。没有星光的夜空，如一张黑兽皮。没有星光的夜空不是星光死亡了。星光永远不会死亡。这时，我们需要等待，静静地等待云层散开、变薄，云翳被风吹走，让星光再次来到人间。是的，星光是多么柔弱，像病树上的花。云海是多么广阔，遮住了光所要去的地方。

有人见过星光死亡吗？有人见过星空死亡吗？没有的。星光是多么坚韧，在云层空出的地方，它毫不犹疑地出现。

星光为什么晚上来到人间？让我们夜思？《古诗十九首》有诗言："河汉清且浅，相去复几许。盈盈一水间，脉脉不得语。"银河复迢迢，也只不过是盈盈尺水。夜思改变了空间，也改变了时间。

星光照彻之下，原野朗朗。露水是大地最透明的一盏灯。星光点亮了露水，点亮了夜鹰的眼睛。大地褪去了白日的人声、燥热。我们在安睡。不归的人，去了远方。回到家里的人，匍匐在一盏摇曳的灯下。我们在窗下，轻轻地说话。白鹭在高大的樟树上，耷拉着脑袋瞌睡。蝉突然吱呀吱呀叫一声，便被蛇吞食了。促织叽叽吟叽叽、叽叽吟叽叽低吟。这是星夜的合唱。作为虫，它们不可能活过十一月。它们不想再苟活，它们不知疲倦地唱：叽叽吟叽叽……

虫鸣的协奏曲，在原野环绕。我常迷惑，我离人间有多远？我离人间有多近？我想起唐代诗人张九龄的《望月怀远》：

　　海上生明月，天涯共此时。

情人怨遥夜，竟夕起相思。

灭烛怜光满，披衣觉露滋。

不堪盈手赠，还寝梦佳期。

月照的地方，即天涯。或者说，月就是天涯。我看到的月亮也是张九龄看到的月亮。张九龄的天涯，也是我的天涯。月越白，天涯越远。有月的夏日晚上，我喜欢一个人在院子里坐，或者一个人从路桥溪边，慢慢地走向田畈深处。山慢慢向田畈围拢过来，饶北河向田畈围拢过来。田畈向我围拢过来。这个时候，我想，我的面目是异常洁净的，眼睛也是洁净的。明月照我，我也照明月。万物友善，清风温柔——我获得了从未有过的恬淡。

照在我们身上的星光，来自哪一年？照在我们身上的月光还照过哪些人？斯年流水。斯人远去。我们抬眼望星空，广远无边。而大地之上，千古荒凉。或许过于荒凉，常有古怪之事发生。

在朗月之夜，盆地常见鬼火突然冒出来。鬼火即磷火，是磷自燃时发出的光。光幽蓝色，随风而舞。常冒鬼火的，有几个地方：农场、景宁冈、石壁底。冒鬼火的地方，大多是乱坟冈。上个月（2020年5月），晚上八点多钟，茅坞门突然冒出鬼火，吓得散步的人魂飞魄散，鞋子跑掉了也不敢捡。"看见鬼火，不能叫出来，不然的话，鬼火跟着人跑，把魂摄走。"村人说。村人大多迷信，不知鬼火就是磷火。我当时在义钦的院子与人谈白。几个妇人惊慌失措，跑回来，满头大汗，说，鬼在抬桥灯了。"昌林的爸爸和炎哥，年轻时上山偷木头，在景宁冈经常看见鬼火，他们还去追鬼火呢。哪有鬼抬桥灯的事？"我说。其中一个妇人，斩钉截铁地说："月光把鬼勾出来了。谁敢说没有鬼？有鬼，就有鬼火。"

我没看过被月光勾出来的鬼，但我看过被月光勾出来的少年。

有一次，我在楼上看书，听到有笛声从田畈传来。笛声并不很悠扬，有几处节奏还吹乱了。但我听得出神。我推开窗，月色如华，田野白白一片。我不知道吹笛人是谁。星空如蓝绸，落满了珍珠。星光如钟声，在旷野飘荡。笛声时高时低。我似乎感觉到气流在振动笛膜。我想，那个吹笛人，有着被星光注满的心灵，他的眼睛也储满了月色。他的内心，有一个不被人发现的星空。我下了楼开了门，去找吹笛人，我想知道他是谁。在一棵梨树下，我停下了脚步。我看见吹笛人站在短桥上，穿着棉白汗衫，微微昂着头，笛子横在唇边。我反身回来了。吹笛人是一个少年，他不被万物所惊扰，只有月色配得上他，他的心和大地一起脉动。

被月色浇灌的人，都是内心藏有短笛的人。

据说，在月亮即将西沉时，乌鸦会对着月亮啼叫，叫声哀怨而且凄凉，故称乌啼。但我没有听过。月亮西沉，是盆地最寂静的时刻。虫此时已不鸣叫了，蛙也不鸣叫。天尚未翻出鱼肚白，大地还没醒来，鸟儿还在打盹。唯一的声音，便是流水声，叮叮咚咚。

满月在中天，是月色最盛的时候，月如奶酪，光如流瀑。有很多动物会对着月亮叫：野山兔坐在草丛，对着月亮，呢呢呢、呢呢呢；夜鹰站在枝头，呜啊啊、呜啊啊；蛇盘在石块上，昂着头颈，嗞嗞嗞吐出芯子；村里的狗一阵狂吠，汪汪汪、汪汪汪，像迎接客人。

据说，北归落单的孤雁，会朝着月亮的方向飞，一直飞，奋力地举着翅膀，如海上孤帆。在孤雁的眼里，月亮离它并不遥远，它可以追寻着月亮的轨迹，去往自己出生的地方。它飞着飞着，耗尽了体力，落了下来。我怀疑故事的真实性，因为没有科学性。鸟迁徙，可依据地球磁场、气流、星际图像、山脉走向导航。我看过一个报道，说澳大利亚科学家大卫·基耶斯经研究发现，鸟类内耳有一种含铁的球体蛋白细胞，数千个细胞组成了小铁球，可以帮助鸟听到声音，敏锐感知地球磁场，使得鸟按精确路线飞行。又有量子科学家研究发现，说鸟迁徙利用了量子纠缠，即使相隔千万里之遥，也能回到出发时的那个鸟巢。我无法确定这些信息的真实性和科学性。但我仍被这个故事感动：生命的旅程有着罕见的悲壮。

月光能唤起旺盛的生命意识，毋庸置疑。山麂（南方小鹿）喜欢在月色下交配，十八年蝉也在月下繁殖、孵卵、出蛹、羽化。人也喜欢在月色下谈情说爱。

夜冰似的星星，渐渐暗淡。布谷鸟叫了，天野发白。白是灰蒙蒙的白，到处都是混沌不清的影子。树影，山影，鸟影，人影。天空里的星星，集体消失，似露珠倾落。

肉眼所见，唯星空历久弥新。

叫烂毛的狗

在竹鸡林山坞，起了一个学校工地。工地占三十来亩地，被二米多高的砖墙围着。工地每天有百十号工人做事。做事的人，有南港的，有张村的，有花桥的，有绕二的，有香屯的。包工头老舒对表妹大花说："工地起个食堂，你去承包，一年可以赚七八万块钱。"

大花四十多岁，略显清瘦，脸有些大，有一副壮实的身板。过了元宵，她用三轮电动车拉着方桌、碗柜、刀具、炊具、水桶、煤气罐来工地。车骑到胡家桥头，见一条小狗蜷缩在路边，病恹恹的样子，腹部和脊背的狗毛都烂脱了，大花抱起狗，放进竹篮里，带到了工地。工地一片黄土，竖着打井机、吊机，运土车呼呼呼地进出。一座用竹架子搭的石棉瓦棚，空落落地靠在西边围墙。棚子里堆着破水泥袋、木棍、坏掉的手推货车、一节节水管。她把杂物清理了出来，堆在门口侧边的三角地，喊老舒："哥，哥，中午可以开饭了，你来吃饭。"

棚子边有一栋很小的水泥砖砌的矮房，做临时厕所。厕所不适合建在进大门就一眼望见的地方，所以一直没用。大花便把狗安置在砖房，顺手关了门。大花是个麻利的人，洗菜、切菜、烧菜、蒸饭、洗碗，都她一个人干。菜是大锅菜，盛在搪瓷脸盆里，摆放在方桌上，有六大脸盆。工人吃一餐，十五元，可以选三个菜品，饭管吃管够。吃饭的人，端着大碗，蹲在地上或找个石墩坐着，啪啪啪地划动筷子往嘴巴里扒饭。干的是重体力活，没三大碗，填不了肚子。老舒也来吃，坐在唯一的一把塑料椅子上，对大花说："菜烧得不错，好吃。"老舒是给她撑场，第一餐开灶，得陪工人吃。吃了半碗下去，他放下了筷子，扭头看，说："没看到狗，怎么有烂狗的气味呢？"

"捡了一条黄毛狗崽，烂毛了，不知为什么。"大花说。

"工地养狗好，可不能养一条烂狗，气味难受。烂狗扔了，我送一条狗崽给你。舒家的老八有一条三个月大的狗，愁着送给谁。"老舒掏出纸巾擦嘴巴，说。

"捡了，就不能扔。它是一条狗，又不是一只癞蛤蟆。"大花说。

第二天早上，老舒开着车，抱下了一条白额纹、花腿、黑尾巴的小狗，喊："大花，老八的狗抱来了。"小狗在他手上，嗯呢嗯呢地叫着。大花接了狗，骑着电瓶车，把狗送了回去，顺路买了两瓶云南白药来。大花抱着烂毛狗，给它涂抹云南白药。

一天涂三次，涂了三天，烂毛狗摇摇晃晃走出了矮房，卧在木棍堆下的杂草上晒太阳。

大花每天买鸡骨架、鸭骨架，烧给工人吃。骨架便宜，三块钱一斤，工人爱吃。工人吃肉，狗吃骨头。吃了骨头，狗贴着大花脚后跟，舔裤脚，嗯呢嗯呢地叫。

过了三个多月，烂毛狗换了一身黄毛，也壮实了很多，在工地上跑来跑去。大花临时外出了，就站在木棍堆下，喊一声：“烂毛。”

烂毛嗯呢嗯呢叫着，跑回来，卧下去，翘着耳朵，伸出白斑点点的舌苔，摆着尾巴。它守着棚子，陌生人进来，它就汪汪叫。

我是三天两天就去工地看工人做事的。偶尔，我也来到棚子泡大碗茶喝。狗就卧在我脚下，抬着头，眼巴巴地望着我。有时，我也带包子，带吃剩下的肱骨去，扔给它。扔下去，它就跳起来，用嘴巴接住。它的上吻部很黑，油油发亮，脚趾也黑，尾巴有三个白毛圈，其他体毛棕黄。我在工地跑起来，它也跟着跑起来，却始终不跑在我前面。我停下来，它也停下来，望着我。

房子浇筑了三层，雨季来了，大部分工人上不了工。工人在工地吃午餐，早出晚归。砌墙工、模板工在室内干活。那个嘴巴不离烟的老罗，看守水泥、钢筋的老姜，戴黑呢绒帽子的监工老王，还在工地。雨下得突然，我也来工地躲雨。狗蹲在矮房，安安静静地瞌睡。我一进大门，狗就汪汪叫，站起来，不顾雨势，跑出来，围着我跳起身子。

在这个季节，桐花凋谢，映山红凋谢，山矾花初放。山中的水沟边，紫堇、射干、夏天无、白姜花等草本，开得繁盛。有许多一年生或多年生草本，已经结籽。尽早开花，尽早结籽，是许多草本繁衍生息的秘诀。一年之中，也是在这个季节，林中最喧闹。画眉鸟、鹧鸪、柳莺，鸣叫不歇。嘘嘘嘘，哩哩哩。灰胸竹鸡在每个山冈都有，水呱呱水呱呱，雄叫四野。灰胸竹鸡栖息的林子，故名竹鸡林。少了吃饭的人，活就少了很多，大花就坐在棚里织毛衣。她喜欢织毛衣，走路也织，晚上躺床上也织。狗就卧在她脚下，抖着舌头，翘起尾巴，嗯呢嗯呢地低叫。

雨季过了，工地上做事的人打个赤膊，抛砖、搅拌水泥浆、扎钢筋、钉模板。渴了，捧着五升容量的水瓶子，仰起头，一口气喝下大半瓶。中午，他们就倒头睡在地上，望着还没拆下的模板，抽一根烟，便呼呼大睡了。有一次，一个南港的工人对我说："你有渠道吗？给我介绍去高中学校，我想去给学生上一堂课。"南港人有六十来岁了，做运砖工，一天工钱一百八十元。南港到竹鸡林有三十多里路，他每天早上五点起床，吃一大碗蛋炒饭，骑电瓶车来工地，傍晚六点来钟下班。他黑瘦，脸窄，胡子拉碴，短身材，手脚却结实、粗壮。他从水泥地上坐起来，背部沾满了浸了水渍的水泥灰、沙砾。我给了他一根烟，说："你怎么也不带一条草席来？铺在地上睡，舒服一些，还可以防潮气。"

"睡惯了。"他说。他捏捏烟嘴，点了起来。他又说："我没读什么书，大字不识一箩筐，但我想给学生讲一节课。"

"你讲什么呢？"我说。

"生活太难了，没读到书，活得太辛苦了。他们读书的条件，这么好，有的孩子却不读书，沉迷手机游戏，太不应该了。"南港人说。

他从套鞋里抽出脚，给我看，说："你看看我的脚，运砖运了二十多年，脚都走变形了，像一块生姜。"

我蹲了下去，和他说话。我说，找个时间，我带我孩子来，睡睡工地，孩子就知道把书读好不是一件难事。

南港人呜呜呜，低泣了起来。

狗听到了低泣声，不声不响地走了过来，望着他。一直望着他。

这时，大花在喊："烂毛，烂毛。"狗汪汪汪，狂吠几声。它知道大花要去诊所输液了。大花中暑三天了，饭餐由她妹妹操劳。工地里，每天有人中暑，有时一天三五个。工期紧，晚上也加班，他们睡眠时间少。中午，每个人睡得不想抬脚。狗便守着大门，有陌生人来，就朝天狂吠。

狗很少离开工地。对于一条狗来说，工地是个大世界。但有

蟋蟀入我床下

一阵子，整个上午不见它。差不多是上午八点，它叼着一块大骨头往山边跑，跑得轻快。它去哪儿呢？谁也不知道。大花在它后面跟踪，跟踪不了两百米，狗在围墙转角的三岔路口，不见了。

大花对看守建材的老姜说："烂毛天天往山里跑，还叼着大骨头出门，不知去哪里。"

老姜说，他跟着去看看。候着狗出了门，老姜骑着电瓶车默默地跟着。过了十来分钟，老姜又回来，对大花说，狗往雷打坞的一条山路跑去了，骑不了电瓶车。

有一次，我去罗家墩吃午饭，走错了路，进了很深的山垄，只有五户家人。再进去，已经没人烟了。车子折回来，看见烂毛狗在一个半开半闭的土院子戏耍。我下了车，见院子的枣树下，系着一条大花狗。大花狗很瘦，脊背骨一根根凸出来，脸肉凹进去。烂毛狗和它对耍。狗用爪，抓对方，然后蹭脸。我喊了一声："还不回去啊，烂毛？"它围着大花狗跳圈，半举着身子跳，懒得理我。房主紧闭了门，不知是外出做事未归，还是别的。山中，大部分房子都闭门。人去了哪里呢？山中虽好，却留不住人。人在外奔波。

从竹鸡林到这个山垄，少说也有七里地。烂毛怎么知道这里拴着一条大花狗呢？它叼食给大花狗，陪着嬉闹。

过了半个多月，烂毛要么老老实实蹲在门口或矮房，要么在轰隆隆的工地房溜达。我去了一趟无人烟的山垄，大花狗不见了。

大花是个精力充沛的人，从不午睡。收拾了碗筷，洗刷了，就唤一声烂毛。烂毛摇着尾巴，趴卧下去。大花拉起水管，给烂毛洗澡，用手给它梳毛，边梳边埋怨："怪不得你烂毛，这么热的天也不知道洗澡，浑身尿骚味。"冲洗了，大花拍拍它的头，说，自己找快活去吧。

　　老舒对这个表妹很是满意，说，工地有了烂毛狗，相当于请了一个门房工。

　　大花的家离工地有七里地，收拾了烂毛，骑电瓶车回家了。烂毛一路小跑着，跟着车，跟到三百米外的路口，停下来，汪汪汪叫几声，折回。天天如此，风雨无阻。

　　到了九月二十六日，六层的房子封顶了。老舒在空落落的房子摆了二十二桌酒席，请乡友、工友吃晚饭。酒席是流水席，三百八十块钱一桌，不包烟酒茶。下午四点，有客人来了。烂毛蹲在门口，对着来客摇尾巴，嗯呢嗯呢叫。晚灯亮了，烂毛在酒桌间穿来穿去地摇尾巴。它从没见过这么多人，坐在一层的屋子吃饭。

　　房子封了顶，很多工人走了。钢筋工、模板工、轧丝工、拌浆工、抛砖工，去了别的工地。他们在不同的工地迁徙。工地一下子冷清了下来。留下来的工人，在砌墙，在粉刷，在贴地砖，在安装玻璃，在安装水电。吊机也开走了。工地空阔了起来。烂毛狗有了成年狗的模样，头大，骨架大，脚长，眼神锐利。大花说，有的人还叫不上名字，就走了，狗也长得这么大了。晃晃眼，也就几个月的工夫。

捡来的时候，它还是一条狗崽，烂了一身毛。大花没想过烂毛会长得这么英俊、高大。人，有命运。狗，也有命运。

大雪第二日，工地的工人全部撤出，临时食堂和临时建筑全部撤除。推土机早早来到工地，推建筑垃圾，填埋起来。午饭后，推棚子，推矮房，推工棚。推倒的用料，被老姜捡了起来，归类，堆在大门外的空地。

晚上十点多，我去工地，监工老王对我说，烂毛死了。

烂毛怎么会死了呢？我十分惊讶。

"早上，推土机来，它就蹲在矮房子里，一天不吃不喝不动。傍晚，推土机去推矮房子，它卧在里面。大花去抱它出来，它身子都硬了。"老王说。他晚上喝了点小酒，声音有些哽咽。他的眼睛泛起白光。白花花的光。他又说，大花早上叫烂毛出来，它不出来，中午叫它出来，它也不出来。大花在矮房前，坐了一下午。大花坐得眼泪直流。大花问老舒，矮房子可不可以过了年再拆。老舒说，我没权利决定这个事啊。

开推土机的师傅见大花抱出死狗，他摸了摸，狗身还是热乎乎的，说："两百块钱卖给我，煮一锅狗肉大家吃。"老舒端起一把长柄铁镐，对师傅说："你要吃这条狗，我挖死你。"

在一棵树下，老王埋了烂毛，对着矮矮的坟头，说："人不如狗啊。人拆了老房子，笑眯眯。拆了狗的房子，狗宁愿死。"

风冷冷地吹，一阵比一阵猛。我痴痴呆呆地站在倒塌的棚子面前，无从言语。老罗吸着烟，说："明天有雪，这些建筑垃圾必须连夜填埋，平了土，就可以做绿化了。"

风更大更冷。黑黑的天空，无比沉重。稀稀的路灯亮着。缥缈。

跋：自然文学的六个向度

以自然作为主要叙述对象的文学，称作自然文学。自然囊括了自然景象、气候、自然生命、自然之美、生态危机、人在自然中的心灵获得、自然伦理等。这是我对自然文学的理解。

《论自然》发表于1836年，是美国哲学家拉尔夫·沃尔多·爱默生所著的超验主义哲学著作，他提出了超灵的概念，认为自然的客观存在和神秘相统一，人在自然中可以找到自我，尊重自然的客观性。与爱默生同时代的亨利·戴维·梭罗和约翰·巴勒斯深受《论自然》的影响，各自创作出《瓦尔登湖》和《清新的原野》《醒来的森林》《鸟与诗人》等作品，从而开创了美国自然文学。自然文学作为一个文学流派，影响深远，延宕至今。

我对世界自然文学缺乏深入、专业的研究，依照自己的阅读视野、写作经历，以及自己对自然文学的理解，对自然文学的向度作了浅陋的梳理。不妥之处，请方家指正。

反思与回归。1845年，二十八岁的梭罗在康科德的瓦尔登湖畔自建小木屋，独居生活两年有余，反思重工业污染的情况下人类何去何从，反思资本对人的霸权，在自然中探索自我。《瓦尔登湖》就是这样一本融入了人类学、社会学、经济学、超验哲学的自然文学开山之作。

1873年，三十六岁的约翰·巴勒斯回到卡茨基尔山区，在哈德逊河西岸，购置果园农场，建造石屋居住。1875年又在距石屋两英里的山中，盖了木屋，长居于此。1921年春，他在从加利福尼亚返回纽约的火车上，与世长辞。他一直生活在哈德逊河畔的乡间，记录自己的所观察到的自然，写出《醒来的森林》《清新的原野》《飞禽记》等系列作品。他的作品以森林、原野、鸟类生活为主要叙述对象，提倡人回到自然中，反思权力、资本对自然的剥夺和危害。

反思时代、反思资本、反思权力，提倡生活回归自然、情感回归自然，寻找自我的精神，成为自然文学中非常重要的一脉。

危机与警讯。《寂静的春天》为美国作家蕾切尔·卡逊所著，首次出版于1962年。作品一经出版，引起美国工业界、政界、金融界剧震。在美国经济发展以大量砍伐森林、化肥和杀虫剂严重污染土壤和海洋为惨痛代价的现实情况下，科学家蕾切尔·卡逊经过多年调查，发现因环境污染造成了大量动物伤亡，甚至灭绝，身陷恶劣环境中的普通民众恶疾缠身。她发出了生态警讯，作为"深喉"，要求立法控制化肥、杀虫剂的使用，恢复自然生态。她也因此遭受到资本和化工企业主的舆论绞杀和诬蔑。她饱受痛苦，几年后因患癌而离世。

作为生态危机的报丧人，蕾切尔·卡逊影响巨深。

我国当代作家徐刚，著有《伐木者，醒来》《守望家园》《中国风沙线》《长江传》《地球传》《崇明岛传》《大森林》等鸿篇巨制。尤其是《伐木者，醒来》《中国风沙线》令人振聋发聩。徐刚老师是我国生态文学的先驱，关注自然与生态，并及时发出生态危机的警讯。

在工业化快速发展的二十一世纪，关注生态，关注自然，关注生态对人类的影响，是自然文学作家重要考察的领域。

自然生命与自然之美。《低吟的荒野》是众多自然文学爱好者的枕边书，也是我很喜欢的一本书，为美国动物学家西格德·F.奥尔森所著。他写荒原的宁静、气息，写荒原的河流，笔触婉转如画眉之鸣。奥尔森提出了土地美学的经典概念。

歌颂自然生命、歌颂自然之美，注重人在自然中的心灵获得，并对此进行细腻描写，是自然文学中最广泛、深厚的一脉。我国当代作家胡冬林是我非常敬重和喜爱的自然文学作家。他长居长白山脚下，写出了《狐狸的微笑》《山猫河谷》等经典之作，可以媲美世界经典自然文学。他对狐狸、山猫、星鸦等自然生命的描写，精美绝伦，焕发着生命的光辉和生命之美。李青松老师也是多年耕耘于自然文学的作家，出版了《相信自然》《穿山甲》《粒粒饱满》

等大作，让我们看到自然生命的深度。辛茜老师在青海执着于野外考察十余年，出版《高原野花》《我的青海，我的雪原》等致敬自然之书。

我们耳熟能详的经典著作《昆虫记》（作者法布尔）、《鸟的世界》（作者布封）、《飞禽记》（作者约翰·巴勒斯）、《自然与人生》（作者德富芦花）等，均属赞美自然生命、自然之美的伟大之作。英国作家理查德·梅比所著的《杂草的故事》，则融入了自然生命、园艺、历史等。

自洽与救赎。1971年，美国著名作家、博物学家安妮·迪拉德经历了一场严重的肺炎，在弗吉尼亚州的听客溪疗养一年，创作了《听溪客的朝圣》。她探索了人与疾病、与自然的关系。疾病与自然作为一个全新的主题，进入了自然文学。人在自然之中，获得心灵的救赎、疾病的救治，成为一个重要领域。

《树民》是安妮·普鲁的近作，人民文学出版社于2020年推出中文版。作者以史诗般的气势，写了年轻人塞尔、迪凯来到北美原始森林，迁徙、逃亡，最终被森林征服。她探索了人与自然的共生关系。人只有与自然共生，才会活得自洽。

自洽是自然文学的主要母题之一。与约翰·巴勒斯同时代的另一个自然文学作家约翰·缪尔，著有《加州的群山》《夏日走过山间》。他是冰川学家、博物学家，还是个登山家。他和牧羊人一起吃住，住在山洞，或帐篷，或树上。他怡然自得。

俄国的米·普利什文作为民俗学家，一生中的大部分时间在偏远的地方做民俗调查，得以近距离观察自然。他所著的《林中水滴》《大自然的日历》《鸟儿不惊的地方》，融入了大量的俄罗斯西北部地方民族的风俗民情、自然观察及自然生命。

生活在徽州的项丽敏老师，二十余年在太平湖及浦溪流域行走，过着自洽的生活，致力于自然、四季、地域生活的写作，成绩斐然。

探究土地伦理，保持自然原始风貌，恢复土地生机。约翰·缪尔是早期环保运动领袖、"美国国家公园之父"，对世界的环境保护和地质保护影响深远。1935年4月，林学家、环保主义者奥尔多·利奥波德在威斯康星河畔一个叫"沙郡"的地方，买了一块废弃的农场。他用多年的时间，与家人在这块地上种植树木，改善土壤，恢复土地的健康，并以此为写作素材，写了一系列有关荒野、土壤、污染、保护自然原始风貌的随笔，汇集为《沙郡年鉴》，于1949年出版。利奥波德在《沙郡年鉴》中提出了"大地伦理"的概念，为人类治理环境提供哲学和科学的指导。这是土地伦理学的开山之作。

天人合一与自然文明。我国有伟大的自然文明和自然智慧，最重大的成果就是二十四节气。二十四节气作为古老的自然文明，影响了每一个中国作家和诗人，影响了包括日本、韩国、越南、马来西亚、新加坡等在内的东方国家。当代作家苇岸以自然哲学的视野，写下了经典著作《大地上的事情》，其中的名篇《二十四节气》广为传播。自然文明需要人类积累。自然文明度越高的国度，科技文明度也越高。

对自然，东方人的智慧结晶便是天人合一，也是千年前我们老祖宗留给我们的重要文明遗产。在自然文学的春天中，"天人合一"是精神河流中的主要水系，也是我们自然文学的思想源头之一。

约翰·缪尔和奥尔多·利奥波德都是叠高人类文明的自然文学作家，与梭罗、约翰·巴勒斯、蕾切尔·卡逊等作家一样，为自然文学的发展开疆拓土。我国的徐刚老师、苇岸老师、胡冬林老师，也都是叠高自然文明的作家。

自然文学是文学这条山脉中的一个支脉，凡文学都是以人为中心的写作，自然文学也不例外。在梳理自然文学的发展历程时，我观察到，在从事自然领域写作的经典作家或优秀作家，必须具备这三个条件：具有艺术审美的文字书写能力；储备了较为丰富的博物学知识；有长期的野外观察、调查和体验。从这个角度出发，现在我们在媒体上读到的所谓的自然文学、生态文学，赝品还比较多。同时，世界自然文学经典著作中并没有诗歌。

2013年11月，我开始写武夷山脉北部余脉的荣华山，历时八年，完成并出版了《深山已晚》。这是我第一本自然文学作品。写山中多变的不同气候，探究自然伦理，写山中的日常生活，主题是"献给孤独的人，献给迷失喧嚣的人"。我创建了新山地美学。归根到底，我是写人在自然中的自洽、天人合一，感受生命的寂静与勃发。在野外考察的同时，我开始观鸟，历时三年，完成并出版了《鸟的盟约》。2020年，我又完成了《风过溪野》，翌年出版。《风过溪野》写我老家——饶北河上游、郑坊盆地的四季变化，动植物的生存状态，写旷野之美。

2021年8月，我来到大茅山山脉的北部山脚下客居，开始写山中的生活、大茅山的自然生态及自然风貌，并同时写了一部分布在江西境内的野禽之书。我国还没有一本自己的野禽志。我花费了八年时间的野外积累，才有了这本野禽志。这是一本特别的"鸟书"，融入了自然美学、环境美学和鸟类行为学。

《蟋蟀入我床下》是我田野考察之余写的生活美学之书，主要写时序之美、劳动之美、自然之美、生命之美。作为一个热爱书写自然的写作者，我生活的过程就是感受美、发掘美、提炼美的过程。

图书在版编目（CIP）数据

蟋蟀入我床下 / 傅菲著 . -- 南京：江苏凤凰文艺
出版社，2024.3
ISBN 978-7-5594-7927-3

Ⅰ . ①蟋… Ⅱ . ①傅… Ⅲ . ①散文集 – 中国 – 当代
Ⅳ . ① I267

中国国家版本馆 CIP 数据核字（2023）第 152590 号

蟋蟀入我床下

傅 菲 著

出 版 人	张在健	
责任编辑	姜业雨	
责任印制	杨 丹	
出版发行	江苏凤凰文艺出版社	
	南京市中央路 165 号，邮编：210009	
网 址	http://www.jswenyi.com	
印 刷	苏州市越洋印刷有限公司	
开 本	880 毫米 × 1230 毫米 1/32	
印 张	11	
字 数	210 千字	
版 次	2024 年 3 月第 1 版	
印 次	2024 年 3 月第 1 次印刷	
书 号	ISBN 978-7-5594-7927-3	
定 价	59.00 元	

江苏凤凰文艺版图书凡印刷、装订错误，可向出版社调换，联系电话 025 – 83280257